心有猛虎
细嗅蔷薇

余光中——著

江苏凤凰文艺出版社
JIANGSU PHOENIX LITERATURE AND
ART PUBLISHING, LTD

Contents

目　录

辑一　做个高级而有趣的人

辑二　我心中曾有片旷野

辑三　长长的路慢慢走

辑四　路途下的星辰

辑五　万般喜乐，纷至沓来

辑六　心有猛虎，细嗅蔷薇

辑一

做个高级而有趣的人

世界上高级的人很多，有趣的人也很多，又高级又有趣的人却少之又少。高级的人使人尊敬，有趣的人使人欢喜，又高级又有趣的人，使人敬而不畏，亲而不狎，交结愈久，芬芳愈醇。

我是余光中的秘书

“请问这是余光中教授的办公室吗？”

“是的。”

“请问余教授在吗？”

“对不起，他不在。”

“请问您是——”

“我是他的秘书。”

“那，请您告诉他，我们还没有收到他的同意书。我们是某某公司，同意书一个月前就寄给他了——”

接电话的人是我自己。其实我哪有什么秘书？这一番对答并非在充场面，因为我真的觉得，尤其是在近来，自己已经不是余光中，而是余光中的秘书了。

诗、散文、评论、翻译，一向是我心灵的四度空间。写诗和散文，我必须发挥创造力。写评论，要用判断力。做翻译，要用适应力。做这些事情的时候，我才自觉生命没有虚度。但是，记得把许可使用自己作品的同意书及时寄回，或是放下电话立刻把演讲或评审的承诺记上日历，这些纷繁的杂务，既不古典，也不浪漫，只是超现实，“超级的现实”而已，不过是秘书的责任罢了。可是我并没有秘书，只好自己来兼任了，不料杂务愈来愈烦，兼任之重早已超过专任。

退休三年以来，我在西子湾的校园仍然教课，每学期六个学分。上学期研究所的“翻译”，每周都要批改练习，而难缠的“十七世纪英诗”仍然需要备课。退休之后不再开会了，真是一大解脱。大头会让后生去开吧。回头看同事们脸色沉重，从容就义一般没入会议室，我有点幸免又有点愧疚之感。

演讲和评审却无法退休。今年我去苏州大学、东南大学、南京大学、厦门大学，甚至母乡常州的前黄高中，已经演讲了八场，又去香港讲了两场。如果加上在台湾各地的演讲，一共应该在二十场以上。但是我婉拒掉的邀约也有多起。其实演讲本身并不麻烦，三分学问靠七分口才，在讲之外更要会演。真是锦心绣口的话，听众愈多就愈加成功。至于讲后的问答与签名，只是余波而已。麻烦的倒是事先主办者会来追讨讲题与资料，事后又寄来一叠零乱的记录要求修正。所谓“事后”，有时竟长达一年之后，简直阴魂不散，真令健忘的讲者“忧出望外”，只好认命修稿，将出口之言用驷马来追。

近年去各校演讲，高中多于大学。倒不是大学来邀的较少，而是因为中山大学的历任校长高估了我，以为我多去高中会吸引毕业生来投考中山。所以我去高中演讲，有点“出差”的意味。其实高中生听讲更认真，也更纯真。大学生呢，我在各大学已经教了四十年，可谓长期的演讲了。

评审是一件十分重要但未必有趣的事情。文学奖的评审不但要为本届的来稿定位，还会影响下届来稿的趋势，当然必须用心。如果来稿平平，或者故弄玄虚，或者耽于流行的招数，评审委员就会感到失望甚至忧心。但若来稿不无佳作甚至珍品，甚至不逊于当代的名作，则评审委员当有发掘新秀的惊喜，并期待能亲手把奖颁给这新人。被主办单位指定为得奖作品写评语，也不一定是赏心乐事，因为高潮已退，你还得从头到尾把那些诗文详阅一遍，然后才能权衡轻重，指陈得失。万一你的首选只得了佳作，而独领冠军的那篇你并不激赏甚至不以为然，你这篇评语又怎能写得“顾全大局”呢？

另一种评审要看的是学术论文，有的是为学位，有的是为升等，总之都要保密。看学位论文是为了要做口试委员，事先需要保密，事后就公开了。但是看升等论文，则不分事先事后，都得三缄金口，事态非常严重。这种任务纯然黑箱作业，可称“幕后学术”，其为秘密，不能像绯闻那样找好友分享。讽刺的是，金口虽缄，其金却极少，比起文学奖的评审费来，不过像零头，加以又须守密，所以也可称“黑金学术”。这也罢了，只是学术机构寄来的洋洋论文，外加各种资料，尽管有好几磅重，有时并不附回邮信封。我既无秘书，又无“行政资源”，哪里去找够大够牢的封袋来回寄呢？

“你为什么不叫助教代劳呢？还这么亲力亲为！”朋友怪我。

倒好像我还是当年的系主任或院长，众多得力的助教，由得我招之即来，遣之即去。其实，系里的助教与工读生都能干而又勤快，每天忙得像陀螺打转，还不时要为我转电话，或者把各方对我的邀约与催迫写成字条贴在我的信箱上。这些已经是她们额外的负担，我怎能加重要求？

我当然也分配到一位“助理”。礼文是外文系的博士生，性格开朗，做事明快，更难得的是体格之好非其他准博女、准硕女能及。她很高兴也实际为我多方分劳，从打字到理书，服务项目繁多。不过她毕竟学业繁重，不能像秘书一样周到，只能做“钟点零工”。

所以无尽无止无始无终的疑难杂事，将无助的我困于重围，永不得出。令人绝望的是，这些牛毛琐细，旧积的没有减少，新起的却不断增多，而且都不甘排队，总是横插进来。

以前出书，总在台湾，偶在香港。后来两岸交流日频，十年来我在大陆出书已经快二十种，有的是单本，有的是成套，几乎每一省都出了。而每次出书，从通信到签合同，从编选到写序到提供照片，有时还包括校对在内，牵涉的杂务可就多了。像上海文艺出版社出的一套三本，末校寄给我过目。一看之下，问题仍多，令我无法袖手，只好出手自校。一千二百页的简体字本，加上两岸在西方专有名词上的译音各有一套，早已“一国两制”了，何况还有许多细节涉及敏感问题，因此校对之繁，足足花了我半个月的时间。

同时在台湾，新书仍然在出。最新的一本《含英吐华》是我为十二届梁实秋翻译奖所写评语的全集，三百多页诗文相缪，中英间杂，也校了我一个礼拜。幸好我的书我存都熟悉，一部《梵·高传》三十多万字，四十年前她曾为我誊清初稿，去年大地出版社出最新版，又帮我细校了一遍，分劳不少。

“天下文化”出版了《茱萸的孩子》，意犹未尽，又约傅孟丽再撰一本小巧可口的《水仙情操——诗话余光中》。高雄市文献委员会把对我的专访又当作口述历史，出版了一本《让春天从高雄出发》。不久广州的花城出版社又推出徐学所著《火中龙吟——余光中评传》。九月间尔雅出版社即将印行陈幸蕙在《幼狮文艺》与《明道文艺》上连刊了三年的《悦读余光中：诗卷》。四本书的校稿，加起来不止千页，最后都堆上我的红木大书桌，要“传主”或“始作俑者”亲自过目，甚至写序。结果是买一送一：我难改啄木鸟的天性，当然顺便校对了一遍。

校对似乎是可以交给秘书或研究生去代劳的琐事，其实不然。校对不但需要眼明心细，耐得住烦，还需要真有学问，才能疑人之所不疑。一本书的高下，与其校对密切相关，如果校对粗率，怎能赢得读者的信心？我在台湾出书，一向亲自末校，务求谬误减至最少。大陆出书，近年校对的水准降低，有些出版社仓促成书，错字之多，不但刺眼，而且伤心。评家如果根据这样的“谬本”来写评，真会“谬以千里”。

另一件麻烦事就是照片。在视觉主宰媒体的时代，读者渐渐变成了观众，读物要是少了插图，就会显得单调，于是照片的需要大为增加。报刊索取照片，总是强调要所谓“生活照片”，而且出版在即，催讨很紧。家中的照相簿与零散的照片，虽已满坑满谷，永远收拾不清，但要合乎某一特殊需要，却是只在此柜中，云深无觅处。我存耐下心来，苦搜了半夜，不是这张太年轻，那张太苍老，就是太暗，太淡，或者相中的人头太杂，甚至主角不幸眨眼，总之辛苦而不美满。难得找到一张真合用的，又担心会掉了或者受损。

而如果是出书，尤其是传记之类，要提供的“生活照片”就不是三两张可以充数的了。自己的照片从少到老，不免略古而详今，当然“古照”本来就少，只好如此。与家人的合照倒不难找，我存素来喜欢摄影，也勤于装簿。与朋友的合照要求其分配均衡，免得顾此失彼，却是一大艺术。但是出版社在编排上另有考虑，挑选之余，均衡自然难保。大批照片能够全数完璧归来，已经值得庆幸了。为了确定究竟寄了哪些照片出去，每次按年代先后编好号码、逐张写好说明，还得把近百张照片影印留底。有时一张照片年代不明，夫妻两人还得翻阅信史，再三求证。目前我的又一本传记正由河南某出版社在编排，为此而提供给他们的一大袋照片，许多都是一生难再的孤本，不知道什么时候才能浪子回家？

这许多分心而又劳神的杂务，此起彼落，永无宁时。他人代劳，毕竟有限，所以自己不能不来兼差，因而正业经常受阻，甚至必须搁在一边。这么一再败兴，诗意文心便难以为继了。我时常觉得，艺术是闲出来的，科技是忙出来的。“闲”当然不是指“懒”，而是俯仰自得、游心太玄、从容不迫的出神状态，正是灵感降临的先机与前戏。

现代人的资讯太发达，也太方便了，但是要吸收、消化、运用，却因此变得更忙。上网就是落网，终于都被那只狡诡的大蜘蛛吞没。啊不，我不要做什么三头六臂、八脚章鱼、千手观音。我只要从从容容做我的余光中。而做余光中，比做余光中的秘书要有趣多了。

我的四个假想敌

二女幼珊在港参加侨生联考，以第一志愿分发台大外文系。听到这消息，我松了一口气，从此不必担心四个女儿通通嫁给广东男孩了。

我对广东男孩当然并无偏见，在港六年，我班上也有好些可爱的广东少年，颇讨老师的欢心，但是要我把四个女儿全部让那些“靓仔”“叻仔”掳掠了去，却舍不得。不过，女儿要嫁谁，说得洒脱些，是她们的自由意志，说得玄妙些呢，是姻缘，做父亲的又何必患得患失呢？何况在这件事上，做母亲的往往位居要冲，自然而然成了女儿的亲密顾问，甚至亲密战友，作战的对象不是男友，却是父亲。等到做父亲的惊醒过来，早已腹背受敌，难挽大势了。

在父亲的眼里，女儿最可爱的时候是在十岁以前，因为那时她完全属于自己。在男友的眼里，她最可爱的时候却在十七岁以后，因为这时她正像毕业班的学生，已经一心向外了。父亲和男友，先天上就有矛盾。对父亲来说，世界上没有东西比稚龄的女儿更完美的了，唯一的缺点就是会长大，除非你用急冻术把她久藏，不过这恐怕是违法的，而且她的男友迟早会骑了骏马或摩托车来，把她吻醒。

我未用太空舱的冻眠术，一任时光催迫，日月轮转，再揉眼时，怎么四个女儿都已依次长大，昔日的童话之门砰地一关，再也回不去了：四个女儿，依次是珊珊、幼珊、佩珊、季珊。简直可以排成一条珊瑚礁。珊珊十二岁的那年，有一次，未满九岁的佩珊忽然对来访的客人说："喂，告诉你，我姐姐是一个少女了！"在座的大人全笑了起来。

曾几何时，惹笑的佩珊自己，甚至最幼稚的季珊，也都在时光的魔杖下，点化成"少女"了。冥冥之中，有四个"少男"正偷偷袭来，虽然蹑手蹑脚，屏声止息，我却感到背后有四双眼睛，像所有的坏男孩那样，目光灼灼，心存不轨，只等时机一到，便会站到亮处，装出伪善的笑容，叫我岳父。我当然不会应他。哪有这么容易的事！我像一棵果树，天长地久在这里立了多年，风霜雨露，样样有份，换来果实累累，不胜负荷。而你，偶尔过路的小子，竟然一伸手就来摘果子，活该蟠地的树根绊你一跤！

而最可恼的，却是树上的果子，竟有自动落入行人手中的样子。树怪行人不该擅自来摘果子，行人却说是果子刚好掉下来，给他接着罢了。这种事，总是里应外合才成功的。当初我自己结婚，不也是有一位少女开门揖盗吗？"堡垒最容易从内部攻破"，说得真是不错。不过彼一时也，此一时也。同一个人，过街时讨厌汽车，开车时却讨厌行人。现在是轮到我来开车。

好多年来，我已经习于和五个女人为伍，浴室里弥漫着香皂和香水气味，沙发上散置皮包和发卷，餐桌上没有人和我争酒，都是天经地义的事。戏称吾庐为"女生宿舍"，也已经很久了。做了"女生宿舍"的舍监，自然不欢迎陌生的男客，尤其是别有用心的一类。但是自己辖下的女生，尤其是前面的三位，已有"不稳"的现象，却令我想起叶慈的一句诗：

一切已崩溃，失去重心。

我的四个假想敌，不论是高是矮，是胖是瘦，是学医还是学文，迟早会从我疑惧的迷雾里显出原形，一一走上前来，或迂回曲折，嗫嚅其词，或开门见山，大言不惭，总之要把他的情人，也就是我的女儿，对不起，从此领去。无形的敌人最可怕。何况我在亮处，他在暗里，又有我家的“内奸”接应，真是防不胜防。只怪当初没有把四个女儿及时冷藏，使时间不能拐骗，社会也无由污染。现在她们都已大了，回不了头；我那四个假想敌，那四个鬼鬼祟祟的地下工作者，也都已羽毛丰满，什么力量都阻止不了他们了。先下手为强，这件事，该乘那四个假想敌还在襁褓的时候，就予以解决的。至少美国诗人纳许（Ogden Nash，1902-1971）劝我们如此。他在一首妙诗《由女婴之父来唱的歌》（Song to Be Sung by the Father of Infant Female Children）之中，说他生了女儿吉儿之后，惴惴不安，感到不知什么地方正有个男婴也在长大，现在虽然还浑浑噩噩，口吐白沫，却注定将来会抢走他的吉儿。于是做父亲的每次在公园里看见婴儿车中的男婴，都不由神色一变，暗暗想道：“会不会是这家伙？”想着想着，他“杀机陡萌”（My dreams，I fear，are infanticide），便要解开那男婴身上的别针，朝他的爽身粉里撒胡椒粉，把盐撒进他的奶瓶，把沙撒进他的菠菜汁，再扔头优游的鳄鱼到他的婴儿车里陪他游戏。逼他在水深火热之中挣扎而去，去娶别人的女儿。足见诗人以未来的女婿为假想敌，早已有了前例。

不过一切都太迟了。当初没有当机立断，采取非常措施，像纳许诗中所说的那样，真是一大失策。如今的局面，套一句史书上常见的话，已经是“寇入深矣！”女儿的墙上和书桌的玻璃垫下，以前的海报和剪报之类，还是披头士、拜丝、大卫·凯西弟的形象，现在纷纷都换上男友了。至少，滩头阵地已经被入侵的军队占领了去，这一仗是必败的了。记得我们小时，这一类的照片仍被列为机密要件，不是藏在枕头套里，贴着梦境，便是夹在书堆深处，偶尔翻出来神往一番，哪有这么二十四小时眼前供奉的？

这一批形迹可疑的假想敌，究竟是哪年哪月开始入侵厦门街余宅的，已经不可考了。只记得六年前迁港之后，攻城的将士便换了一批口操粤语的少年来接手。至于交战的细节，就得问名义上是守城的那几个女将，我这位“昏君”是再也搞不清的了。只知道敌方的炮火，起先是瞄准我家的信箱，那些歪歪斜斜的笔迹，久了也能猜个七分；继而是集中在我家的电话，“落弹点”就在我书桌的背后，我的文苑就是他们的沙场，一夜之间，总有十几次脑震荡。那些粤音平上去入，有九声之多，也令我难以研判敌情。现在我带幼珊回了厦门街，那头的广东部队轮到我太太去抵挡，我在这头。只要留意台湾健儿，任务就轻松多了。

信箱被袭，只如战争的默片，还不打紧。其实我宁可多情的少年勤写情书，那样至少可以练习作文，不致在视听教育的时代荒废了中文。可怕的还是电话中弹，那一串串警告的铃声，把战场从门外的信箱扩至书房的腹地，默片变成了身历声，假想敌在实弹射击了。更可怕的，却是假想敌真的闯进了城来，成了有血有肉的真敌人，不再是假想了好玩的了，就像军事演习到中途，忽然真的打起来了一样。真敌人是看得出来的。在某一女儿的接应之下，他占领了沙发的一角，从此两人呢喃细语，嗫嚅密谈，即使脉脉相对的时候，那气氛也浓得化不开，窒得全家人都透不过气来。这时几个姐妹早已回避得远远的了。任谁都看得出情况有异。万一敌人留下来吃饭，那空气就更为紧张，好像摆好姿势，面对照相机一般。平时鸭塘一般的餐桌，四姐妹这时像在演哑剧，连筷子和调羹都似乎得到了消息，忽然小心翼翼起来。明知这僭越的小子未必就是真命女婿。（谁晓得宝贝女儿现在是十八变中的第几变呢？）心里却不由自主升起一股淡淡的敌意。也明知女儿正如将熟之瓜，终有一天会蒂落而去，却希望不是随眼前这自负的小子。

当然，四个女儿也自有不乖的时候，在恼怒的心情下，我就恨不得四个假想敌赶快出现，把她们统统带走。但是那一天真要来到时，我一定又会懊悔不已。我能够想象，人生的两大寂寞，一是退休之日，一是最小的孩子终于也结婚之后。宋淇有一天对我说：“真羡慕你的女儿全在身边！”真的吗？至少目前我并不觉得，自己有什么可羡之处。也许真要等到最小的季珊也跟着假想敌度蜜月去了，才会和我存并坐在空空的长沙发上，翻阅她们小时的相簿，追忆从前，六人一车长途壮游的盛况，或是晚餐桌上，热气蒸腾，大家共享的灿烂灯光。人生有许多事情，正如船后的波纹，总要过后才觉得美的。这样一想，又希望那四个假想敌，那四个生手笨脚的小伙子，还是多吃几口闭门羹，慢一点出现吧。

袁枚写诗，把生女儿说成“情疑中副车”；这书袋掉得很有意思，却也流露了重男轻女的封建意识。照袁枚的说法，我是连中了四次副车，命中率够高的了。余宅的四个小女孩现在变成了四个小妇人，在假想敌环伺之下，若问我择婿有何条件，一时倒恐怕答不上来。沉吟半晌，我也许会说：“这件事情，上有月下老人的婚姻谱，谁也不能篡改，包括韦固，下有两个海誓山盟的情人，‘二人同心，其利断金’，我凭什么要逆天拂人，梗在中间？何况终身大事，神秘莫测，事先无法推理，事后不能悔棋，就算交给二十一世纪的电脑，恐怕也算不出什么或然率来。倒不如故示慷慨，伪作轻松，博一个开明父亲的美名，到时候带颗私章，去做主婚人就是了。”

问的人笑了起来，指着我说：“什么叫作‘伪作轻松’？可见你心里并不轻松。”

我当然不很轻松，否则就不是她们的父亲了。例如人种的问题，就很令人烦恼。万一女儿发痴，爱上一个耸肩摊手口香糖嚼个不停的小怪人，该怎么办呢？在理性上，我愿意“有婿无类”，做一个大大方方的世界公民。但是在感情上，还没有大方到让一个臂毛如猿的小伙子把我的女儿抱过门槛。现在当然不再是“严夷夏之防”的时代，但是一任单纯的家庭扩充成一个小型的联合国，也大可不必。

问的人又笑了，问我可曾听说混血儿的聪明超乎常人。我说：“听过，但是我不稀罕抱一个天才的‘混血孙’。我不要一个天才儿童叫我Grandpa，我要他叫我外公。”问的人不肯罢休：“那么省籍呢？”

“省籍无所谓，”我说，“我就是苏闽联姻的结果，还不坏吧？当初我母亲从福建写信回武进，说当地有人向她求婚。娘家大惊小怪，说：‘那么远！怎么就嫁给南蛮！’后来娘家发现，除了言语不通之外，这位闽南姑爷并无可疑之处。这几年，广东男孩锲而不舍，对我家的压力很大，有一天闽粤结成了秦晋，我也不会感到意外。如果有个台湾少年特别巴结我，其志又不在跟我谈文论诗，我也不会怎么为难他的。至于其他各省，从黑龙江直到云南，口操各种方言的少年，只要我女儿不嫌他，我自然也欢迎。”

“那么学识呢？”

“学什么都可以。也不一定要是学者，学者往往不是好女婿，更不是好丈夫。只有一点：中文必须精通。中文不通，将祸延吾孙！”

客又笑了。“相貌重不重要？”他再问。

“你真是迂阔之至！”这次轮到我发笑了，“这种事，我女儿自己会注意。怎么会要我来操心？”

笨客还想问下去，忽然门铃响起。我起身去开大门，发现长发乱处，又一个假想敌来掠余宅。

——一九八〇年九月于台北

开你的大头会

世界上最无趣的事情莫过于开会了。大好的日子，一大堆人被迫放下手头的急事、要事、趣事，济济一堂，只为听三五个人逞其舌锋，争辩一件议而不决、决而不行、行而不通的事情，真是集体浪费时间的最佳方式。仅仅消磨光阴倒也罢了，更可惜的是平白扫兴，糟蹋了美好的心情。会场虽非战场，却有肃静之气，进得场来，无论是上智或下愚，君子或小人，都会一改常态，人人脸上戴着面具，肚里怀着鬼胎，对着冗赘的草案、苛细的条文，莫不咬文嚼字，反复推敲，务求措辞严密而周详，滴水不漏，一劳永逸，把一切可钻之隙、可乘之机统统堵绝。

开会的心情所以好不了，正因为会场的气氛只能够印证性恶的哲学。济济多士埋首研讨三小时，只为了防范冥冥中一个假想敌，免得他日后利用漏洞，占了大家的，包括你的，便宜。开会，正是民主时代的必要之恶。名义上它标榜尊重他人，其实是在怀疑他人，并且强调服从多数，其实往往受少数左右，至少是搅局。

除非是终于付诸表决，否则争议之声总不绝于耳。你要闭目养神，或游心物外，或思索比较有趣的问题，并不可能。因为万籁之中人声最令人分心，如果那人声竟是在辩论，甚或指摘，那就更令人不安了。在王尔德的名剧《不可儿戏》里，脾气古怪的巴夫人就说："什么样的辩论我都不喜欢。辩来辩去，总令我觉得很俗气，又往往觉得有道理。”

意志薄弱的你，听谁的说辞都觉得不无道理，尤其是正在侃侃的这位总似乎胜过了上面的一位。于是像一只小甲虫落入了雄辩的蛛网，你放弃了挣扎，一路听了下去。若是舌锋相当，场面火爆而高潮迭起，效果必然提神。可惜讨论往往陷于胶着，或失之琐碎，为了“三分之二以上”或“讲师以上”要不要加一个“含”字，或是垃圾的问题要不要另组一个委员会来讨论，而新的委员该如何产生才具有“充分的代表性”等等，节外生枝，又可以争议半小时。

如此反复斟酌，分发（hair-splitting）细究，一个草案终于通过，简直等于在集体修改作文。可惜成就的只是一篇面无表情更无文采的平庸之作，绝无漏洞，也绝无看头。所以没有人会欣然去看第二遍。也所以这样的会开完之后，你若是幽默家，必然笑不出来；若是英雄，必然气短；若是诗人，必然兴尽。

开会的前几天，一片阴影就已压上我的心头，成了生命中不可承受之烦。开会的当天，我赴会的步伐总带一点从容就义。总之，前后那几天我绝对激不起诗的灵感。其实我的诗兴颇旺，并不是那样经不起惊吓。我曾经在监考的讲台上得句；也曾在越洋的747经济客舱里成诗，周围的人群挤得更紧密，靠得也更逼近。不过在陌生的人群里“心远地自偏”，尽多美感的距离，而排排坐在会议席上，摩肩接肘，咳唾相闻，尽是多年的同事、同人，论关系则错综复杂，论语音则闭目可辨，一举一动都令人分心，怎么容得你悠然觅句？叶慈说得好：“与他人争辩，乃有修辞；与自我争辩，乃有诗。”修辞是客套的对话，而诗，是灵魂的独白。会场上流行的既然是修辞，当然就容不得诗。

所以我最佩服的，便是那些喜欢开会、擅于开会的人。他们在会场上总是意气风发，雄辩滔滔，甚至独揽话题，一再举手发言，有时更单挑主席缠斗不休，陷议事于瓶颈，置众人于不顾，像唱针在沟纹里不断反复，转不过去。

而我，出于潜意识的抗拒，常会忘记开会的日期，惹来电话铃一迭连声催逼，有时去了，却忘记带厚重几近电话簿的议案资料。但是开会的烦恼还不止这些。

其一便是抽烟了。不是我自己抽，而是邻座的同事在抽，我只是就近受其熏陶，所以准确一点，该说闻烟，甚至呛烟。一个人对于邻居，往往既感觉亲切又苦于纠缠，十分矛盾。同事也是一种邻居，也由不得你挑选，偏偏开会时就贴在你隔壁，却无壁可隔，而有烟共吞。你一面呛咳，一面痛感“远亲不如近邻”之谬，应该倒过来说“近邻不如远亲”。万一几个近邻同时抽吸起来，你就深陷硝烟火网，呛咳成一个伤兵了。好在近几年来，社会虽然日益沉沦，交通、治安每下愈况，公共场所禁烟却大有进步，总算除了开会一害。

另一件事是喝茶。当然是各喝各的，不受邻居波及。不过会场奉茶，照例不是上品，同时在冷气房中迅趋温吞，更谈不上什么品茗，只成灌茶而已。经不起工友一遍遍来壶添，就更沦为牛饮了。其后果当然是去“造水”，乐得走动一下。这才发现，原来会场外面也很热闹，讨论的正是场内的事情。

其实场内的枯坐久撑，也不是全然不可排遣的。万物静观，皆成妙趣，观人若能入妙，更饶奇趣。我终于发现，那位主席对自己的袖子有一种，应该是不自觉的，紧张心结，总觉得那袖口妨碍了他，所以每隔十分钟左右，会忍不住突兀地把双臂朝前猛一伸直，使手腕暂解长袖之束。那动作突发突收，敢说同事们都视而不见。我把这独得之秘传授给一位近邻，两人便兴奋地等待，看究竟几分钟之后会再发作一次。那近邻观出了瘾来，精神陡增，以后竟然迫不及待，只等下一次开会快来。

不久我又发现，坐在主席左边的第三位主管也有个怪招。他一定是对自己的领子有什么不满，想必是妨碍了他的自由，所以每隔一阵子，最短时似乎不到十分钟，总情不自禁要突抽颈筋，迅转下巴，来一个“推畸”

（twitch）或“推死它”（twist），把衣领调整一下。这独家奇观我就舍不得再与人分享了，也因为那近邻对主席的“推手式”已经兴奋莫名，只怕再加上这“推畸”之扭他负担不了，万一神经质地爆笑起来，就不堪设想了。

当然，遣烦解闷的秘方，不止这两样。例如耳朵跟鼻子人人都有，天天可见，习以为常竟然视而不见了。但在众人危坐开会之际，你若留神一张脸接一张脸巡视过去，就会见其千奇百怪，愈比愈可观，正如对着同一个字凝神注视，竟会有不识的幻觉一样。

会议开到末项的“临时动议”了。这时最为危险，只怕有妄人意犹未尽，会无中生有，活部转败，竟然敢冒天下之大不韪，提出什么新案来。

幸好没有。于是会议到了最好的部分：散会。于是又可以偏安半个月了，直到下一次开会。

——一九九七年四月于西子湾

饶了我的耳朵吧，音乐

声乐家席慕德女士有一次搭计程车，车上正大放流行曲。她请司机调低一点，司机说："你不喜欢音乐吗？"席慕德说："是啊，我不喜欢音乐。"

一位音乐家面对这样的问题，真可谓啼笑皆非了。首先，音乐的种类很多，在台湾的社会最具恶势力的一种，虽然也叫作音乐，却非顾曲周郎所愿聆听。其次，音乐之美并不取决于音量之高低。有些人听"音响"，其实是在玩机器，而非听音乐。计程车内的空间，闭塞而小，哪用如此锣鼓喧天？再次，音乐并非空气，不像呼吸那样分秒必需。难道每坐一次计程车，都要给强迫听一次音乐吗？其实，终日弦乐不辍的人，未必真正爱好音乐。

在台湾的社会，到处都是"音乐"，到处都是"爱好音乐"的人；我最同情的，便是音乐界的朋友了。像波德莱尔一样，我不懂乐理，却爱音乐，并且自信有两只敏感的耳朵，对于不够格的音乐，说得上"疾恶如仇"。在台湾，每出一次门——有时甚至不必出门——耳朵都要受一次罪。久而久之，几乎对一切音乐都心存恐怖。噪音在台湾，宛如天罗地网，其中不少更以音乐为名。上帝造人，在自卫系统上颇不平衡：遇到不想看的东西，只要闭上眼睛，但是遇到不想听的东西呢，却无法有效地塞耳。像我这种徒慕音乐的外行，都已觉得五音乱耳，无所逃遁，音乐家自己怎么还活得下去，真是奇迹。

凡我去过的地区，要数台湾的计程车最热闹了，两只音响喇叭，偏偏对准后座的乘客，真正是近在咫尺。以前我还强自忍住，心想又不在车上一辈子，算了。最近，受了拒吸二手烟运动的鼓励，我也推行起拒听二手曲运动，干脆请司机关掉音乐。二手曲令人烦躁，分心，不能休息，而且妨碍乘客之间的对话与乘客对司机的吩咐，也有拒听的必要。

在欧美与日本，计程车上例皆不放音乐。火车上也是如此，只有西班牙是例外。我乘火车旅行过的国家，包括瑞典、丹麦、西德、法国、英国、美国、加拿大、日本，火车上的扩音器只用来播报站名，却与音乐无关。不知道什么缘故，台湾的火车上总爱供应音乐。论品质，则时而国乐，时而西方的轻音乐，时而台湾特产的流行曲，像是一杯劣质的鸡尾酒。论音量，虽然不算喧吵，却也不让人耳根清净，无法安心睡觉或思考。

听说有一次夏志清和无名氏在自强号上交谈，夏志清嫌音乐扰人，请车掌小姐调低，她正忙于他事，未加理会。夏志清受不了，就地朝她一跪，再次申请。音乐终于调低，两位作家欣然重拾论题。但是不久音乐嘈嘈再起，夏志清对无名氏说："这次轮到你去跪了。"

夏氏素来奇行妙论，但是有没有奇到为音乐下跪，却值得怀疑。前述也许只是夸大之辞，也许当时他只对车掌小姐威胁说"你再不关音乐，我就要向你下跪了"。不过音乐逼人之急，可以想见。其事未必可信，其情未必无稽。台湾的火车上，一方面播请乘客约束自己的孩子，勿任喧哗，另一方面却又不断自播音乐，实在矛盾。我在火车上总是尽量容忍，用软纸塞起耳朵，但是也只能使音量稍低，不能杜绝。最近忍无可忍，也在拒吸二手烟的精神下，向列车长送上请求的字条。字条是这样写的：

列车长先生：从高雄到嘉义，车上一直在播音乐，令我无法入梦或思考。不知能否将音量调低，让乘客的耳朵有机会休息？

三分钟后，音乐整个关掉了，我得以享受安静的幸福，直到台北。我那字条是署了名的，也不知道那一班自强号关掉音乐，究竟是由于我的名字，还是由于列车长有纳言的精神。感激之余，我仍希望铁路局能考虑废掉车上的播乐，免得每次把这件事个别处理。要是有人以为火车的乘客少不了音乐，那么为什么长途飞行的乘客，关在机舱内十几个小时，并不要求播放音乐呢？

要是有人以为我讨厌音乐，就大大误会了。相反地，我是音乐的信徒，对音乐不但具有热情，更具有信仰与虔敬。国乐的清雅，西方古典的宏富，民谣的纯真，摇滚乐的奔放，爵士的即兴自如，南欧的热烈，中东和印度的迷幻，都能够令我感发兴起或辗转低回。唯其如此，我才主张要么不听音乐，要听，必须有一点诚意、敬意。要是在不当的场合滥用音乐，那不但对音乐是不敬，对不想听的人也是一种无礼。我觉得，如果是好音乐，无论是器乐或是声乐，都值得放下别的事情来，聚精会神地聆听。音乐有它本身的价值，对我们的心境、性情、品格能起正面的作用。但是今日社会的风气，却把音乐当作排遣无聊的玩物，其作用不会超过口香糖，不然便是把它当作烘托气氛点缀热闹的装饰，其作用只像是霓虹灯。

音乐的反义词不是寂静，是噪音。敏锐的心灵欣赏音乐，更欣赏寂静。其实一个人要是不能享受寂静，恐怕也就享受不了音乐。我相信，凡是伟大的音乐，莫不令人感到无上的宁静，所以在《2001 太空漫游》里，太空人在星际所听的音乐，正是巴赫。

寂静，是一切智慧的来源。达摩面壁，面对的正是寂静的空无。一个人在寂静之际，其实面对的是自己，他不得不跟自己对话。那种绝境太可怕了，非普通的心灵所能承担，因此他需要一点声响来解除困绝。但是另一方面，聆听高妙或宏大的音乐，其实是面对一个伟大的灵魂，这境地同样不是普通人所能承担。因此他被迫在寂静与音乐之外另谋出路：那出路也叫作“音乐”，其实是一种介于音乐与噪音之间的东西，一种散漫而软弱的“时间”。

托马斯·曼在《魔山》里曾说："音乐不但鼓动了时间，更鼓动我们以最精妙的方式去享受时间。"这当然是指精妙的音乐，因为精妙的音乐才能把时间安排得恰到好处，让我们恰如其分地去欣赏时间，时间形成的旋律与节奏。相反地，软弱的音乐——就算它是音乐吧——不但懈怠了时间，也令我们懈怠了对时间的敏感。我是指台湾特产的一种流行歌曲，其为"音乐"，例皆主题浅薄，词句幼稚，曲调平庸而轻率，形式上既无发展，也无所谓高潮，只有得来现成的结论。这种歌曲好比用成语串成的文学作品，作者的想象力全省掉了，而更糟的是，那些成语往往还用得不对。

这样的歌曲竟然主宰了台湾社会的通俗文化生活，从三台电视的综艺节目到歌厅酒馆的卡拉 OK，提供了大众所谓的音乐，实在令人沮丧。俄国作曲家格林卡（Mikhail Glinka）说得好："创造音乐的是整个民族，作曲家不过谱出来而已。"什么样的民族创造什么样的音乐，果真如此，我们这民族早该痛切反省了。

将近两千四百年前，柏拉图早就在担心了。他说："音乐与节拍使心灵与躯体优美而健康；不过呢，太多的音乐正如太多的运动，也有其危害。只做一位运动员，可能沦为蛮人；只做一位乐师呢，也会'软化得一无好处'。"他这番话未必全对，但是太多的音乐会造成危害，这一点却值得我们警惕。

在台湾，音乐之被滥用，正如空气之受污染，其害已经太深，太久了。这些年来，我在这社会被迫入耳的音乐，已经够我听几十辈子了，但是明天我还得再听。

明天我如果去餐馆赴宴，无论是与大众济济一堂，或是与知己另辟一室，大半都逃不了播放的音乐。严重的时候，众弦嘈杂，金鼓齐鸣，宾主也只好提高自己的嗓子慷慨叫阵，一顿饭下来，没有谁不声嘶力竭。有些餐厅或咖啡馆，还有电子琴现场演奏，其声呜呜然，起伏无定，回旋反复，没有棱角的一串串颤音，维持着一种廉价的塑胶音乐。若是不巧碰上喜宴，更有歌星之类在油嘴滑舌的司仪介绍之下，登台献唱。

走到街上呢，往往半条街都被私宅的婚宴或丧事所侵占，人声扰攘之上，免不了又是响彻邻里的音乐。有时在夜里，那音乐忽然破空而裂，方圆半里内的街坊市井便淹没于海啸一般的声浪，鬼哭神号之中，各路音乐扭斗在一起，一会儿是流行曲，一会儿是布袋戏，一会儿又是西洋的轻音乐，似乎这都市已经到了世界末日，忽然堕入了噪音的地狱。如果你天真得竟然向警察去投诉，一定是没有结果。所谓礼乐之邦，果真堕落到这地步了吗？

当你知道这一切不过是几盒廉价的录音带在作怪，外加一架扩音器助纣为虐，那恐怖的暴音地狱，只需神棍或乐匠的手指轻轻一扭就招来，你怎么不愤怒呢？最原始的迷信有了最进步的科技来推广，恶势力当然加倍扩张。如果我跟朋友们觅得一个处女岛，创立一个理想国，宪法的第一条必定把扩音器列为头号违禁品，不许入境。违者交付化学处理，把他缩成一只老鼠，终身囚在喇叭箱中。

第二条便是：录音机之类不许带进风景区。从前的雅士曾把花间喝道、月下掌灯的行径斥为恶习。在爱迪生以前的世界，至少没有人会背着录音机去郊游吧。这些“爱好音乐”的青年似乎一刻也离不开那盒子了，深恐一入了大自然，便会“绝粮”。其实，如果你抛不下机器的文明，又不能在寂静里欣赏“山水有清音”的天籁，那又何苦离开都市呢？在那么僻远的地方，还要强迫无辜的耳朵听你的二手曲吗？

回到家里，打开电视，无论是正式节目或广告，几乎也都无休无止地配上音乐。至于有奖比赛的场合，上起古稀的翁妪，下至学龄的孩童，更是人手一管麦克风，以夜总会的动作，学歌星的滥调，扭唱其词句不通的流行歌曲。夜夜如此，举国效颦，正是柏拉图所担心的音乐泛滥，民风靡软，孔子所担心的郑卫之音。

连续剧的配乐既响且密，往往失之多余，或是点题太过浅露，反令观众耳烦心乱。古装的武侠片往往大配其西方的浪漫弦乐，却很少使用箫笛与琴筝。目前正演着的一台武侠连续剧，看来虽然有趣，主题歌却软弱萎靡，毫无侠骨，跟旁边两台的时装言情片并无两样。天啊，我们的音乐真的堕落到这种地步了吗？许多电影也是如此，导演在想象力不足的时候，就依赖既强又频的配乐来说明剧情，突出主题，不知让寂静的含蓄或悬宕来接手，也不肯让自然的天籁来营造气氛。从头到尾，配乐喋喋不休，令人紧张而疲劳。寂静之于音乐，正如留白之于绘画。配乐冗长而芜乱的电影，正如画面涂满色彩的绘画，同为笨手的拙作。

我们的生活里真需要这么多“音乐”吗？终日在这一片泛滥无际的音波里载浮载沉，就能够证明我们是音乐普及的社会了吗？在一切艺术形式之中，音乐是最能主宰“此刻”最富侵略性的一种。不喜欢文学的人可以躲开书本，讨厌绘画的人可以背对画框，戏剧也不会拦住你的门口，逼你观看。唯独音乐什么也挡不住，像跨栏高手一样，能越过一切障碍来袭击、狙击你的耳朵，搅乱你的心神。现代都市的人烟已经这么密集，如果大家不约束自己手里的发音机器，减低弦歌不辍的音量和频率，将无异纵虎于市。

这样下去，至少有两个后果。其一是多少噪音、半噪音、准噪音会把我们的耳朵磨钝，害我们既听不见寂静，也听不见真正的音乐。其二就更严重了。寂静使我们思考，真正的音乐使我们对时间的感觉加倍敏锐，但是整天在轻率而散漫的音波里浮沉，呼吸与脉搏受制于芜乱的节奏，人就不能好好地思想。不能思想，不肯思想，不敢思想，正是我们文化生活的病根。

饶了我无辜的耳朵吧，音乐。

——一九八六年九月十五日

失帽记

二〇〇八年的世界有不少重大的变化，其间有得有失。这一年我自己年届八十，其间也得失互见：得者不少，难以细表，失者不多，却有一件难过至今。我失去了一顶帽子。

去年十二月中旬，香港中文大学图书馆为我八秩庆生，举办了书刊手稿展览，并邀我重回沙田去签书、演讲。现场相当热闹，用媒体流行的说法，就是所谓人气颇旺。联合书院更编印了一册精美的场刊，图文并茂地呈现我香港时期的十一年，在学府与文坛的各种活动，题名《香港相思——余光中的文学生命》，在现场送给观众。典礼由黄国彬教授代表文学院致辞，除了联合书院冯国培院长、图书馆潘明珠副馆长、中文系陈雄根主任等主办人之外，与会者更包括了昔日的同事卢玮銮、张双庆、杨锺基等，令我深感温馨。放眼台下，昔日的高足如黄坤尧、黄秀莲、樊善标、何杏枫等，如今也已做了老师，各有成就，令人欣慰。

演讲的听众多为学生，由中学老师带领而来。讲毕照例要签书，为了促使长龙蠕动得较快，签名也必须加速。不过今日的“粉丝”不比往年，索签的要求高得多了：不但要你签书、签笔记本、签便条、签书包、签学生证，还要题上他的名字、他女友的名字，或者一句赠言，当然，日期也不能少。那些名字往往由索签人即兴口述，偏偏中文同音字最多。“什么惠？

恩惠的惠吗？”“不是的，是智慧的慧。”“也不是，是恩惠的惠加草字头。”乱军之中，常常被这么乱喊口令。不仅如此，一粉丝在桌前索签，另一粉丝却在你椅后催你抬头、停笔，对准众多相机里的某一镜头，与他合影。笑容尚未收起，而夹缝之中又有第三只手伸来，要你放下一切，跟他“交手”。

这时你必须全神贯注，以免出错。你的手上，忽然是握着自己的笔，忽然是他人递过来的，所以常会掉笔。你想喝茶，却鞭长莫及。你想脱衣，却匀不出手。你内急已久，早应泄洪，却不容你抽身疾退。这时，你真难身外分身，来护笔、护表、护稿、扶杯。主办人焦待于漩涡之外，不知该纵容或呵止炒热了的“粉丝”。

去年底在中文大学演讲的那一次，听众的盛况不能算怎么拥挤，但也足以令我穷于应付，心神难专。等到曲终人散，又急于赶赴晚宴，不遑检视手提包及背袋，代提的主人又川流不息，始终无法定神查看。餐后走到户外，准备上车，天寒风起，需要戴帽，连忙逐袋寻找。这才发现，我的帽子不见了。

事后几位主人回去现场，又向接送的车中寻找，都不见帽子踪影。我存和我，夫妻俩像侦探，合力苦思，最后确见那帽子是在何时、何地，所以应该排除在某地、某时失去的可能，诸如此类过程。机场话别时，我仍不死心，还谆谆嘱咐潘明珠、樊善标，如果寻获，务必寄回高雄给我。半个月后，他们把我因“积重难返”而留下的奖牌、赠书、礼品等等寄到台湾。包裹层层解开，真相揭晓，那顶可怜的帽子，终于是丢定了。

仅仅为了一顶帽子，无论有多贵或是多罕见，本来也不会令我如此大惊小怪。但是那顶帽子不是我买来的，也不是他人送的，而是我身为人子继承得来的。那是我父亲生前戴过的，后来成了他身后的遗物。我存整理时所发现，不忍径弃，就说动我且戴起来。果然正合我头，而且款式潇洒，毛色可亲，就一直戴下去了。

那顶帽子呈扁楔形，前低后高，戴在头上，由后脑斜压在前额，有优雅的缓缓坡度，大致上可称贝瑞软帽（beret），常覆在法国人头顶。至于毛色，则圆顶部分呈浅陶土色，看来温暖体贴。四周部分则前窄后宽，织成细密的十字花纹，为淡米黄色。戴在我的头上，倜傥，有欧洲名士的超逸，不止一次赢得研究所女弟子的青睐。

但帽内的乾坤，只有我自知冷暖，天气越寒，尤其风大，帽内就越加温暖，仿佛父亲的手掌正护在我头上，掌心对着脑门。毕竟，同样的这一顶温暖曾经覆盖着父亲，如今移爱到我的头上，恩佑两代，不愧是父子相传的忠厚家臣。

回顾自己的前半生，有幸集双亲之爱，才有今日之我。当年父亲爱我，应该不逊于母亲。但小时我不常在他身边，始终呵护着我庇佑着我的，甚至在抗战沦陷区逃难，生死同命的，是母亲。肌肤之亲，操作之劳，用心之苦，凡她力之所及，哪一件没有为我做过？反之，记忆中父亲从来没打过我，甚至也从未对我疾言厉色，所以绝非什么严父。

不过父子之间始终也不亲热。小时他倒是常对我讲论圣贤之道，勉励我要立志立功。

长夏的蝉声里，倒是有好几次父子俩坐在一起看书：他靠在躺椅上看《纲鉴易知录》，我坐在小竹凳上看《三国演义》。冬夜的桐油灯下，他更多次为我启蒙，苦口婆心引领我进入古文的世界，点醒了我的汉魄唐魂。张良啦，魏徵啦，太史公啦，韩愈啦，都是他介绍我初识的。

后来做父亲的渐渐老了，做儿子的长大了，各忙各的。他宦游在外，或是长期出差数下南洋，或担任同乡会理事长，投入乡情侨务；我则学府文坛，烛烧两头，不但三度旅美，而且十年居港，父子交集不多。

自中年起他就因关节病苦于脚痛，时发时歇，晚年更因青光眼近于失明。廿三年前，我接中山大学之聘，由香港来高雄定居。

我存即毅然卖掉台北的故居，把我的父亲、她的母亲一起接来高雄安顿。

许多年来，父亲的病情与日常起居，幸有我存悉心照顾，并得我岳母操劳陪伴。身为他亲生的独子，我却未能经常省视侍疾，想到五十年前在台大医院的加护病房，母亲临终时的泪眼，谆谆叮嘱：“爸爸你要好好照顾”，实在愧疚无已。父亲和母亲鹣鲽情深，是我前半生的幸福所赖。

只记得他们大吵过一次，却几乎不曾小吵。母亲逝于五十三岁，长他十岁的父亲，尽管亲友屡来劝婚，却终不再娶，鳏夫的寂寞守了三十四年，享年，还是忍年，九十七岁。

可怜的老人，以风烛之年独承失明与痛风之苦，又不能看报看电视以遣忧，只有一架古董收音机喋喋为伴。暗淡的孤寂中，他能想些什么呢？除了亡妻和历历的或是渺渺的往事。除了独子为什么不常在身边。

而即使在身边时，也从未陪他久聊一会儿，更从未握他的手或紧紧拥抱他的病躯。更别提四个可爱的孙女，都长大了吧，但除了幼珊之外，又能听得见谁的声音？长寿的代价，是沧桑。

所以在遗物之中竟还保有他长戴的帽子，无异于继承了最重要的遗产。父亲在世，我对他爱得不够，而孺慕耿耿也始终未能充分表达。想必他深心一定感到遗憾，而自他去后，我遗憾更多。幸而还留下这么一顶帽子，未随碑石俱冷，尚有余温，让我戴上，幻觉未尽的父子之情，并未告终。

幻觉依靠这灵媒之介，犹可贯通阴阳，串联两代，一时还不至径将上一个戴帽人完全淡忘。这一份与父共戴帽的心情，说得高些，是感恩，说得重些，是赎罪。不幸，连最后的一点凭借竟也都失去，令人悔恨。

寒流来时，风势助威，我站在岁末的风中，倍加畏冷。对不起，父亲。对不起，母亲。

另有离愁

学者作家之流，在今日所谓的学府文坛，已经不可能像古人那样“目不窥园、足不出户”了。先是长途电话越洋跨洲，继而传真信函即发即至，鞭长无所不及，令人难逃于天地之间。在截止日期的阴影下，惶惶然、惴惴然，你果然寝食难安，写起论文来了，一面写着或是按着，一面期待喜获知音的快意，其实在虚荣的深处，尽是被人挑剔，甚至惨遭围剿的隐忧，恐怖之状常在梦里停格。

截止日期终于到了，甚至过了。你的论文奇迹一般，竟然也寄了出去，跟许多不相干的信件一起，在空中飞着。不久你也在空中飞着，跟许多不相干的旅客挤在一起。

机场、巴士、旅馆、钥匙、餐券、请帖，你终于到了。接着你发现自己握着一杯鸡尾酒或果汁，游牧民族一般在欢迎酒会的大厅上“逐水草而——立”。其实，人潮如水，你只是一片浮萍，跟其他的“贵宾”萍水相逢而已。你飘摇在推挤之间，担心撞泼了人或被人撞泼。一只手得紧握酒杯，另一只手得在餐盘与“友谊之手”之间不断应变。还要掏名片，就需要第三只手了。人影交错、时差恍惚之际，你瞥见有一片美丽的萍在远处浮现，正待拨开乱藻追过去，说时迟、那时快，一只“友谊之手”无端伸来，把你截下，劫下。于是互道久仰，交换名片，保证联络，甚至把身边凑巧或不凑巧的诸友都逐一隆而重之地介绍遍了。再回头时，那人早已不在灯火阑珊处。这种盛况，王勃早已有言：“十旬休假，胜友如云；千里逢迎，高朋满座。”在重聚兼新交的欢乐气氛中，论文的辛苦，长途的折磨，甚至行李下落不明，都似乎变得不太重要，连学界的二三宿敌也显得有点亲切了。

真正开起会来，不少学者虽然大名鼎鼎，却是开口不如闻名。学术界常有的现象，是想得妙的未必写得妙，写得妙的未必讲得妙。古人有“锦心绣口”之说，其实应该三段而论，就是“锦心”未必“采笔”，“采笔”未必“绣口”。所以论文而要宣读，如果那学者咬字不准，句读不明，乡音不改，四声不分；或者是说得太慢，拖泥带水，欲吐还吞；或者是说得太急，一口滔滔，众耳难随，那锦心不免就大打折扣，而采笔也就减色了。

大型的研讨会之类，其实也是一种群众场合，再深刻的论文，再隆重的宣读，也不妨多举实例，偶用比方，或故作惊人之语，或穿插一二笑话，来点“喜剧的发散”。如果一味宣读下去，则除了沉闷之外，还会有这么几个恶果。反应慢的听众会把尊论翻来掀去，苦苦追寻你究竟读到了哪里。反应快的，早已一目十行超过了你，不久已经读完，不必再听你晓晓了。剩下的一些只觉心烦意乱，索性把论文推开，在时差或失眠的恍惚之中，寻梦去了。有一位朋友就说过：研讨会上，正是补觉的好去处。而且，他补充一句，台上一人自言自语，正好为了台下众人催眠。这缺德话令人想起王尔德消遣同行皮内罗的某剧，说是教他“从头睡到尾的最佳剧本”（the best play I' ve ever slept through）。

除此之外，会场上还有两样东西令人不安：一样是催魂的计时铃，另一样是摧耳的麦克风。计时铃是由一位少女的纤指轻轻点按，其声叮咛悦耳，但是传到当事人的耳里，却惊天动地，变成时间老人的警钟，警告他大限到了。这是截止日期的化身，截止的不是悠悠的日期，而是匆匆的分秒，可以称为dead-minute。叮咛一响，时间好像猛一抽筋。机警的当事人当机立断，悬崖勒马。差一点大势已去，无心恋战，没几个回合，也就落荒而逃了。碰到麻木的或是霸道的，对一迭连声的警铃根本充耳不闻，对时光的催租讨债完全无动于衷，简直要不朽了。这时，主席早已扭颈歪头，对他虎视眈眈。台下的众人更是坐立不安，只差大吼叫他下台。“世界上有这么不识相的人！”下一位讲者在心里咒着，也转头向独夫怒目。过了一个世纪，独夫终于停了。从永恒的煎熬中解脱，大众已经无力愤怒，只有感激。

麦克风更是全场成败的关键。一架好麦克风，遇弱则弱，遇强则强，其实是无辜的。可惜济济多士，竟有一大半不知道如何待它，不是把它冷落在一旁，只顾自言自语，害得所有的耳朵都竖直如警犬，便是过分重用，放在嘴边，像在舔甜筒，更像在吹警世的号角，害得所有的耳朵迅雷难避。美国人把麦克风前的怯场叫作mike fright。重用麦克风的讲者却相反，只顾对着它杀伐嘶喊，喊得全场的听众刺耳摧魂，六神无主。麦克风变成了麦克疯，摧人欲疯。好不容易那麦克狂风终于停了，宇宙顿然恢复了安宁。听众也才恢复了自己呼吸的节奏。

计时铃叮叮，麦克风隆隆，不觉研讨会已经“圆满闭幕”。满座高朋就将风流云散，离愁顿生。大型国际会议的“离愁”别有所指，不是指沉重的别情，而是指沉重的书。原来行装初整，论文稿件之外，总不免带些书来，无非是自己的新著，好与学友文朋交换一番。每次都天真地自我安慰：“等送完了，回程就轻松了。”不料热情的朋友送书更多，加上二三十份论文，不知有多少公斤。眼看着又要提得肩酸手痛，想起家里书斋的书灾，还得把这一批书带回去，变本加厉，心情只有更沉，哪有什么“满载而归”

的喜悦？

这一大堆沉甸甸的巨著，带回家去是不智，不带回去是不仁。就这么丢在旅馆里扬长而去吗？太绝情了吧？丢人书者，人亦丢之。想想看，你自己送给别人的呕心之作，忍令流落在异国的垃圾箱底吗，别提什么心灵的结晶了，即以形而下观之，当初造纸牺牲了多少美丽的树啊。既然提得起，就不该放下。于是满载而归。

——一九九四年七月

辑二

我心中曾有片旷野

成人之间不屑也不敢的幼稚口吻、离奇动作，我们在孩子面前，特权似地，却可以完全解放，尽情表演。在孩子的真童年里，我们找到了自己的假童年，乡愁一般再过一次小时候，管它是真是假，是一半还是完全。

听听那冷雨

惊蛰一过，春寒加剧。先是料料峭峭，继而雨季开始，时而淋淋漓漓，时而淅淅沥沥，天潮潮地湿湿，即使在梦里，也似乎有把伞撑着。而就凭一把伞，躲过一阵潇潇的冷雨，也躲不过整个雨季。连思想也都是潮润润的。每天回家，曲折穿过金门街到厦门街迷宫式的长巷短巷，雨里风里，走入霏霏令人更想入非非。想这样子的台北凄凄切切完全是黑白片的味道，想整个中国整部中国的历史无非是一张黑白片子，片头到片尾，一直是这样下着雨的。这种感觉，不知道是不是从安东尼奥尼那里来的。不过那一块土地是久违了，二十五年，四分之一的世纪，即使有雨，也隔着千山万山，千伞万伞。十五年，一切都断了，只有气候，只有气象报告还牵连在一起，大寒流从那块土地上弥天卷来，这种酷冷吾与古大陆分担。不能扑进她怀里，被她的裙边扫一扫也算是安慰孺慕之情吧。

这样想时，严寒里竟有一点温暖的感觉了。这样想时，他希望这些狭长的巷子永远延伸下去，他的思路也可以延伸下去，不是金门街到厦门街，而是金门到厦门。他是厦门人，至少是广义的厦门人，二十年来，不住在厦门，住在厦门街，算是嘲弄吧，也算是安慰。不过说到广义，他同样也是广义的江南人，常州人，南京人，川娃儿，五陵少年。杏花春雨江南，那是他的少年时代了。再过半个月就是清明。安东尼奥尼的镜头摇过去，摇过去又摇过来。残山剩水犹如是，皇天后土犹如是。纭纭黔首、纷纷黎民从北到南犹如是。那里面是中国吗？那里面当然还是中国永远是中国。只是杏花春雨已不再，牧童遥指已不再，剑门细雨渭城轻尘也都已不再。然则他日思夜梦的那片土地，究竟在哪里呢？

在报纸的头条标题里吗？还是香港的谣言里？还是傅聪的黑键白键马恩聪的跳弓拨弦？还是安东尼奥尼的镜底勒马洲的望中？还是呢，故宫博物院的壁头和玻璃柜内，京戏的锣鼓声中太白和东坡的韵里？

杏花，春雨，江南。六个方块字，或许那片土就在那里面。而无论赤县也好神州也好中国也好，变来变去，只要仓颉的灵感不灭，美丽的中文不老，那形象那磁石一般的向心力当必然长在。因为一个方块字是一个天地。太初有字，于是汉族的心灵他祖先的回忆和希望便有了寄托。譬如凭空写一个“雨”字，点点滴滴，滂滂沱沱，淅淅沥沥，一切云情雨意，就宛然其中了。视觉上的这种美感，岂是什么 rain 也好 pluie 也好所能满足？翻开一部《辞源》或《辞海》，金木水火土，各成世界，而一入“雨”部，古神州的天颜千变万化，便悉在望中，美丽的霜雪云霞，骇人的雷电冰雹，展露的无非是神的好脾气与坏脾气，气象台百读不厌门外汉百思不解的百科全书。

听听，那冷雨。看看，那冷雨。嗅嗅闻闻，那冷雨，舔舔吧，那冷雨。雨在他的伞上这城市百万人的伞上雨衣上屋上天线上，雨下在基隆港在防波堤海峡的船上，清明这季雨。雨是女性，应该最富于感性。雨气空而迷幻，细细嗅嗅，清清爽爽新新，有一点点薄荷的香味，浓的时候，竟发出草和树林之后特有的淡淡土腥气，也许那竟是蚯蚓的蜗牛的腥气吧，毕竟是惊蛰了啊。也许地上的地下的生命也许古中国层层叠叠的记忆皆蠢蠢而蠕，也许是植物的潜意识和梦吧，那腥气。

第三次去美国，在高高的丹佛山居住了两年。美国的西部，多山多沙漠，千里干旱，天，蓝似盎格鲁-撒克逊人的眼睛；地，红如印第安人的肌肤；云，却是罕见的白鸟，落基山簇簇耀目的雪峰上，很少飘云牵雾。一来高，二来干，三来森林线以上，杉柏也止步，中国诗词里“荡胸生层云”或是“商略黄昏雨”的意趣，是落基山上难睹的景象。落基山岭之胜，在石，在雪。那些奇岩怪石，相叠互倚，砌一场惊心动魄的雕塑展览，给太阳和千里的风看。那雪，白得虚虚幻幻，冷得清清醒醒，那股皑皑不绝一仰难尽的气势，压得人呼吸困难，心寒眸酸。不过要领略“白云回望合，青霭入看无”的境界，仍须来中国。台湾湿度很高，最饶云气氤氲雨意迷离的情调。两度夜宿溪头，树香沁鼻，宵寒袭肘，枕着润碧湿翠苍苍交叠的山影和万缀都歇的俱寂，仙人一样睡去。山中一夜饱雨，次晨醒来，在旭日未升的原始幽静中，冲着隔夜的寒气，踏着满地的断柯折枝和仍在流泻的细股雨水，一径探入森林的秘密，曲曲弯弯，步上山去。溪头的山，树密雾浓，蓊郁的水汽从谷底冉冉升起，时稠时稀，蒸腾多姿，幻化无定，只能从雾破云开的空处，窥见乍现即隐的一峰半堑，要纵览全貌，几乎是不可能的。至少上山两次，只能在白茫茫里和溪头诸峰玩捉迷藏的游戏。回到台北，世人问起，除了笑而不答心自闲，故作神秘之外，实际的印象，也无非山在虚无之间罢了。云缭烟绕，山隐水迢的中国风景，由来予人宋画的韵味。那天下也许是赵家的天下，那山水却是米家的山水。而究竟，是米氏父子下笔像中国的山水，还是中国的山水上纸像宋画，恐怕是谁也说不清楚了吧？

雨不但可嗅，可亲，更可以听。听听那冷雨。听雨，只要不是石破天惊的台风暴雨，在听觉上总是一种美感。大陆上的秋天，无论是疏雨滴梧桐，或是骤雨打荷叶，听去总有一点凄凉，凄清，凄楚，于今在岛上回味，则在凄楚之外，再笼上一层凄迷了，饶你多少豪情侠气，怕也经不起三番五次的风吹雨打。一打少年听雨，红烛昏沉。再打中年听雨，客舟中江阔云低。三打白头听雨的僧庐下，这更是亡宋之痛，一颗敏感心灵的一生：楼上，江上，庙里，用冷冷的雨珠子串成。十年前，他曾在一场摧心折骨的鬼雨中迷失了自己。雨，该是一滴湿漉漉的灵魂，窗外在喊谁。

雨打在树上和瓦上，韵律都清脆可听。尤其是铿铿敲在屋瓦上，那古老的音乐，属于中国。王禹的黄冈，破如椽的大竹为屋瓦。据说住在竹楼上面，急雨声如瀑布，密雪声比碎玉，而无论鼓琴，咏诗，下棋，投壶，共鸣的效果都特别好。这样岂不像住在竹和筒里面，任何细脆的声响，怕都会加倍夸大，反而令人耳朵过敏吧。

雨天的屋瓦，浮漾湿湿的流光，灰而温柔，迎光则微明，背光则幽暗，对于视觉，是一种低沉的安慰。至于雨敲在粼粼千瓣的瓦上，由远而近，轻轻重重轻轻，夹着一股股的细流沿瓦槽与屋檐潺潺泻下，各种敲击音与滑音密织成网，谁的千指百指在按摩耳轮。“下雨了”，温柔的灰美人来了，她冰冰的纤手在屋顶拂弄着无数的黑键啊灰键，把晌午一下子奏成了黄昏。

在古老的大陆上，千屋万户是如此。二十多年前，初来这岛上，日式的瓦屋亦是如此。先是天暗了下来，城市像罩在一块巨幅的毛玻璃里，阴影在户内延长复加深。然后凉凉的水意弥漫在空间，风自每一个角落里旋起，感觉得到，每一个屋顶上呼吸沉重都覆着灰云。雨来了，最轻的敲打乐敲打这城市。苍茫的屋顶，远远近近，一张张敲过去，古老的琴，那细细密密的节奏，单调里自有一种柔婉与亲切，滴滴点点滴滴，似幻似真，若孩时在摇篮里，一曲耳熟的童谣摇摇欲睡，母亲吟哦鼻音与喉音。或是在江南的泽国水乡，一大筐绿油油的桑叶被啮于千百头蚕，细细琐琐屑屑，口器与口器咀咀嚼嚼。雨来了，雨来的时候瓦这么说，一片瓦说千亿片瓦说，说轻轻地奏吧沉沉地弹，徐徐地叩吧挞挞地打，间间歇歇敲一个雨季，即兴演奏从惊蛰到清明，在零落的坟上冷冷奏挽歌，一片瓦吟千亿片瓦吟。

在日式的古屋里听雨，听四月，霏霏不绝的黄梅雨，朝夕不断，旬月绵延，湿黏黏的苔藓从石阶下一直侵到舌底，心底。到七月，听台风台雨在古屋顶上一夜盲奏，千层海底的热浪沸沸被狂风挟挟，掀翻整个太平洋只为向他的矮屋檐重重压下，整个海在他的蜗壳上哗哗泻过。不然便是雷雨夜，白烟一般的纱帐里听羯鼓一通又一通，滔天的暴雨滂滂沛沛扑来，强劲的电琵琶忐忐忑忑忐忐忑忑，弹动屋瓦的惊悸腾腾欲掀起。不然便是斜斜的西北雨斜斜刷在窗玻璃上，鞭在墙上打在阔大的芭蕉叶上，一阵寒潮泻过，秋意便弥湿旧式的庭院了。

在日式的古屋里听雨，春雨绵绵听到秋雨潇潇，从少年听到中年，听听那冷雨。雨是一种单调而耐听的音乐，是室内乐是室外乐，户内听听，户外听听，冷冷，那音乐。雨是一种回忆的音乐，听听那冷雨，回忆江南的雨下得满地是江湖下在桥上和船上，也下在四川在秧田和蛙塘，下肥了嘉陵江下湿布谷咕咕的啼声，雨是潮潮润润的音乐下在渴望的唇上，舔舔那冷雨。

因为雨是最最原始的敲打乐从记忆的彼端敲起。瓦是最最低沉的乐器灰蒙蒙的温柔覆盖着听雨的人，瓦是音乐的雨伞撑起。但不久公寓的时代来临，台北你怎么一下子长高了，瓦的音乐竟成了绝响。千片万片的瓦翩翩，美丽的灰蝴蝶纷纷飞走，飞入历史的记忆。现在雨下下来下在水泥的屋顶和墙上，没有音韵的雨季。树也砍光了，那月桂，那枫树、柳树和擎天的巨椰，雨来的时候不再有丛叶嘈嘈切切，闪动湿湿的绿光迎接。鸟声减了啾啾，蛙声沉了咯咯，秋天的虫吟也减了唧唧。七十年代的台北不需要这些，一个乐队接一个乐队便遣散尽了。要听鸡叫，只有去《诗经》的韵里找。现在只剩下一张黑白片，黑白的默片。

正如马车的时代去后，三轮车的时代也去了。曾经在雨夜，三轮车的油布篷挂起，送她回家的途中，篷里的世界小得多可爱，而且躲在警察的辖区以外，雨衣的口袋越大越好，盛得下他的一只手里握一只纤纤的手。台湾的雨季这么长，该有人发明一种宽宽的双人雨衣，一人分穿一只袖子此外的部分就不必分得太苛。而无论工业如何发达，一时似乎还废不了雨伞。只要雨不倾盆，风不横吹，撑一把伞在雨中仍不失古典的韵味。任雨点敲在黑布伞或是透明的塑胶伞上，将骨柄一旋，雨珠向四方喷溅，伞缘便旋成了一圈飞檐。跟女友共一把雨伞，该是一种美丽的合作吧。最好是初恋，有点兴奋，更有点不好意思，若即若离之间，雨不妨下大一点。真正初恋，恐怕是兴奋得不需要伞的，手牵手在雨中狂奔而去，把年轻的长发的肌肤交给漫天的淋淋漓漓，然后向对方的唇上颊上尝凉凉甜甜的雨水。不过那要非常年轻且激情，同时，也只能发生在法国的新潮片里吧。

大多数的雨伞想不会为约会张开。上班下班，上学放学，菜市来回的途中。现实的伞，灰色的星期三。握着雨伞。他听那冷雨打在伞上。索性更冷一些就好了，他想。索性把湿湿的灰雨冻成干干爽爽的白雨，六角形的结晶体在无风的空中回回旋旋地降下来。等须眉和肩头白尽时，伸手一拂就落了。二十五年，没有受故乡白雨的祝福，或许发上下一点白霜是一种变相的自我补偿吧。一位英雄，经得起多少次雨季？他的额头是水成岩削成还是火成岩？他的心底究竟有多厚的苔藓？厦门街的雨巷走了二十年与记忆等长，一座无瓦的公寓在巷底等他，一盏灯在楼上的雨窗子里，等他回去，向晚餐后的沉思冥想去整理青苔深深的记忆。

前尘隔海。古屋不再。听听那冷雨。

记忆像铁轨一样长

我的中学时代在四川的乡下度过。那时正当抗战，号称天府之国的四川，一寸铁轨也没有。不知道为什么，年幼的我，在千山万岭的重围之中，总爱对着外国地图，向往去远方游历，而且觉得最浪漫的旅行方式，便是坐火车。每次见到月历上有火车在旷野奔驰，曳着长烟，便心随烟飘，悠然神往，幻想自己正坐在那一排长窗的某一扇窗口，无穷的风景为我展开，目的地呢，则远在千里外等我，最好是永不到达，好让我永不下车。那平行的双轨一路从天边疾射而来，像远方伸来的双手，要把我接去未知；不可久视，久视便受它催眠。

乡居的少年那么神往于火车，大概是因为它雄伟而修长，轩昂的车头一声高啸，一节节的车厢铿铿跟进，那气派真是慑人。至于轮轨相击枕木相应的节奏，初则铿锵而慷慨，继则单调而催眠，也另有一番情韵。过桥时俯瞰深谷，真若下临无地，蹑虚而行，一颗心，也忐忐忑忑待在半空。黑暗迎面撞来，当头罩下，一点准备也没有，那是过山洞。惊魂未定，两壁的回声轰动不绝，你已经愈陷愈深，冲进山岳的盲肠里去了。光明在山的那一头迎你，先是一片幽昧的微曦，迟疑不决，蓦地天光豁然开朗，黑洞把你吐回给白昼。这一连串的经验，从惊到喜，中间还带着不安和神秘，历时虽短而印象很深。

坐火车最早的记忆是在十岁。正是抗战第二年，母亲带我从上海乘船到安南，然后乘火车北上昆明。滇越铁路与富良江平行，依着横断山脉蹲踞的余势，江水滚滚向南，车轮铿铿向北。也不知越过多少桥，穿过多少山洞。我靠在窗口，看了几百里的桃花映水，真把人看得眼红、眼花。

入川之后，刚亢的铁轨只能在山外远远喊我了。一直要等胜利还都，进了金陵大学，才有京沪路上疾驶的快意。那是大一的暑假，随母亲回她的故乡武进，铁轨无尽，伸入江南温柔的水乡，柳丝弄晴，轻轻地抚着麦浪。可是半年后再坐京沪路的班车东去，却不再中途下车，而是直达上海。那是最难忘的火车之旅了：红旗渡江的前夕，我们仓皇离京，还是母子同行，幸好儿子已经长大，能够照顾行李。车厢挤得像满满一盒火柴，可是乘客的四肢却无法像火柴那么排得平整，而是交肱叠股，摩肩错臂，互补着虚实。母亲还有座位。我呢，整个人只有一只脚半踩在茶几上，另一只则在半空，不是虚悬在空中，而是斜斜地半架半压在各色人等的各色肢体之间。这么维持着“势力平衡”，换腿当然不能，如厕更是妄想。到了上海，还要奋力夺窗而出，否则就会被新拥上来的回程旅客夹在中间，挟回南京去了。

来台之后，与火车更有缘分。什么快车慢车、山线海线，都有缘在双轨之上领略，只是从前京沪路上的东西往返，这时，变成了纵贯线上的南北来回。滚滚疾转的风火车轮上，现代哪吒的心情，有时是出发的兴奋，有时是回程的慵懒，有时是午晴的遐思，有时是夜雨的落寞。大玻璃窗招来豪阔的山水，远近的城村；窗外的光景不断，窗内的思绪不绝，真成了情景交融。尤其是在长途，终站尚远，两头都搭不上现实，这是你一切都被动的过渡时期，可以绝对自由地大想心事，任意识乱流。

饿了，买一盒便当充午餐，虽只一片排骨，几块酱瓜，但在快览风景的高速动感下，却显得特别可口。台中站到了，车头重重地喘一口气，颈挂零食拼盘的小贩一拥而上。太阳饼、凤梨酥的诱惑总难以拒绝。照例一盒盒买上车来，也不一定是为了有多美味，而是细嚼之余有一股甜津津的乡情，以及那许多年来，唉，从年轻时起，在这条线上进站、出站、过站、初旅、重游、挥别，重重叠叠的回忆。

最生动的回忆却不在这条线上，在阿里山和东海岸。拜阿里山神是在十二年前。朱红色的窄轨小火车在洪荒的岑寂里盘旋而上，忽进忽退，忽蠕蠕于悬崖，忽隐身于山洞，忽又引吭一呼，回声在峭壁间来回反弹。万绿丛中牵曳着这一线媚红，连高古的山颜也板不起脸来了。

拜东岸的海神却近在三年以前，是和我一同乘电气化火车从北回线南下。浩浩的太平洋啊，日月之所出，星斗之所生，毕竟不是海峡所能比。东望，是令人绝望的水蓝世界，起伏不休的咸波，在远方，摇撼着多少个港口多少只船，扪不到边，探不到底，海神的心事就连长锚千丈也难窥。一路上怪壁碍天，奇岩镇地，被千古的风浪刻成最丑所以也最美的形貌，罗列在岸边如百里露天的艺廊，刀痕刚劲，一件件都凿着时间的签名，最能满足狂士的"石癖"。不仅岸边多石，海中也多岛。火车过时，一个个岛屿都不甘寂寞，跟它赛起跑来。毕竟都是海之囚，小的，不过跑三两分钟，大的，像龟山岛，也只能追逐十几分钟，就认输放弃了。

萨洛扬的小说里，有一个寂寞的野孩子，每逢火车越野而过，总是兴奋地在后面追赶。四十年前在四川的山国里，对着世界地图悠然出神的，也是那样寂寞的一个孩子，只是在他的门前，连火车也不经过。后来远去外国，越洋过海，坐的却常是飞机，而非火车。飞机虽可想成庄子的逍遥之游，列子的御风之旅，但是出没云间，游行虚壁，变化不多，机窗也太狭小，久之并不耐看。哪像火车的长途，催眠的节奏，多变的风景，从阔窗里看出去，又像是在人间，又像驶出了世外。所以在海外旅行，凡铿铿的双轨能到之处，我总是站在月台——名副其实的"长亭"——上面，等那阳刚之美的火车轰轰隆隆其势不断地踹进站来，来载我去远方。

在美国的那几年，坐过好多次火车，在爱荷华城读书的那一年，常坐火车去芝加哥看刘鎏和孙璐。美国是汽车王国，火车并不考究。去芝加哥的老式火车颇有十九世纪遗风，坐起来实在不大舒服，但沿途的风景却看之不倦。尤其到了秋天，原野上有一股好闻的淡淡焦味，太阳把一切成熟的东西焙得更成熟，黄透的枫叶杂着赭尽的橡叶，一路艳烧到天边，谁见过那样美丽的“火灾”呢？过密西西比河，铁桥上敲起空旷的铿锵，桥影如网，张着抽象美的线条，倏忽已踹过好一片壮阔的烟波。等到暮色在窗，芝城的灯火迎面渐密，那黑人老车掌就喉音重浊地喊出站名：Tanglewood！

有一次，从芝城坐火车回爱荷华城。正是圣诞假后，满车都是回校的学生，大半还背着、拎着行囊，更显拥挤。我和好几个美国学生挤在两节车厢之间，等于站在老火车轧轧交挣的关节之上，又冻又渴，饮水的纸杯在众人手上，从厕所一路传到我们跟前。更严重的问题是不能去厕所，因为连那里面也站满了人。火车原已误点，我们在呵气翳窗的芝城总站上早已困立了三四个小时，偏偏隆冬的膀胱最容易注满。终于“满载而归”，一直熬到爱大的宿舍。一泻之余，顿觉身轻若仙，重心全失。

美国火车经常误点，真是恶名昭彰。我在美国下决心学开汽车，完全是给老爷火车激出来的。火车误点，或是半途停下来等到地老天荒，甚至为了说不清楚的深奥原因向后倒开，都是最不浪漫的事。几次耽误，我一怒之下，决定把方向盘握在自己手里，不问山长水远，都可即时命驾。执照一到手，便与火车分道扬镳，从此我骋我的高速路，它敲它的双铁轨。不过在高速路旁，偶见逶迤的列车同一方向疾行，那修长而魁伟的体魄，那稳重而剽悍的气派，尤其是在天高云远的西部，仍令我怦然心动。总忍不住要加速去追赶，兴奋得像西部片里马背上的大盗，直到把它追进了山洞。

一九七六年去英国，周榆瑞带我和彭歌去剑桥一游。我们在维多利亚车站的月台上候车，匆匆来往的人群，使人想起那许多著名小说里的角色。在这“生之漩涡”里卷进又卷出的神色与心情。火车出城了，一路开得不快，看不尽人家后院晒着的衣裳，和红砖翠篱之间明艳而动人的园艺。那年西欧大旱。耐干的玫瑰却恣肆着娇红。不过是八月底，英国给我的感觉却是过了成熟焦点的晚秋，尽管是迟暮了，仍不失为美人。到剑桥飘起霏霏的细雨，更为那一幢幢严整雅洁的中世纪学院平添了一分迷蒙的柔美。经过人文传统日琢月磨的景物，究竟多一种沉潜的秀逸气韵，不是铝光闪闪的新厦可比。在空幻的雨气里，我们撑着黑伞，踱过剑河上的石洞拱桥，心底回旋的是弥尔顿牧歌中的抑扬名句，不是硖石才子的江南乡音。红砖与翠藤可以为证，半部英国文学史不过是这河水的回声。雨气终于浓成暮色，我们才挥别了灯暖如橘的剑桥小站。往往，大旅途里最具风味的，是这种一日来回的“便游”（side trip）。

两年后我去瑞典开会，回程顺便一游丹麦与德国，特意把斯德哥尔摩到哥本哈根的机票，换成黄底绿字的美丽火车票。这一程如果在云上直飞，一小时便到了，但是在铁轨上轮转，从上午八点半到下午四点半，却足足走了八个小时。云上之旅海天一色，美得未免抽象。风火轮上八小时的滚滚滑行，却带我深入瑞典南部的四省，越过青青的麦田和黄艳艳的芥菜花田，攀过银桦蔽天杉柏密矗的山地，渡过北欧之喉的峨瑞升德海峡，在香熟的夕照里驶入丹麦。瑞典是森林王国，火车上凡是门窗几椅之类都用木制，给人的感觉温厚而可亲。车上供应的午餐是烘面包夹鲜虾仁，灌以甘洌的嘉士伯啤酒，最合我的口味。瑞典南端和丹麦北部这一带，陆上多湖，海中多岛，我在诗里曾说这地区是“屠龙英雄的泽国，佯狂王子的故乡”，想象中不知有多阴郁，多神秘。其实那时候正是春夏之交，纬度高远的北欧日长夜短，柔蓝的海峡上，迟暮的天色久久不肯落幕。我在延长的黄昏里独游哥本哈根的夜市，向人鱼之港的灯影花香里，寻找疑真疑幻的传说。德国之旅，从杜塞尔多夫到科隆的一程，我也改乘火车。德国的车厢跟瑞典的相似，也是一边是狭长的过道，另一边是方形的隔间，装饰古拙而亲切。令人想起旧世界的电影。乘客稀少，由我独占一间，皮箱和提袋任意堆在长椅上。银灰与橘红相映的火车沿莱茵河南下，正自纵览河景，查票员说科隆到了。刚要把行李提上走廊，猛一转身，忽然瞥见蜂房蚁穴的街屋之上峻然拔起两座黑黝黝的尖峰，瞬间的感觉，极其突兀而可惊。定下神来，火车已经驶近那一双怪物，峭险的尖塔下原来还整齐地绕着许多小塔，锋芒逼人，拱卫成一派森严的气象，那么崇高而神秘，中世纪哥特式的肃然神貌耸在半空，无闻于下界琐细的市声。原来是科隆的大教堂，在莱茵河畔顶天立地已七百多岁。火车在转弯。不知道是否因为微侧，竟感觉那一对巨塔也巍然倾斜，令人吃惊。不知飞机回降时成何景象，至少火车进城的这一幕十分壮观。

三年前去里昂参加国际笔会的年会，从巴黎到里昂，当然是乘火车，为了深入法国东部的田园诗里，看各色的牛群，或黄或黑，或白底而花斑，嚼不尽草原缓坡上远连天涯的芳草萋萋。陌生的城镇，点名一般地换着站牌。小村更一现即逝，总有白杨或青枫排列于乡道，掩映着粉墙红顶的村舍，衬以教堂的细瘦尖塔，那么秀气地指着远天。席思礼（Sisley）、毕沙洛（Pissarro），在初秋的风里吹弄着牧笛吗？那年法国刚通了东南线的电气快车，叫作 Le TGV（Train à Grande Vitesse），时速三百八十公里，在报上大事宣扬。回程时，法国笔会招待我们坐上这娇红的电鳗；由于座位是前后相对，我一路竟倒骑着长鳗进入巴黎。在车上也不觉得怎么“风驰电掣”，颇感不过如此。今年初夏和纪刚、王蓝、健昭、杨牧一行，从东京坐子弹车射去京都，也只觉其“稳健”而已。车到半途，天色渐昧，正吃着鳗鱼佐饭的日本便当，吞着苦涩的札幌啤酒，车厢里忽然起了骚动，惊叹不绝。在邻客的探首指点之下，讶见富士山的雪顶白矗晚空，明知其为真实，却影影绰绰，像一片可怪的幻象。车行极快，不到三五分钟，那一影淡白早已被近丘所遮。那样快的变动，敢说浮世绘的画师，戴笠挎剑的武士，都不曾见过。

台湾中南部的大学常请台北的教授前往授课，许多朋友不免每星期南下台中、台南或高雄。从前龚定庵奔波于北京与杭州之间，柳亚子说他“北驾南舣到白头”。这些朋友在岛上南北奔波，看样子也会奔到白头，不过如今是在双轨之上，不是驾马舣舟。我常笑他们是演《双城记》。其实近十年来，自己在台北与香港之间，何尝不是如此？在台北，三十年来我一直以厦门街为家。现在的汀州街二十年前是一条窄轨铁路，小火车可通新店。当时年少，我曾在夜里踏着轨旁的碎石，鞋声轧轧地走回家去，有时索性走在轨道上，把枕木踩成一把平放的长梯。时常在冬日的深宵，诗写到一半，正独对天地之悠悠，寒战的汽笛声会一路沿着小巷呜呜传来，凄清之中有其温婉，好像在说：全台北都睡了，我也要回站去了，你，还要独撑这倾斜的世界吗？夜半钟声到客船，那是张继。而我，总还有一声汽笛。

在香港，我的楼下是山，山下正是九广铁路的中途。从黎明到深夜，在阳台下滚滚碾过的客车、货车，至少有一百班。初来的时候，几乎每次听见车过，都不禁要想起铁轨另一头的那一片土地，简直像十指连心。十年下来，那样的节拍也已听惯，早成大寂静里的背景音乐，与山风海潮合成浑然一片的天籁了。那轮轨交磨的声音，远时哀沉，近时壮烈，清晨将我唤醒，深宵把我摇睡，已经潜入了我的脉搏，与我的呼吸相通。将来我回去台湾，最不惯的恐怕就是少了这金属的节奏，那就是真正的寂寞了。也许应该把它录下音来，用最敏感的机器，以备他日怀旧之需。附近有一条铁路，就似乎把住了人间的动脉，总是有情的。

香港的火车电气化之后，大家坐在冷静如冰箱的车厢里，忽然又怀起古来，隐隐觉得从前的黑头老火车，曳着煤烟而且重重叹气的那种，古拙刚愎之中仍不失可亲的味道。在从前那种车上，总有小贩穿梭于过道，叫卖斋食与“凤爪”，更少不了的是报贩。普通票的车厢里，不分三教九流，男女老幼，都杂杂沓沓地坐在一起，有的默默看报，有的怔怔望海。有的瞌睡，有的啃鸡爪，有的闲闲地聊天，有的激昂慷慨地痛论国事，但旁边的主妇并不理会，只顾得呵斥自己的孩子。

如果你要香港社会的样品，这里便是。周末的加班车上，更多广州返来的回乡客，一根扁担，就挑尽了大包小笼。此情此景，总令我想起杜米叶（Honoré Daumier）的名画《三等车上》。只可惜香港没有产生自己的杜米叶，而电气化后的明净车厢里，从前那些汗气、土气的乘客，似乎一下子都不见了，小贩子们也绝迹于月台。我深深怀念那个摩肩抵肘的时代。站在今日画了黄线的整洁月台上，总觉得少了一点什么，直到记起了从前那一声汽笛长啸。

写火车的诗很多，我自己都写过不少。我甚至译过好几首这样的诗，却最喜欢土耳其诗人塔朗吉（Cahit Sitki Taranci）的这首：

去什么地方呢？这么晚了，
美丽的火车，孤独的火车？
凄苦是你汽笛的声音，
令人记起了许多事情。
为什么我不该挥舞手巾呢？
乘客多少都跟我有亲。
去吧，但愿你一路平安，
桥都坚固，隧道都光明。

—— 一九八四年五月

没有邻居的都市

1

六年前从香港回来，就一直定居在高雄，无论是醒着梦着，耳中隐隐，都是海峡的涛声。老朋友不免见怪：为什么我背弃了台北。我的回答是：并非我背弃了台北，而是台北背弃了我。

在南部这些年来，若无必要，我绝不轻易北上。有时情急，甚至断然说道："拒绝台北，是幸福的开端！"因为事无大小，台北总是坐庄，诸如开会、演讲、聚餐、展览等等，要是台北一招手就仓皇北上，我在高雄的日子就过不下去了。

这么说来，我真像一个无情的人了，简直是忘恩负义。其实不然。我不去台北，少去台北，怕去台北，绝非因为我忘了台北，恰恰相反，是因为我忘不了台北——我的台北，从前的台北。那一坳繁华的盆地，那一盆少年的梦，壮年的回忆，盛着我初做丈夫，初做父亲，初做作家和讲师的情景，甚至更早，盛着我还是学生还有母亲的岁月——当时灿烂，而今已成黑白片了的五十年代，我的台北；无论我是坐"国光号"从西北，或是坐"自强号"从西南，或是坐华航从东北进城，那个台北是永远回不去了。

至于从八十年代忽已跨进九十年代的台北，无论从报上读到，从电视上看到，或是亲身在街头遇到的，大半都不能令人高兴；无论先知或骗子用什么“过渡”“多元”“开放”来诠释，也不能令人感到亲切。你走在忠孝东路上，整个亮丽而嚣张的世界就在你肘边推挤，但一切又似乎离你那么遥远，什么也抓不着，留不住。像传说中一觉醒来的猎人，下得山来，闯进了一个陌生的世界，你走在台北的街上。

所谓乡愁，如果是地理上的，只要一张机票或车票，带你到熟悉的门口，就可以解决了。如果是时间上的呢，那所有的路都是单行，所有的门都闭上了，没有一扇能让你回去。经过香港的十年，我成了一个时间的浪子，背着记忆沉重的行囊，回到台北的门口，却发现金钥匙丢了，我早已把自己反锁在门外。

惊疑和怅惘之中，即使我叫开了门，里面对立着的，也不过是一张陌生的脸，冷漠而不耐。

“那你为什么去高雄呢？”朋友问道，“高雄就认识你吗？”

“高雄原不识年轻的我，”我答道，“我也不认识从前的高雄。所以没有失落什么，一切可以从头来起。台北不同，背景太深了，自然有沧桑。台北盆地是我的回声谷，无穷的回声绕着我，转成一个记忆的漩涡。”

2

那条厦门街的巷子当然还在那里。台北之变，大半是朝东北的方向，挖土机对城南的蹂躏，规模小得多了。如果台北盆地是一个大回声谷，则厦门街的巷子是一条曲折的小回声谷，响着我从前的步声。我的那条“家巷”，一一三巷，巷头连接厦门街，巷尾通到同安街，当然仍在那里。这条窄长的巷子，颇有文学的历史。五十年代，《新生报》的宿舍就在巷腰，常见彭歌的踪影。有一度，潘垒也在巷尾卜居。《文学杂志》的时代，发行人刘守宜的寓所，亦即杂志的社址，就在巷尾斜对面的同安街另一小巷内。所以那一带的斜巷窄弄，也常闻夏济安、吴鲁芹的咳唾风生，夏济安因兴奋而报赧的脸色，对照着吴鲁芹泰然的眸光。王文兴家的日式古屋掩映在老树荫里，就在同安街尾接水源路的堤下，因此脚程所及，也常在附近出没。那当然还是《家变》以前的淹远岁月。后来黄用家也迁去一一三巷，门牌只差我家几号，一阵风过，两家院子里的树叶都会前后吹动的。

赫拉克莱德司说过："后浪之来，滚滚不断。拔足更涉，已非前流。"时光流过那条长巷的回声峡谷，前述的几人也都散了。只留下我这厦门人氏，长守在厦门街的僻巷，直到八十年代的中叶，才把它，我的无根之根，非产之产，交给了晚来的洪范书店和尔雅出版社去看顾。

只要是我的"忠实读者"，没有不知道厦门街的。近乎半辈子在其中消磨，母亲在其中谢世，四个女儿和十七本书在其中诞生，那一带若非我的乡土，至少也算是我的市井、街坊、闾里和故居。若是我患了梦游症，警察当能在那一带将我寻获。

尽管如此，在我清醒的时刻，是不会去重游旧地的。尽管每个月必去台北，却没有勇气再踏进那条巷子，更不敢去凭吊那栋房子，因为巷子虽已拓宽、拉直，两旁却立刻停满了汽车，反而更显狭隘。曾经是扶桑花、九重葛掩映的矮墙头，连带扶疏的树影全不见了，代之矗起的是层层叠叠的公寓，和另一种枝柯的天线之网。清脆的木屐敲叩着满巷的宁谧，由远而近，由近而低沉。清脆的脚踏车铃在门外叮叮曳过，那是早晨的报贩，黄昏放学的学生，还有三轮车夹杂其间。夜深时自有另外的声音来接班，凄清而幽怨的是按摩女或盲者的笛声，悠缓地路过，低抑中透出沉洪的，是呼唤晚睡人的"烧肉粽"。那烧肉粽，一掀开笼盖白气就腾入夜色，我虽然从未开门去买过，但是听在耳里，知道巷子里还有人在和我分担深夜，却减了我的寂寞。

但这些都消失了，拓宽而变窄的巷子，激荡着汽车、爆发着机车的噪音。巷里住进了更多的人，却失去了邻居，因为回家后人人都把自己关进了公寓，出门，又把自己关进了汽车。走在今日的巷子里，很难联想起我写的《月光曲》：

厦门街的小巷纤细而长
用这样干净的麦管吸月光
凉凉的月光，有点薄荷味的
月光。在水底，在湖底

而机器狼群的厉嗥，也掩盖了我的《木屐怀古组曲》：

踢踢踏
踏踏踢
给我一双小木屐
让我把童年敲敲醒
像用笨笨的小乐器
从巷头
到巷底
踢力踏拉
踏拉踢力

3

五十年代的青年作者要投稿，“中央副刊”是兵家必争之地。我从香港来台，插班台大外文系三年级，立刻认真向“中副”投稿，每投必中。只有一次诗稿被退，我不服气，把原诗再投一次，竟获刊出。这在中国的投稿史上，不知有无前例。最早的时候，每首诗的稿酬是五元，已经够我带女友去看一场电影，吃一次馆子了。

诗稿每次投去，大约一周之后刊登。算算日子到了，一大清早只要听到前院吧嗒一声，那便是报纸从竹篱笆外飞了进来。我就推门而出，拾起大王椰树下的报纸，就着玫红的晨曦，轻轻、慢慢地抽出里面的副刊。最先瞥见的总是最后一行诗，只一行就够了，是自己的。那一刹那，世界多奇妙啊，朝霞是新的，报纸是新的，自己的新作也是簇簇新崭崭新。编者又一次肯定了我，世界，又一次向我瞩目，真够人飘飘然的了。

不久稿费通知单就来了，静静抵达门口的信箱。当然还有信件、杂志、赠书。世界来敲门，总是骑着脚踏车来的，刹车声后，更揿动痉挛的电铃。我要去找世界呢，也是先牵出轻俊而灵敏的赫赳力士(Hercules)，左脚点镫，右脚翻腾而上，曳一串爽脆的铃声，便上街而去。脚程带劲而又顺风的话，下面的双轮踩得出哪吒的气势，中山北路女友的家，十八分钟就到了。

台大毕业的那个夏夜，我和萧堉胜并骑脚踏车直上圆山，躺在草地上怔怔地对着星空。学生时代终于告别了，而未来充满了变数，不知如何是好。那时候还没有流行什么“失落的一代”，我们却真是失落了。幸好人在社会，身不由己。大学生毕业后受训、服役，从我们那一届开始。我们是外文系出身，不必去凤山严格受训，便留在台北做起翻译官来。我先后在“国防部”的联络局与第三厅服役，竟然出入“总统府”达三年之久。直到1956年，夏济安因为事忙，不能续兼东吴的散文课，要我去代课。这是我初登大学讲坛的因缘。

住在五十年代的台北，自觉红尘十丈，够繁华的了。其实人口压力不大，交通也还流畅，有些偏僻街道甚至有点田园的野趣。骑着脚踏车，在和平东路上向东放轮疾驶，翘起的拇指山蛮有性格地一直在望，因为前面没有高楼，而一过新生南路，便车少人稀，屋宇零落，开始荒了。双轮向北，从中山北路二段右转上了南京东路，并非今日宽坦的四线大道，啊不是，只是一条粗铺的水泥弯路，在水田青秧之间蜿蜒而隐。我上台大的那两年，双轮沿罗斯福路向南，右手尽是秧田接秧田，那么纯洁无辜的鲜绿，偏偏用童真的白鹭来反喻，怎不令人眼馋，若是久望，真要得“餍绿症”了。这种幸福的危机，目迷霓虹的新台北人是不用担心的。

大四那一年的冬天，一日黄昏，寒流来袭，吴炳钟老师召我去他家吃火锅。冒着削面的冰风骑车出门，我先去衡阳街兜了一圈。不过八点的光景，街上不但行人稀少，连汽车、脚踏车也叫不到几辆，只有阴云压着低空，风声摇撼着树影。五十年代的台北市，今日回顾起来，只像一个很不起眼的小省城，繁荣或壮丽都说不上，可是空间的感觉似乎很大，因为空旷，至少比起今日来，人稀车少，树密屋低。四十年后，台北长高了，显得天小了，也长大了，可是因为挤，反而显得缩了。台北，像裹在所有台北人身上的一件紧身衣。那紧，不但是对肉体，也是对精神的压力，不但是空间上，也是时间上的威胁。一根神经质的秒针，不留情面地追逐着所有的台北人。长长短短的截止日期，为你设下了大限小限，令你从梦里惊醒。只要一出门，天罗地网的招牌、噪音、废气、资讯，就把你鞭笞成一只无助的陀螺。

何时你才能面对自己呢？

那时的武昌街头，一位诗人可以靠在小书摊上，君临他独坐的王国，与磨镜自食的斯宾诺萨，以桶为家的戴阿吉尼司遥遥对笑。而牯岭街的矮树短墙下，每到夜里，总有一群梦游昔日的书迷，或老或少，或佝偻，或蹲踞，向年代远的一堆堆一叠叠残篇零简、孤本秘籍，各发其思古之幽情。

那时的台北，有一种人叫作“邻居”。在我厦门街巷居的左邻，有一家人姓程。每天清早，那父亲当庭漱口，声震四方。晚餐之后，全家人合唱圣歌，天伦之乐随安详的旋律飘过墙来。四十年后，这种人没有了。旧式的“厝边人”全绝迹了，换了一批戴面具的“公寓人”。这些人显然更聪明，更富有，更忙碌，爱拼才会赢，令人佩服，却难以令人喜欢。

台北已成没有邻居的都市。

使我常常回忆发迹以前的那座古城，它在电视和电脑的背后，传真机和移动电话的另一面。坐上三轮车我就能回去，如果我找得到一辆三轮车。

——一九九二年一月

日不落家

1

壹圆的旧港币上有一只雄狮，戴冕控球，姿态十分威武。但七月一日以后，香港归还了中国，那顶金冠就要失色，而那只圆球也不能号称全球了。伊丽莎白二世在位，已经四十五年，恰与一世相等。在两位伊丽莎白之间，大英帝国从起建到瓦解，凡历四百余年，与汉代相当。方其全盛，这帝国的属地藩邦、运河军港，遍布了水陆大球，天下四分，独占其一，为历来帝国之所未见，有“日不落国”之称。

而现在，日落帝国，照艳了香港最后这一片晚霞。“日不落国”将成为历史，代之而兴的乃是“日不落家”。

冷战时代过后，国际日趋开放，交流日见频繁，加以旅游便利，资讯发达，这世界真要变成地球村了。于是同一家人辞乡背井，散落到海角天涯，昼夜颠倒，寒暑对照，便成了“日不落家”。今年我们的四个女儿，两个在北美，两个在西欧，留下我们二老守在岛上。一家而五分，你醒我睡，不可“同日而语”，也成了“日不落家”。

幼女季珊留法五年，先在翁热修法文，后去巴黎读广告设计，点唇画眉，似乎沾上了一些高卢风味。我家英语程度不低，但家人的法语发音，常会遭她纠正。她擅于学人口吻，并佐以滑稽的手势，常逗得母亲和姐姐们开心，轻则解颜，剧则捧腹。可以想见，她的笑话多半取自法国经验，首当其冲的自然是法国男人。马歇·马叟是她的偶像，害得她一度想学默剧。不过她的设计也学得不赖，我译的王尔德喜剧《理想丈夫》，便是她做的封面。现在她住在加拿大，一个人孤悬在温哥华南郊，跟我们的时差是早八小时。

长女珊珊在堪萨斯修完艺术史后，就一直留在美国，做了长久的纽约客。大都会的艺馆画廊既多，展览又频，正可尽情饱赏。珊珊也没有闲着，远流版两巨册的《现代艺术理论》就是她公余、厨余的译绩。华人画家在东岸出画集，也屡次请她写序。看来我的“序灾”她也有份了，成了“家患”，虽然苦些，却非徒劳。她已经做了母亲，男孩四岁，女孩未满两岁。家教所及：那小男孩一面挥舞恐龙和电动神兵，一面却随口叫出梵·高和蒙娜丽莎的名字，把考古、科技、艺术合而为一，十足一个博闻强记的顽童。四姐妹中珊珊来得最早，在生动的回忆里她是破天荒第一声婴啼，一婴开啼，众婴响应，带来了日后八根小辫子飞舞的热闹与繁华。然而这些年来她离开我们也最久，而自己有了孩子之后，也最不容易回台，所以只好安于“日不落家”，不便常回“娘家”了，她和幺妹之间隔了一整个美洲大陆，时差，又早了三个小时。

凌越渺渺的大西洋更往东去，五小时的时差，便到了莎士比亚所赞的故乡，“一块宝石镶嵌在银涛之上”。次女幼珊在曼彻斯特大学专攻华兹华斯，正襟危坐，苦读的是诗翁浩繁的全集，逍遥汗漫，优游的也还是诗翁俯仰的湖区。华兹华斯乃英国浪漫诗派的主峰，幼珊在柏克莱（Berkeley）写硕士论文，仰攀的是这翠微，十年后径去华氏故乡，在曼城写博士论文，登临的仍是这雪顶，真可谓从一而终。世上最亲近华氏的女子，当然是他的妹妹桃乐赛（Dorothy Wordsworth），其次呢，恐怕就轮到我家的二女儿了。

幼珊留英，将满三年，已经是一口不列颠腔。每逢朋友访英，她义不容辞，总得驾车载客去西北的坎布利亚，一览湖区绝色，简直成了华兹华斯的特勤导游。如此贡献，只怕桃乐赛也无能为力吧。我常劝幼珊在撰正论之余，把她的英国经验，包括湖区的唯美之旅，一一分题写成杂文小品，免得日后“留英”变成“留白”。她却惜墨如金，始终不曾下笔，正如她的幺妹空将法国岁月藏在心中。

幼珊虽然远在英国，今年却不显得怎么孤单，因为三妹佩珊正在比利时研究，见面不难，没有时差。我们的三女儿反应迅速，兴趣广泛，而且“见异思迁”：她拿的三个学位依次是历史学士、广告硕士、行销博士。所以我叫她作“柳三变”。在香港读中文大学的时候，她的钢琴演奏曾经考取八级，一度有意去美国主修音乐；后来又任《星岛日报》的文教记者。所以在餐桌上我常笑语家人：“记者面前，说话当心。”

回台以后，佩珊一直在东海的企管系任教，这些年来，更把本行的名著三种译成中文，在天下、远流出版。今年她去比利时做市场调查，范围兼及荷兰、英国。据我这做父亲的看来，她对消费的兴趣，不但是学术，也是癖好，尤其是对于精品。她的比利时之旅，不但饱览佛朗德斯名画，而且遍尝各种美酒，更远征土耳其，去清真寺仰听尖塔上悠扬的呼祷，想必是十分丰盛的经验。

2

世界变成了地球村，这感觉，看电视上的气象报告最为具体。台湾太热，温差又小，本地的气象报告不够生动，所以爱看外地的冷暖，尤其是够酷的低温。每次播到大陆各地，我总是寻找沈阳和兰州。“哇！零下十二度耶！

过瘾啊！”于是一整幅雪景当面掴来，觉得这世界还是多彩多姿的。

一家既分五地，气候自然各殊。其实四个女儿都在寒带，最北的曼彻斯特约当北纬五十三度又半，最南的纽约也还有四十一度，都属于高纬了。总而言之，四个女儿纬差虽达十二度，且气温大同，只得一个冷字。其中幼珊最为怕冷，偏偏曼彻斯特严寒欺人，而读不完的华兹华斯又必须久坐苦读，难抵凛冽。对比之下，低纬二十二度半的高雄是暖得多了，即使嚷嚷寒流犯境，也不过等于英国的仲夏之夜，得盖被窝。

黄昏，是一日最敏感最容易受伤的时辰，气象报告总是由近而远，终于播到了北美与西欧，把我们的关爱带到高纬，向陌生又亲切的都市聚焦。陌生，因为是寒带。亲切，因为是我们的孩子所在。

“温哥华还在零下。”

“暴风雪袭击纽约，机场关闭！”

“伦敦都这么冷了，曼彻斯特更不得了！”

“布鲁塞尔呢，也差不多吧？”

坐在热带的凉椅上看国外的气象，我们总这么大惊小怪，并不是因为没有见识过冰雪，或是孩子们还在稚龄，不知保暖，更不是因为那些国家太简陋，难以御寒。只因为父母老了，念女情深，在记忆的深处，梦的焦点，在见不得光的潜意识底层，女儿的神情笑貌仍似往昔，永远珍藏在娇憨的稚岁，童真的幼龄——所以天冷了，就得为她们加衣，天黑了，就等待她们一一回来，向热腾腾的晚餐，向餐桌顶上金黄的吊灯报到，才能众辫聚首，众瓣围葩，辐辏成一朵哄闹的向日葵。每当我眷顾往昔，年轻的幸福感就在这一景停格。

人的一生有一个半童年。一个童年在自己小时候，而半个童年在自己孩子的小时候。童年，是人生的神话时代，将信将疑，一半靠父母的零星口述，很难考古。错过了自己的童年，还有第二次机会，那便是自己子女的童年。年轻爸爸的幸福感，大概仅次于年轻妈妈了。在厦门街绿荫深邃的巷子里，我曾是这么一位顾盼自得的年轻爸爸，四个女婴先后裹着奶香的襁褓，投进我喜悦的怀抱。黑白分明，新造的灵瞳灼灼向我转来，定睛在我脸上，不移也不眨，凝神认真地读我，似乎有一点困惑。

“好像不是那个（妈妈）呢，这个（男人）。”她用超语言的混沌意识在说我，而我，更逼近她的脸庞，用超语言的笑容向她示意：“我不是别人，是你爸爸，爱你，也许比不上你妈妈那么周到，但不会比她少。”她用超经验的直觉将我的笑容解码，于是学起我来，忽然也笑了。这是父女间第一次相视而笑，像风吹水绽，自成涟漪，却不落言诠，不留痕迹。

为了女婴灵秀可爱，我们笑。受了我们笑容的启示，笑声的鼓舞，女婴也笑了。女婴一笑，我们以笑回答。女婴一哭，我们笑得更多。女婴刚会起立，我们用笑勉励。她又跌坐在地，我们用笑安抚。四个女婴马戏团一般相继翻筋斗来投我家，然后是带爬、带跌、带摇、带晃，扑进我们张迎的怀里——她们的童年是我们的“笑季”。

为了逗她们笑，我们做鬼脸。为了教她们牙牙学语，我们自己先儿语牙牙：“这是豆豆，那是饼饼，虫虫虫虫飞！”成人之间不屑也不敢的幼稚口吻、离奇动作，我们在孩子面前，特权似的，却可以完全解放，尽情表演。在孩子的真童年里，我们找到了自己的假童年，乡愁一般再过一次小时候，管它是真是假，是一半还是完全。

快乐的童年是双全的互惠：一方面孩子长大了，孺慕儿时的亲恩；一方面父母老了，眷念子女的儿时。因为父母与稚儿之间的亲情，最原始、最纯粹、最强烈，印象最久也最深沉，虽经万劫亦不可磨灭。坐在电视机前，看气象而念四女，心底浮现的常是她们孩时，仰面伸手，依依求抱的憨态，只因那形象最萦我心。

最萦我心是第一个长夏，珊珊卧在白纱帐里，任我把摇篮摇来摇去，乌眸灼灼仍对我仰视，窗外一巷的蝉嘶；是幼珊从躺床洞孔倒爬了出来，在地上颤颤昂头像一只小胖兽，令众人大吃一惊，又哄然失笑；是带佩珊去看电影，她水亮的眼珠在暗中转动，闪着银幕的反光，神情那样紧张而专注，小手微汗在我的手里，是季珊小时候怕打雷和鞭炮，巨响一迸发就把哭声埋进婆婆的怀里，呜咽久之。

不知道她们的母亲，记忆中是怎样为每一个女孩的初貌取景造型。也许是太密太繁了，不一而足，甚至要远溯到成形以前，不是形象，而是触觉，是胎里的颠倒蜷伏，手撑脚踢。

当一切追溯到源头，混沌初开，女婴的生命起自父精巧遇到母卵，正是所有爱情故事的雏形。从父体出发长征的；万头攒动，是适者得岸的蝌蚪宝宝，只有幸运的一头被母岛接纳。于是母女同体的十月因缘奇妙地开始。母亲把女婴安顿在子宫，用胚胎喂她，羊水护她，用脐带的专线跟她神秘地通话，给她暧昧的超安全感，更赋她心跳、脉搏与血型，直到大头蝌蚪变成了大头宝宝，大头朝下，抱臂交股，蜷成一团，准备向生之窄门拥挤顶撞，破母体而出，而且鼓动肺叶，用尚未吃奶的气力，嗓音惊天地而动鬼神，又像对母体告别，又像对母亲报到，洪亮的一声啼哭：“我来了！”

3

母亲的恩情早在孩子会呼吸以前就开始。所以中国人计算年龄，是从成孕数起。那原始的十个月，虽然眼睛都还未睁开，已经样样向母亲索取，负欠太多。等到降世那天，同命必须分体，更要断然破胎、截然开骨，在剧烈加速的阵痛之中，挣扎着，夺门而出。生日蛋糕之甜，烛火之亮，是用母难之血来偿付的。但生产之大劫不过是母爱的开始，日后母亲的辛勤照顾，从抱到背，从扶到推，从拉拔到提掖，字典上凡是手字部的操劳，哪一样没有做过？《蓼莪》篇说：“哀哀父母，生我劬劳。”其实肌肤之亲、操劳之勤，母亲远多于父亲。所以《蓼莪》又说：“母兮鞠我，拊我畜我，长我育我，顾我复我，出入腹我。欲报之德，昊天罔极？”其中所言，多为母恩。“出入腹我”一句形容母不离子，最为传神，动物之中恐怕只有袋鼠家庭胜过人伦了。

从前是四个女儿常在身边，顾之复之，出入腹之。我存肌肤白皙，四女多得遗传，所以她们小时我戏呼之为“一窝小白鼠”。在丹佛时，长途旅行，一窝小白鼠全在我家车上，坐满后排。那情景，又像是所有的鸡蛋都放在同一只篮里。我手握驾驶盘，不免倍加小心，但是全家同游，美景共享，却也心满意足。在香港的十年，晚餐桌上热汤蒸腾，灯氛温馨，四只小白鼠加一只大白鼠加我这大老鼠围成一桌，一时六口齐张，美肴争入，妙语争出，叽叽喳喳喧成一片，鼠伦之乐莫过于此。

而现在，一窝小白鼠全散在四方，这样的盛宴久已不再。剩下二老，只能在清冷的晚餐后，向国外的气象报告去揣摩四地的冷暖。中国人把见面打招呼叫作寒暄。我们每晚在电视上真的向四个女儿“寒暄”，非但不是客套，而且寓有真情，因为中国人不惯和家人紧抱热吻，恩情流露，每在淡淡地问暖嘘寒，叮嘱添衣。

往往在气象报告之后，做母亲的一通长途电话，越洋跨洲，就直接拨到暴风雪的那一端，去“寒暄”一番，并且报告高雄家里的现况，例如父亲刚去墨西哥开会，或是下星期要去川大演讲，她也要同行。有时她一夜电话，打遍了西欧北美，耳听四国，把我们这“日不落家”的最新动态收集汇整。

看着做母亲的曳着电线，握着听筒，跟九千里外的女儿短话长说，那全神贯注的姿态，我顿然领悟，这还是母女连心、一线密语的习惯。不过以前是用脐带向体内腹语，而现在，是用电缆向海外传音。

而除了脐带情结之外，更不断写信，并附寄照片或剪稿，有时还寄包裹，把书籍、衣饰、药品、隐形眼镜等等，像后勤支援前线一般，源源不绝向海外供应。类似的补给从未中止，如同最初，母体用胎盘向新生命送营养和氧气：绵绵的母爱，源源的母爱，唉，永不告竭。

所谓恩情，是爱加上辛苦再乘以时间，所以是有增无减，且因累积而变得深厚。所以《诗经》叹曰：“欲报之德，昊天罔极？”

这一切的一切，从珊珊的第一声啼哭以前就开始了。若要彻底，就得追溯到四十五年前，当四个女婴的母亲初遇父亲，神话的封面刚刚揭开，罗曼史正当扉页。到女婴来时，便是美丽的插图了。第一图是父之囊。第二图是母之宫。第三图是育婴床，在内江街的妇产医院。第四图是摇婴篮，把四个女婴依次摇啊摇，没有摇到外婆桥，却摇成了少女，在厦门街深巷的一栋古屋。以后的插图就不用我多讲了。

这一幅插图，看哪，爸爸老了，还对着海峡之夜在灯下写诗。妈妈早入睡了，微闻鼾声。她也许正梦见从前，有一窝小白鼠跟她捉迷藏，躲到后来就走散了，而她太累，一时也追不回来。

——一九九七年四月

西湾落日圆

1

自从二十二年前应李焕校长之召，从香港回台，来中山大学任教迄今，高雄已经是我住得最长的城市，而中山大学也是我教得最久的学府了。半世纪前，我定居台北，曾经南来高雄拜访症弦和洛夫。当时若有巫者算出日后我会来长住此城，长达一辈子的四分之一，而我的高雄主人反而会去台北定居，甚至“终老”于枫旗之国，我一定不肯相信。

而现在，我在此城早已由落脚变成了落户，而且在草根成性的南部落了草。名义上虽在一九九九年初已经退休，但是校方仍留我教课，不但让我保留了研究室，而且特设了标出名牌的停车位，令我感动。住了十多年的教授宿舍，退休时也同时退房，搬来城区的河堤新区。但是周日我几乎每天仍然开车去学校，去吞吐那一片海阔天空，一无所有而无所不有，一无所余而富可傲世。

西子湾背对着高雄而面对着海峡，似乎有点寂寞，其实是相当热闹的。寿山横陈着豪翠的屏风，隔高雄于尘外，但是西子湾的海天颇不寂寞。体魄魁伟的货柜巨舶，桅挺高柱，舷耸危崖，一艘接一艘入港又出港，高雄曾经是世界吞吐货柜的第三大港。衬托在长堤与旗津的高崖背景上，几万吨的货轮踏波入港，颀长俊美的船身优雅又稳健，在中山大学的大门外驶过，巍然高出岸边，像一排整齐的街屋在水面滑行，壮观至极。另一方面，总有十几艘甚至二十几艘大船落锚在港外的海域，最远的一些几乎像泊在渺茫的水平线上，与云天相磨。泊得多时，简直有舳舻相接之盛。海风大时，船头都顶着风势，那是风与锚角力所致。出海的船从横到侧，从斜角的侧影到背影，再追寻时，已经被烟水所掩了。神秘的水平线是昊天与沧海之间的一条缝，说不出是合是分，简直像在戏弄眺海的眼神。但是碰巧天气晴得透彻，南望就赫然可见十里外的小琉球屿，一脉青紫浮在波上，像海市蜃楼一样不可置信。

西子湾的天空也不寂寞。晴天的黄昏，落日的告别式是一场绚烂的盛典，自有晚霞的锦旗簇拥着，依依送行。若有亮丽的金星殿后，场面就更壮观。好像整个宇宙在降旗，送一位英雄落葬，那崇高的悲剧感，就像我诗中说过的，只有意大利歌剧终场时的男高音才能咏叹，不然就要用瓦格纳的高调，来吹奏一整排壮烈的铜号。

但是曾经使西子湾的云天生动的，还有飞机。越西而来的多半是香港的班机；而一架接一架，往往只隔几分钟，从北天翩翩来降的，则来自台北，每天恐怕近一百班。一过了西子湾，机翼向左倾斜，就掠过旗津、内港、加工区，向小港缓缓下降，直到远眺的目光放弃为止。如果你是机上客而且坐在左舱的窗位，凌虚俯眺，就会见柴山的葱茏之后，峰回路转，中山大学的校园，醒目的红砖楼层依山傍海，一路蟠上坡去。如果是夜航，就只能从点点暖黄的灯光去想象红楼高下的地势了。

自从高铁风行西岸，高雄与台北之间的空运就日渐缩减，班次降到个位数目，除了离台的远客之外，北飞台北的乘客已成“稀客”，机场的大厅人影寥寥。西子湾的上空只留下了鸟声寂寂。至于海上，近年由于上海复位，深圳崛起，高雄鲸吞货柜的排名已从第三降到第六，恐怕还会下滑。

踏波进出的那些“康泰纳”（container）巨舶，也不如我从香港初来时那么旗号缤纷，汽笛相闻了。

人事虽然寂寥一些，造化仍然多情如昔。每年到十一月，西子湾的艳紫荆从不爽约，依然在斜坡的车道旁繁花竞发，秾葩衬着密叶，花是紫带着嫣红，叶则荷绿更深一层，色调配得十分典雅，总令我记忆深处回荡李商隐的情韵，觉得它想提醒我一些什么，也许就是“紫荆情结”吧？此花正是香港的市花，总难免联想到十年的香港岁月。到了它的季节，不但高雄盛开，就连对海的香港和深圳，像约好了一般，也都是锦绣满树，令行人看热了眼。中正大学的校园里，有一条紫荆大道，令人艳羡。六龟附近的荖浓溪旁有一条填高了的堤道，夹道两排紫荆树，车行其间，似乎在检阅瑰丽的仪队。一开始以为这种惊喜的奇迹，当如昙花一现，转瞬即止，没想到受宠若惊的凡眼转了好几瞬，那幻景仍未消失，竟然维持了将近半公里才终于收镜，让车中人回过神来。

可惜中山大学的校园里，木棉太少，不成气候。要享受木棉花烘颊的艳遇，得去高雄市立美术馆，或者开车上高速公路，去楠梓的一段左顾右盼，急色一番。倒是长廊夹峙的中庭，一排四株参天的菩提，绿荫蔽天，老根盘地，心形的翠叶郁郁交映，心尖迎风飘摇，令树下人感到造化庇佑的幸福。毕竟佛祖是在其下彻悟了的。周梦蝶也曾来树下与我论诗，后来他的诗也就装框安在树身。每年到了五月，满树的丛叶落尽，大约一星期就换上了新衣，绿油油的春意焕发。电视台来为我录像，此景必不错过。

相思树并不很多，不如东海大学与中文大学那么茂密。榕树倒是不少，武陵宿舍后面的坡道上，老榕树互蔽丛生成林，仰面则不见天日，俯视则满地蟠根，气根之密，像是长髯垂胸，整片坡道阴暗得像隧道，静得可闻巨木的呼吸。

另有一种榄仁树，坡上或平地都有，在文学院西侧的步道旁有一整排，而教授宿舍后面的坡上也有好几株，所以无论我在步道或宿舍散步，都会得其嘉荫遮庇，并讶其生长之快，生意之强。我来西子湾这些年，这些树显然长高了许多，有些已齐四楼。到了冬天，繁叶转成深赤，阳光下有点透明，阔大的落叶像是焦干而蜷曲，便有爬山的行人纷来捡拾，据说可以入药疗肝。宿舍后面的榄仁树高大而又繁密，浓荫散布之广，几乎不漏天光云影。我认识的树不多，但此树早记其名，因为听来像是“懒人”，而当年在台大上课，也是文学院外有一株榄仁，树影就落在我的窗座。

中山的校园，生态不恶。翠亨宿舍右转上坡，蜿向大学后山出口之处，有一株魁梧的茄苳树，俯临在全校上空，不但出类拔萃，翠叶迎风，也可称“拔翠”。树干之粗，两个大汉不能合抱，因此树上挂牌，说明此树体魄之伟，为全省茄苳之魁。我每天开车去学校，必定绕树而转，无论怎么仰瞻，都难窥其项背。只恨此身非鸟，不能飞到顶上去看个清楚。在茄苳旁边还有一株也颇高大的雨豆树，叶细而密，状如雨点，颇有诗意。我就把树下的夜间阅览室题名为“雨豆屋”。

2

西子湾除了涛声和风声之外，还有其他天籁可听。蝉声聒噪，《水浒传》说，连鲁智深都受不了。我倒觉得其声虽然单调，却少起伏，久之可以充耳不闻，偶尔发觉，也可以当作夏午的背景音乐，可以催眠，不必追究，也无法禁止。高雄在南回归线以南，暑炎最长，蝉噪有时会拖到十一月才歇业。

约在十年以后，一群白鹦鹉侵入西子湾的领空，占据了最高的树顶，威胁到所有的羽族。其呼喝刺耳之中透出剽悍，一树磔磔，众禽默默。一时白鹦鹉在树顶起伏不定，像一群“白帮”在护地盘，令人心慌意乱。有一度它们霸住了幼珊窗外的树梢，扰攘不已。

最可爱的应该是绿绣眼了。此鸟俗名叫作“日本白眼”（Japanese White-eye），其实它并非白眼蔑人，而是眼睛周围有一道白色的眼圈，衬得眼睛分外明显。绒毛绿中带黄，身材十分娇小，只有十厘米长。生性活泼而合群，话多却清脆，常在我宿舍饭厅窗外的枝头起落跳纵，像幼儿园上学那样，又像是一群音符起伏，不愿受五线谱的约束。后来我终于有机会跟它亲近，因为有朋友送了我家一只刚生的幼雏，像一个失母的小女婴。我们喂它，它就依偎在人掌中，慢慢啄食。久之它就把我存当成了妈妈，常爱蜷在她虚握的拳中憩息。所谓“小鸟依人”，并非常见。以前我家养过的小鹦鹉，要它高兴才肯来就你，最多是停在你指上，却不容你从容抚弄它羽毛，更不会投身你掌中。最后，这只绿绣眼无意中被我家的门缝压死，令全家难过了很久。

西子湾的白头翁和燕子也不少。燕子在新文学院的屋角筑窝，所以附近常见燕影掠空，多的时候会见到六七只穿梭飞巡，觉得很有诗意。英文成语说：“一燕不成夏”（One swallow does not make a summer），中国的燕子却是春之使者，又是故园的象征。在我新文学院五楼的研究室外面，常有好几只燕子来憩在窗台。我不敢惊动它们，只能在百叶窗后窥探。一只燕子的体长约为十七八厘米，比绿绣眼大一倍，仍然娇小。翅膀又尖又长，尾部中分如叉；背羽深蓝近黑，额头和咽喉呈棕色，腹部色浅近白。停下来时实在不算好看，古代形容武将，常云“燕颔虎颈”，是威武之相。但是一飞起来，却轻灵迅捷，潇洒极了，转弯尤其浑无痕迹，翩舞过处，即兴变幻的不规则椭圆，令几何学家也只能惊叹，不能追踪。里尔克说诗人正如天鹅，在岸上步态可笑，可是一下水多么优雅。燕子不也一样吗，一升空就无虚不入，无巧不能，自由得可羡。《水浒传》有个好汉叫浪子燕青，名字不是乱取的。

有一次大台风过后，我踏着满地的乱叶断枝去研究室，忽见门楣上面栖着一只小猫头鹰。我哑然失笑，说现在的咕咕钟怎么越做越好，竟像真的一样，说着还向它挥一挥手。不料它毫无表情，却忽然振翅，向长廊尽头飞去。我回过神来，开门入室，发现面海的百叶窗页上颓然垂下一物。近前再看，其物黝黝，并不是利落地挂在窗下，而是不规则的多角体，半悬半缠在百叶的吊索上，赫然竟是一具干瘪僵硬的蝙蝠尸体。我大为震撼，发现风灾的受难者并不只人类。这种事，无论是爱伦·坡或彭斯，大概都会入诗的，当时却被我错过了。

西子湾并非全为人而设，除了草木虫禽，还有较大的动物爱来此地。松鼠身手的矫捷，不下于燕子，但是可遇而不可寻，偶尔现身一瞥，背影立刻没入树荫深处。最常见的是狗与猴。闽南话的“猴”与广东话的“狗”同音，不知古代是否如此。校园的野狗至少上百只，大半都还好看，有些可能原有主人，却因故流亡在野。常常三五成群懒散地卧憩在屋后或坡底，不知它们究竟如何维生。

猴子却没有这么本分，常常从寿山下来觅食，胆子越来越大，就公然掠食了。女生常遭它们奇袭，夺去手提的食物。就算男生向它们吼叫驱逐，有时还逡巡不走。走廊上的垃圾箱常被翻倒，狼藉满地。有时候电梯门开处，一头悍猴就赫然在门外，老神在在，直着眼睛跟你对视，女生常给吓得尖叫。有一次我在新文学院三楼上课，一只猴子忽然冲进门来，一跃而上连椅的桌面板，再跃，三跃，就像太平洋战争逐岛奇袭的登陆部队。只是那猴子体格较大，可能是寿山的猕猴王吧，完全不畏人群，一番恣纵之后，竟然在后排的连椅桌面坐定，炯炯地熟视着全班。一时女生歇斯底里，男生犹豫不决。我却火大了。好大胆的臭猢狲！敢来搅我的局，踢我的馆！说时迟，那时快：顿悟我手中的麦克风可当武器，便大步向恶客走去，一面凑近麦克风大吼：“滚出去！”凭猴子的智慧，恐怕还识不破我的洪音并非全靠丹田的元气，还以为此人肺活量如此惊人，不如避之则吉。它果然退了出去，猴头，猴脑，加猴尾。全班松一口气，迸出大笑。

3

我的教书生涯几乎长达半个世纪，如果不计在美国的四年，则包括师范大学十年，政治大学两年，中文大学十一年，中山大学二十二年，在西子湾的悠长岁月约占其半。但前后我与校园的关系却可分为两段：在台北时我的住家在校外，跟同事、学生的接触较少；但是到了香港、高雄，我就整个投入了校园，家人也是第一次住进教授宿舍，先是感到新奇，继而感到亲切。这经验对于吾妻我存，更是深刻。她的性格开朗外向，很快就成了人缘不错的“余师母”，添了不少新朋友。以前我和同事、学生的关系，她不过略知一二，而且都是听我口述，虽觉有趣，却不够真切。余家进驻校园之后，她的友谊反而比我广阔，见闻也比我的更“生活化”，因此她生动的“野史”颇能补充我冠冕的“正传”，两者并在一起，不少同事就变得立体而且具体了。

来中山的前六年，除教两门课外，还有双重的行政工作，所以中午就不回宿舍吃饭。同时因为兼管外文研究所，为了接近硕士班的研究生，就常会到所里的大阅览室，跟学生一同午餐，吃的是最简单的便当。久之便成了所里的传统：要见余老师，只需自备便当，十二点以后去阅览室的小圆桌旁等待便可。

最早我是在院长室里午餐，由文姐购买便当，有时幼珊也会买来陪我同吃。后来发现独食无聊，而父女相对吃一样的便当，也不太有趣，渐渐就发展到师生同桌的场面。

师生同桌之趣要形成传统，不能靠生硬的制度，得靠缘分。做老师的，尤其是身为所长，不能无缘无故地忽然找几个“爱徒”来陪自己吃饭，那太不自然了。反过来，学生来找老师，却是天经地义。午餐桌永远在那里，老师准时会出现，想要就教或听“讲古”的学生，只要带一盒便当去，就可以从容亲炙了。另一方面，做老师的也有自己的经验与感想，或者趣事与近闻，或者无伤大雅的笑话，或者刚刚远游归来，想与宝贝学生同乐，而在课堂上不便发挥，免得乱盖误了正课，但在同桌进食之际，却大可天马行空，水银泻地。

在导师制度之外，这种不落痕迹、自然形成的师生共餐，意不在饕餮，言不必及义，话题进展如滚雪球，笑声猝发如打喷嚏，乃正课以外师生之缘的至高境界。虽然“食不言”乃夫子养生之戒，而一张嘴一面要进食一面又要吐话，忙得像进出口的码头，似乎有碍健康，但是说者语妙天下，听者笑得开心，独乐乐何如众乐乐，不但可以促进师生情谊，也有助于校园文化。

初来中山的十年，我常出国参加国际笔会，带回各国的纪念品，也常在午餐桌上与研究生共赏或共尝。她们舔着盐，浅浅尝一口墨西哥带回来的龙舌兰酒，又苦着脸勉强咀嚼又咸又腥的芬兰鹿肉干。马来的杧果干颇受欢迎，榴梿只有胆大的人敢试。捷克的提线傀儡，俄国的套层木偶，都引发她们的童心。那时候台湾旅客的足迹还不像现在这么普遍，所以我夸张的天方夜谭她们听得十分出神，好像真随我去看了西班牙的斗牛，开普敦的桌山，伊瓜苏的瀑布。

围着白色的小圆桌与我共餐的，多为女生。倒不是我排拒男生，而是外文系所甚至整个文学院的学生，都是女多于男，比例约为三比一。希腊神话里，掌管诗歌，亦即广义文学的，虽为阿波罗，但古典诗人寻求灵感时祈祷的神明，却是女神九缪斯（the Nine Muses）。时至今日，不但保佑文艺的是女神，就连读者甚至粉丝也大半是女性了。所以一位老教授兼老作家的磁场能吸来众多女弟子，也不足为奇了。当年袁枚的四周不也如此吗？我家虽有四个女儿，但晚年守在老爸身边的只有幼珊；佩珊任教东海，也不常见面。所以有几个女弟子缤纷于侧，容我大发议论，小发牢骚，偶泄隐衷，甚至言不及义，沦为意识乱流，以博村姑们咯咯傻笑，而补女儿们天各一方的空虚，也不失为晚年一慰吧。

是的，后来师徒更熟，拘束渐解，我就泛称她们为“村姑”，而男生来参加时，也就叫“村童”。这称呼自然是来自英文古典诗中的shepherd与shepherdess。她们觉得有趣，也就接受了。与我共餐的村姑前后至少上百人，她们有时也会带校外的朋友或家人一齐来，那就更难胜数。其中出席率最高的村姑，该是陈亚贝。我和村姑们接触渐频，至于嘻哈程度，就是从她那一班开始，也是在她那一届臻于高潮。其中的“造化”（chemistry）很难分析，大概跟她尊师的热忱和人脉的广阔有关。午间我的便当本来都由所里的文姐负责，但亚贝出现后，就往往自告奋勇，把采购之劳揽了过去，另外还加上合我味蕾的甜点，而对我的盼望不过是多讲些旅游经，或是文坛学府的掌故逸闻，就算是我提供的甜点吧。

有一次在那小圆桌边，一位村姑提起，听说我上星期曾去台湾“清华大学”的毕业典礼上致辞。我问她们知道我跟沈君山校长的故事吗，她们摇头。我便告诉她们：四十多年前沈君山是年轻的海归学人，在台湾“清华大学”客座，邀我去他学校演讲。那时他不过二十七八岁，我也才三十出头。我的演讲不外是鼓吹现代文学，并朗诵自己的新作为例。前两排的听众有不少理工科的教授，其中一位听我念出什么“也想乘一枝超光速的火箭／去探大宇宙的边陲”，忍不住指出，没有飞行器能够超越光速。等到我念完《敲打乐》，另有一位王教授又指责我此诗侮辱了中国。我沉不住气，便应以“不懂诗就不要乱说！”场面顿时僵住，他的太太还上台来向我致歉。当晚沈君山夫妇陪我坐火车回台北，我对他们戏言：“你们‘清华大学’真是文化的沙漠，疯子的乐园！”事隔那么多年，沈君山在“清大”校长任满，即将退休，又再请我去他的学校演讲。他在介绍我时忍不住提到当年的一幕，笑问我对“清大”的训词是否不变。我答以今日的“清大”校誉日隆，当然早非“文化的沙漠”。沈君山立刻接口：“不过还是疯子的乐园！”一招逆转的自嘲，激起满堂大笑。

4

不久也就轮到亚贝这一届毕业了，也就是说，她们就得挥别西子湾了，而这一段师生缘也就要告一段落。村姑与村童一走出连接西子湾与盐埕区的那条隧道，海缘也要告终，去投入茫茫的人海了。以后当然还可以回来，不过不是天长地久，而是做匆匆的过客了。与亚贝同班的陈淑莉、唐慧容，经常同进同出，俨然三位一体。她们往往结伙来敲我的房门，并带来“小王子”（Le petit prince）的巧克力蛋糕，共享一顿下午茶点。但是走出西子湾后，村姑们也都自奔前程。十多年后，亚贝早已做了两个女儿的母亲，教过两家高中。淑莉远去西雅图的华大，曾回西子湾来；我去华大讲学，也曾由她开车，载我和季珊登山看雪。慧容在高雄教过书，后来去了英国，近两年来，像淑莉一样，已失去联络。

二十二年来，在西子湾上过我课的本科生与研究生，将近千人，至于来旁听的流动人口，则更难计算。其中也有缘分特长而仍多联系的，例如胡志祥和汤惠媛，两人都在外文系毕业后续读外文所，而终于结成夫妻。母校给了他们双重学位与美好姻缘，收他们做了西湾儿女。

另一组三位一体的硕士生，是黄宝仪、赖锦仪、陈宛玲。宝仪毕业后去英国攻文化评论，很快取得博士学位，已经在台大外文系任教。希望她们三位没有那么快散掉，至少去年她们还回西子湾来参加年终的“校友团圆”。其他的金童玉女，啊不，村童村姑，如果不依数据，仅凭印象，这些年来向那张不朽的小圆桌时常报到，频率较高的，至少还包括林为正、曾建纲、陈耿雄、高统位、余慧珠、吕昀珊、何瑞莲、张礼文、吕淑女、林嘉莹……再写下去就太长了，又不是点名单。还有一位外院常来的村童，叫陈敬勋，是化学系的博士生，报到之频，投入之深，久之村姑们已不“见外”了。虽是理科的高班生，敬勋外表斯文清秀，常识丰富而略带羞涩。我见他笑得脸红，便假装问他：“你的脸色有必要这么红润吗？”村姑们大笑。迄今我都分辨不出：他来得这么殷勤，究竟是为了老教授，还是为了村姑。

休要小看那张着魔的白漆小圆桌，二十年来围它而坐的食客，人去人来，也不尽是我最后的爱徒，有些还是我早年的及门弟子，今日都各自学有所成，早成了我的同事。钟玲、苏其康、王仪君、黄心雅、罗庭瑶、张锦忠，有的在台大，有的在政大，有的在师大，甚至就在中山，先后都修过我的课；前三位依次还担任过中山的文学院长。他们还不是我最早的高足，却是非常资深的村姑村童了。这么说来，小圆桌阅人多矣：今日它仍然守在外文系的教师休息室里，为我悠久而温馨的师生缘默默见证。

有一次我对村姑们说：“想念西子湾就回来看看。不要以为老师就没有用了，售后服务还多着呢！”村姑们笑问什么叫“售后服务”，我说：“项目繁多，譬如写推荐信啦，证婚啦，为小孩子取名字啦！”村姑们一阵傻笑，可是没等几年，果然就寄来了绯红的喜柬。每次我去证婚，都会带一本自己翻译的王尔德喜剧《理想丈夫》（An Ideal Husband），上台致辞之后就转身面向一对幸福的新人，亮出这本绝妙好书，献给婚纱如雾红颜若花的新娘，引起满堂笑声、掌声。

5

每隔两年我都会在外文所讲授上下两学期的“浪漫诗歌”，选修的研究生颇多。浪漫诗当然满有趣，却未必好读，你要是以为都像徐志摩、戴望舒的诗那么浅易，入口便化，就错了。认真读起原文来，文法这一关就很难过：主词出现了，动词在何处？代名词一大堆，所代的名词能还原吗？倒装的句法，理得顺吗？穿插的割裂句，断处如何承接？平凡的字汇，在古语中作何解？微妙的典故，复杂的比喻，非英语国家专有名词的发音，这一切，都不容浮光掠影地蒙混过关。如果不能过关斩将，而要奢求该诗的妙悟真情，那就永远休想登堂入室。所以三小时的长课，会把师生都累倒。但如果真能解惑脱困，尝到甜头，也会像胡桃挑仁，螃蟹剥壳，苦尽甘来，还是值得的。学期结束时，我就写了一首谐诗，发给学生共娱，并出一口怨气，诗曰：

William Blake is a bore,
Wordsworth is little more.
Coleridge is a freak.
Shelley is humourlessly Greek.
Keats is hopelessly sick.
What' s in a Romantic
Except panic and frantic.
And, what' s worse, Byronic?

去年外文系新编折页简介，要我题几行诗。西子湾朝西，外文系所学不外向西方取经。我就用这联想诌了几句如下：

You ask me why we' re so carefree.
Because our neighbor is the sea;
Our windows open to the west,
And our minds open to the quest
of what' s in Western Muse is best.

去年的硕士班毕业前夕，王文德、许世展请我题言赠别。我想起唐人五绝的名句："夕阳无限好，只是近黄昏"，又想外文系既向西方取经，则所习之历程也可称《西游记》，便写了下面这首小品，让他们拿去烧在纪念的马克杯上，和村童村姑的合影并列：

日日西子湾
堂堂西游记
西湾无限好
西游长堪忆

思台北，念台北

隐地从台北寄来他的新书《欧游随笔》，并在扉页上写道："尔雅也在厦门街一一三巷，每天，我走您走过的脚步。"一句话，撩起我多少乡愁。龙尾蛇头，接到多少张圣诞卡贺年片，没有一句话更撼动我的心弦。

如果脚步是秋天的落叶，年复一年，季复一季，则最下面的一层该都是我的履印与足音，然后一层层，重重叠叠，旧印之上覆盖着新印，千层下，少年的屐迹车辙，只能在仿佛之间去翻寻。每次回到台北，重踏那条深长的巷子，隐隐，总踏起满巷的回音，那是旧足音醒来，在响应新的足音？厦门街、水源路那一带的弯街斜巷，拭也拭不尽的，是我的脚印和指纹。每一条窄弄都通向记忆，深深的厦门街，是我的回声谷。也无怪隐地走过，难逃我的联想。

那一带的市井街坊，已成为我的"背景"甚至"腹地"。去年夏天在西雅图，和叶珊谈起台湾诗选之滥，令人穷于应付，成了"选灾"。叶珊笑说，这么发展下去，总有一天我该编一本《古亭诗选》，他呢，则要编一本《大安诗选》。其实叶珊在大安区的脚印，寥落可数，他的乡井当然在水之湄，在花莲。他只能算是"半山"的乡下诗人，我，才是城里的诗人。十年一觉扬州梦，醒来时，我已是一位台北人。

当然不止十年了。清明尾，端午头，中秋月后又重九，春去秋来，远方盆地里那一座岛城，算起来，竟已住了二十六年了。这期间，就算减去旅美的五年，来港的两年，也有十九年之久。北起淡水，南迄乌来，半辈子的岁月便在那里边攘攘度过，一任红尘困我，车声震我，限时信、电话和门铃催我促我，一任杜鹃媚我于暮春，莲塘迷我于仲夏，雨季霉我，溽暑蒸我，地震和台风撼我摇我。四分之一的世纪，我眼见台北长高又长大，脚踏车三轮车把大街小巷让给了电单车计程车，半田园风的小省城变成了国际化的现代立体大都市。镜头一转，前文提要一样的跳速，台北也惊见我，如何从一个寂寞而迷惘的流亡少年变成大四的学生，少尉编译官，新郎，父亲，然后是留学生，新来的讲师，老去的教授，毁誉交加的诗人，左颊掌声右颊是嘘声。二十六年后，台北恐已不识我，霜发的中年人，正如我也有点近乡情怯，机翼斜斜，海关扰扰，出得松山，迎面那一丛丛陌生的楼影。

曾在那岛上，浅浅的淡水河边，遥听嘉陵江滔滔的水声，曾在芝加哥的楼影下，没遮没拦的密歇根湖岸，念江南的草长莺飞，花发蝶忙。乡愁一缕，恒与扬子江东流水竞长。前半生，早如断了的风筝落在海峡的对面，手里兀自牵一缕旧线。每次填表，“永久地址”那一栏总教人临表踟蹰，好生为难。一若四海之大，天地之宽，竟有一处是稳如磐石，固如根柢，世世代代归于自己，生命深深植于其中，海啸山崩都休想将它拔走似的。面对着天灾人祸，世局无常，竟要填表人肯定说出自己的“永久地址”，真是一大幽默，带一点智力测验的意味。尽管如此，表却不能不填。二十世纪原是填表的时代，从出生纸到死亡证书，一个人一辈子要填的表，叠起来不会薄于一部大字典。除非你住在乌托邦，表是非填不可的。于是“永久地址”栏下，我暂且填上“台北市厦门街一一三巷八号”。这一暂且，就暂且了二十多年，比起许多永久来，还永久得多。

正如路是人走出来的，地址，也是人住出来的。生而为闽南人，南京人，也曾经自命为半个江南人，四川人，现在，有谁称我为台北人，我一定欣然接受，引以为荣。有那么一座城，多少熟悉的面孔，由你的朋友，你的同学、同事、学生所组成，你的粉笔灰成雨，落湿了多少讲台，你的蓝墨水成渠，灌溉了多少亩报纸杂志。四个女孩都生在那城里，母亲的慈骨埋在近郊，父亲和岳母皆成了常青的乔木，植物一般植根在那条巷里。有那么一座城，锦盒一般珍藏着你半生的脚印和指纹，光荣和愤怒，温柔和伤心，珍藏着你一颗颗一粒粒不朽的记忆。家，便是那么一座城。

把一座陌生的城住成了家，把一个临时地址拥抱成永久地址，我成了想家的台北人，在和中国母体土接壤连的一角小半岛上，隔着南海的青烟蓝水，竟然转头东望，思念的，是二十多年来餐我以蓬莱的蓬莱岛城。我的阳台向北，当然，也尽多北望的黄昏。奈何公无渡河，从对河来客的口中，听到的种种切切，陌生的，严厉的，迷惑的，伤感的，几已难认后土的慈颜，哎，久已难认。正如贾岛的七绝所言：

客舍并州已十霜，归心日夜忆咸阳。
无端更渡桑干水，却望并州是故乡。

如果十霜已足成故乡，则我的二十霜啊多情又何逊唐朝一孤僧？

未回台北，忽焉又一年有半了。一小时的飞程，隔水原同比邻，但一道海关多重表格横在中间，便感烟波之阔了。愿台北长大长壮但不要长得太快，愿我记忆中的岛城开路机铲土机的挺进下保留一角半隅的旧区让我循那些曲折而玄秘的窄弄幽巷步入六十年代五十年代。下次见面时，愿相看妩媚如昔，城如此，哎，人亦如此。

祖籍闽南，说来也巧，偌大一座台北城，二十多年来只住过两条闽南风味的小街：同安街和厦门街。同安街只住了两年半，后来的二十四年就一直在厦门街。如果台北是我的“家城”（英文有这种说法），厦门街就是我的“家街”了。这家，是住出来的，也是写出来的。八千多个日子，二十几番夏至和秋分，即使是一片沙漠，也早已住成家了。多少篇诗和散文，多少部书，都是在临巷的那个窗口，披一身重重叠叠深深浅浅的绿荫，吟哦而成。我的作品既在那一带的巷间孕化而成，那条小街，那些曲巷也不时浮现在我的字里行间，成为现代文学里的一个地理名词。萤塘里、网溪里，久已育我以灵感，希望掌管那一带的地灵土仙能知晓，我的灵感也荣耀过他们。厦门街的名字，在我的香港读者之间，也不算陌生。

有意无意之间，在台北，总觉得自己是“城南人”，不但住在城南，工作也在城南。岛内最具规模的三座学府全在城南，甚至南郊；北起丽水街，南迄指南山麓，我的金黄岁月都挥霍在其中。思潮文风，在杜鹃花簇的迷锦炫绣间起伏回荡。当时年少，曾餍过多少稚美的青睐青眼，西去取经，分不清，身是堂吉诃德或唐僧。对我而言，古亭区该是中国文化最高的地区，记忆也最密。即连那“家巷”的左邻右舍，前翁后媪，也在植物一般悠久而迟缓的默契里，相习而相忘，相近相亲。出得巷去，左手是裁缝铺子、理发店、豆浆店然后是电料行，右手是西药行、杂货店、花店、照相馆……闭着眼睛，我可以一家家数过去，梦游一般直数到汀州街口。前年夏天从香港回台北，一天晚上，去巷口那家药行买药。胖胖的老板娘在柜台后面招呼我，还是二十年来那一口潮州普通话。不见老板，我问她老板可好。“过身了——今年春天。”说着她眼睛一阵湿，便流下了泪来。我也为之黯然神伤，一时之间，不知怎么安慰才好，默默相对了片刻，也就走开了。回家的路上，我很是感动，心里满溢着温暖的乡情，一问一答之间，那妇人激动的表情，显示她已经把我当成了亲人。二十年来，我是她店里的常客，和她丈夫当然也是稔熟的。我更想起十八年前母亲去世，那时是她问我答，流泪的是我，嗫嚅相慰的是她。久邻为亲，那一切一切，城南人怎会忘记？

对我而言，城北是商业区，新社区，无论它有多繁华，我的台北仍旧在城南。台北是愈长愈高了，长得好快，七十年代八十年代在城的东北，在松山机场那一带喊他。未来在召唤，好多城南人禁不起那诱惑，像何凡、林海音那一家，便迁去了城北，一窝蜂一窝鸟似的，住在高高的大公寓里，和下面的世界来往，完全靠按钮。等到高速公路打通，桃园的国际机场建好，大台北无阻的步伐，该又向西方迈进了。

该来的，什么也挡不住。已去的，也无处可招魂。当最后一位按摩女的笛声隐隐，那一夜在巷底消逝，有一个时代便随她去了。留下的是古色的月光，情人、诗人的月光，仍祟着城南那一带的灰瓦屋，矮围墙，弯弯绕绕的斜街窄巷。以南方为名的那些街道——晋江街、韶安街、金华街、云和街、泉州街、潮州街、温州街、青田街，当然，还有厦门街——全都有小巷纵横，奇径暗通，而门牌之纷乱，编号排次之无轨可循，使人逡巡其间，迷路时惶惑如智穷的白鼠，豁然时又自得如天才的侦探。几乎家家都有围墙，很少巷子能一目了然，巷头固然望不见巷腰，到了巷腰，也往往看不出巷底要通往何处。那一盘盘交缠错综的羊肠迷宫，当时陷身其中，固曾苦于寻寻觅觅，但风晨雨夜，或是奇幻的月光婆娑的树影下走过，也赋给了我多少灵感。于今隔海想来，那些巷子在奥秘中寓有亲切，原是最耐人咀嚼的。黄昏的长巷里，家家围墙飘出的饭香，吟一首民谣在召归途的行人：有什么，比这更令人低回的呢？

最耐人寻味的小巷，是同安街东北行，穿过南昌街后，通向罗斯福路的那一段。长只五六十码，狭处只容两辆脚踏车蠕行相交。上面晾着未干的衣裳，两旁总排着一些脚踏车手推车，晒些家常腌味，最挤处还有些小孩子在嬉游。砖墙石壁半已剥蚀，颓败的纹理伸手可触。近罗斯福路出口处还有个小小的土地祠，简陋可笑的装饰也无损其香火不绝，供果常青。那恐怕是世界上最短最窄的一条陋巷了。从师大回家的途中，不记得已蜿穿过几千次了，对于我，那是世界上最滑稽最迷人最市井风的一段街景。电视天线接管了日窄的天空，古台北正在退缩。撼地压来的开路机啊，能绕道而行放过这几座历史的残堡吗？

在《蒲公英的岁月》里，曾说过喜欢的是那岛，不是那城。台北啊我怎能那样说，对你那样不公平？隔着南中国海的烟波，向香港的电视幕上，收看邻区都市的气象，首尔和东京之后总是台北，是阴是晴是变冷是转热是风前或雨后，都令我特别关心。台风自海上来，将掠台湾而西，扑向厦门和汕头，那气象报告员说，不然便是寒流凛凛自华中南下，气温要普遍下降，明天莫忘多加衣。只有在那一刹那，才幻觉这一切风云雨雾原本是一体，拆也拆不开的。

香港有一种常绿的树，黄花长叶，属刺槐族，据说是移植自台湾，叫“台湾相思”。那样美的名字，似乎是为我而取。

——一九七七年三月

辑三

长长的路慢慢走

在节奏舒缓的年代，一切都那么天长地久，耿耿不灭，爱情如此，一纸痴昧的情书，贴身三年，也是如此。在高速紧张的年代，一切都即生即灭，随荣随枯，爱情和友情，一切的区区耿耿，都被机器吞进又吐出，成了车载斗量的消耗品了。

望乡的牧神

那年的秋季特别长，一直拖到感恩节，还不落雪。事后大家都说，那年的冬季，也不像往年那么长，那么严厉。雪是下了，但不像那么深，那么频。幸好圣诞节的一场还积得够厚，否则圣诞老人就显得狼狈失措了。

那年的秋季，我刚刚结束了一年浪游式的讲学，告别了第三十三张席梦思，回到密歇根来定居。许多好朋友都在美国，但黄用和华苓在爱荷华，梨华远在纽约，一个长途电话能令人破产。咪咪手续未备，还阻隔半个大陆加一个海加一个海关。航空邮简是一种迟缓的箭，射到对海，火早已熄了，余烬显得特别冷。

那年的秋季，显得特别长。草，在渐渐寒冷的天气里，久久不枯。空气又干，又爽，又脆。站在下风的地方，可以嗅出树叶，满林子树叶散播的死讯，以及整个中西部成熟后的体香。中西部的秋季，是一场弥月不熄的野火，从浅黄到血红到暗赭到郁沉沉的浓栗，从爱荷华一直烧到俄亥俄，夜以继日日以继夜地维持好几十郡的灿烂。云罗张在特别洁净的蓝虚蓝无上，白得特别惹眼。谁要用剪刀去剪，一定装满好几箩筐。

那年的秋季特别长，像一段雏形的永恒。我几乎以为，站在四围的秋色里，那种圆溜溜的成熟感，会永远悬在那里，不坠下来。终于一切瓜一切果都过肥过重了，从腴沃中升起来的仍垂向腴沃。每到黄昏，太阳也垂垂落向南瓜田里，黄澄澄的，一只熟得不能再熟下去的，特大号的南瓜。日子就像这样过去。晴天之后仍然是晴天之后仍然是完整无憾饱满得不能再饱满的晴天，敲上去会敲出音乐来的稀金属的晴天。就这样微酪地饮着清醒的秋季，好怎么不好，就是太寂寞了。在西密歇根大学，开了三门课，我有足够的时间看书，写信。但更多的时间，我用来幻想，而且回忆，回忆在有一个岛上做过的有意义和无意义的事情，一直到半夜，到半夜以后。有些事情，曾经恨过的，再恨一次；曾经恋过的，再恋一次；有些无聊，甚至再无聊一次。一切都离我很久，很远。我不知道，我的寂寞应该以时间或空间为半径。就这样，我独自坐到午夜以后，看窗外的夜比《圣经·旧约》中的描述更黑，万籁俱死之中，听两颊的胡髭无赖地长着，应和着腕表巡回的秒针。

这样说，你就明白了。那年的秋季特别长。我不过是个客座教授，悠悠荡荡的，无挂无牵。我的生活就像一部翻译小说，情节不多，气氛很浓；也有其现实的一面，但那是异国的现实，不算数的。例如汽车保险到期了，明天要记得打电话给那家保险公司；公寓的邮差怪可亲的，圣诞节要不要送他件小礼品等等。究竟只是一部翻译小说，气氛再浓，只能当作一场逼真的梦罢了。而尤其可笑的是，读来读去，连一个女主角也不见。男主角又如此地无味。这部恶汉体的（picaresque）小说，应该是没有销路的。不成其为配角的配角，倒有几位。劳悌芬便是其中的一位。在我教过的一百六十几个美国大孩子之中，劳悌芬和其他少数几位，大概会长久留在我的回忆里。一切都是巧合。有一个黑发的东方人，去到密歇根。恰巧会到那一个大学。恰巧那一年，有一个金发的美国青年，也在那大学里。恰巧金发选了黑发的课。恰巧谁也不讨厌谁。于是金发出现在那部翻译小说里。

那年的秋季，本来应该更长更长的。是劳悌芬，使它显得不那样长。劳悌芬，是我给金发取的中文名字。他的本名是 Stephen Cloud。一个姓云的人，应该是洒脱的。劳悌芬倒不怎么洒脱。他毋宁说是有些腼腆的，不像班上其他的男孩，爱逗着女同学说笑。他也爱笑，但大半是坐在后排，大家都笑时他也参加笑，会笑得有些脸红。后来我才发现他是戴隐形眼镜的。

同时，秋季愈益深了。女学生们开始穿大衣来教室。上课的时候，掌大的枫树落叶，会簌簌叩打大幅的玻璃窗。我仍记得，那天早晨刚落过霜，我正讲到杜甫的“秋来相顾尚飘蓬”。忽然瞥见红叶黄叶之上，联邦的星条旗扬在猎猎的风中，一种摧心折骨的无边秋感，自头盖骨一直麻到十个指尖。有三四秒钟我说不出话来。但脸上的颜色一定泄露了什么。下了课，劳悌芬走过来，问我周末有没有约会。当我的回答是否定时，他说：“我家在农场上，此地南去四十多英里。星期天就是万圣节了。如果你有兴致，我想请你去住两三天。”

所以三天后，我就坐在他西德产的小汽车右座，向南方出发了。十月底的一个半下午，小阳春停在最美的焦距上，湿度至小，能见度至大，风景呈现最清晰的轮廓。出了卡拉马如（Kalamazoo），密歇根南部的大平原抚得好空好阔，浩浩乎如一片陆海，偶然的农庄和丛树散布如列屿。在这样响当当的晴朗里，这样高速这样平稳地驰骋，令人幻觉是在驾驶游艇。一切都退得很远，腾出最开敞的空间，让你回旋。秋，确是奇妙的季节。每个人都幻觉自己像两万米高的卷云那么轻，一大张卷云卷起来称一称也不过几磅。又像空气那么透明，连忧愁也是薄薄的，用裁纸刀这么一裁就裁开了。公路，像一条有魔术的白地毯，在车头前面不断舒展，同时在车尾不断卷起。

如是卷了二十几英里，西德的小车在一面小湖旁停了下来。密歇根原是千湖之州，五大湖之间尚有无数小泽。像其他的小泽一样，面前的这个湖蓝得染人肝肺。立在湖边，对着满满的湖水，似乎有一只幻异的蓝眼瞳在施术催眠，令人意识到一种不安的美。所以说秋是难解的。秋是一种不可置信而居然延长了这么久的奇迹，总令人觉得有点不安。就像此刻，秋色四面，上面是土耳其玉的天穹，下面是普鲁士蓝的清澄，风起时，满枫林的叶子滚动香熟的灿阳，仿佛打翻了一匣子的玛瑙。莫内（Monet）和席思礼死了，印象主义的画面永生。

这只是刹那的感觉罢了。下一刻，我发现劳悌芬在喊我。他站在一株大黑橡下面。赤褐如焦的橡叶丛底，露出一间白漆木板钉成的小屋。走进去，才发现是一爿小杂货店。陈设古朴可笑，饶有殖民时期风味。西洋杉铺成的地板，走过时轧轧有声。这种小铺子在城市里是已经绝迹了。店主是一个满脸斑点的胖妇人。劳悌芬向她买了十几根红白相间的竿竿糖，满意地和我走出店来。

橡叶萧萧，风中甚有寒意。我们赶回车上，重新上路。劳悌芬把糖袋子递过来，任我抽了两根。糖味不太甜，有点薄荷在里面，嚼起来倒也津津可口。劳悌芬解释说：

"你知道，老太婆那家小店，开了十几年了，生意不好，也不关门。读初中起，我就认得她了，也不觉得她的糖有什么好吃。后来去卡拉马如上大学，每次回家，一定找她聊天，同时买点糖吃，让她高兴高兴。现在居然成了习惯，每到周末，就想起薄荷糖来了。"

"是蛮好吃。再给我一根。你也是，别的男孩子一到周末就约 Chic 去了，你倒去看祖母。"

劳悌芬红着脸傻笑。过了一会儿，他说：

"女孩子麻烦。她们喝酒，还做好多别的事。"

"我们班上的好像都很乖。例如路丝——"

"啰，满嘴的存在主义什么的，好烦。还不如那个老婆婆坦白！"

"你不像其他的美国男孩子。"

劳悌芬耸耸肩，接着又傻笑起来。一辆货车挡在前面，他一踩油门，超了过去。把一袋糖吃光，就到了劳悌芬的家了。太阳已经偏西。夕照正当红漆的仓库，特别显得明艳映颊。劳悌芬把车停在两层的木屋前和他父亲的旅行车并列在一起。一个丰硕的妇人从屋里探头出来，大呼说：

“Steve！我晓得是你！怎么这样晚才回来！风好冷，快进来吧！”

劳悌芬把我介绍给他的父母和弟弟侯伯（Herbert）。终于大家在晚餐桌边坐定。这才发现，他的父亲不过五十岁，已然满头白发，可是白得整齐而洁净，反而为他清瘦的面容增添光辉。侯伯是一个很漂亮的，伶手俐脚的小伙子。但形成晚餐桌上暖洋洋的气氛的，还是他的母亲。她是一个胸脯宽阔，眸光亲切的妇人，笑起来时，启露白而齐的齿光，映得满座粲然。她一直忙着传递盘碟。看见我饮牛奶时狐疑的脸色，她说：

“味道有点怪，是不是？这是我们自己的母牛挤的奶，原奶，和超级市场上买到的不同。等会你再尝尝我们自己的榨苹果汁看。”

“你们好像不喝酒。”我说。

“爸爸不要我们喝，”劳悌芬看了父亲一眼，“我们只喝牛奶。”

“我们是清教徒，”他父亲眯着眼睛说，“不喝酒，不抽烟。从我的祖父起就是这样子。”

接着他母亲站起来，移走满桌子残肴，为大家端来一碟碟南瓜饼。

“Steve，”他母亲说，“明天晚上汤普森家的孩子们说了要来闹节的。‘不招待，就作怪’，余先生听说过吧？糖倒是准备了好几包。就缺一盏南瓜灯。地下室有三四只空南瓜，你等会去挑一只雕一雕。我要去挤牛奶了。”

等他父亲也吃罢南瓜饼，起身去牛栏里帮他母亲挤奶时，劳悌芬便到地下室去。不久，他捧了一只脸盆大小的空干南瓜来，开始雕起假面来。他在上端先开了两只菱形的眼睛，再向中部挖出一只鼻子，最后，又挖了一张新月形的阔嘴，嘴角向上。接着他把假面推到我的面前，问我像不像。相了一会儿，我说：

“嘴好像太小了。”

于是他又把嘴向两边开得更大。然后他说：

“我们把它放到外面去吧。”

我们推门出去。他把南瓜脸放在走廊的地板上，从夹克的大口袋里掏出一截白蜡烛，塞到蒂眼里，企图把它燃起。风又急又冷，一吹，就熄了。徒然试了几次，他说：

“算了，明晚再点吧。我们早点睡。明天还要去打野兔子呢。”

第二天下午，我们果然背着猎枪，去打猎了。这在我说来，是有点滑稽的。我从来没有打猎的经验。军训课上，是射过几发子弹，但距离红心不晓得有好远。劳悌芬却兴致勃勃，坚持要去。

“上个周末没有回家。再上个周末，帮爸爸驾收割机收黄豆。一直没有机会到后面的林子里去。”

劳悌芬穿了一件粗帆布的宽大夹克，长及膝盖，阔腰带一束，显得五英尺十英寸上下的身材，分外英挺。他把较旧式的一把猎枪递给我，说：

“就凑合着用一下吧。1958 年出品，本来是我弟弟用的。”看见我犹豫的脸色，他笑笑说：“放松一点。只要不向我身上打就行。很有趣的，你不妨试试看。”

我原有一肚子的话要问他。可是他已经领先向屋后的橡树林欣然出发了。我端着枪跟上去。两人绕过黄白相间的耿西牛群的牧地，走上了小木桥彼端的小土径，在犹青的乱草丛中蜿蜒而行。天气依然爽朗朗地晴。风已转弱，阳光不转瞬地凝视着平野，但空气拂在肌肤上，依然冷得人神志清醒，反应敏锐。舞了一天一夜的斑斓树叶，都悬在空际，浴在阳光金黄的好脾气中。这样美好而完整的静谧，用一发猎枪子弹给炸碎了，岂不是可惜。

“一只野兔也不见呢。”我说。

“别慌。到前面的橡树丛里去等等看。”

我们继续往前走。我努力向野草丛中搜索，企图在劳悌芬之前发现什么风吹草动；如此，我虽未必能打中什么，至少可以提醒我的同伴。这样想着，我就紧紧追上了劳悌芬。蓦地，我的猎伴举起枪来，接着耳边炸开了一声脆而短的骤响。一样毛茸茸的灰黄的物体从十几码外的黑橡树上坠了下来。

“打中了，打中了！”劳悌芬向那边奔过去。

“是什么？”我追过去。

等到我赶上他时，他正挥着枪柄在追打什么。然后我发现草坡下，劳悌芬脚边的一个橡树窟窿里，一只松鼠尚在抽搐。不到半分钟，它就完全静止了。

“死了。”劳悌芬说。

“可怜的小家伙。”我摇摇头。我一向喜欢松鼠。以前在爱荷华念书的时候，我常爱从红砖的古楼上，俯瞰这些长尾多毛的小动物，在修得平整的草地上嬉戏。我尤其爱看它们躬身而立，捧食松果的样子。劳悌芬捡起松鼠。它的右腿渗出血来，修长的尾巴垂着死亡。劳悌芬拉起一把草，把血斑拭去说：

“它掉下来，带着伤，想逃到树洞里去躲起来。这小东西好聪明。带回去给我父亲剥皮也好。”

他把死松鼠放进夹克的大口袋里，重新端起了枪。

“我们去那边的树林子里再找找看。”他指着半英里外的一片赤金和鲜黄。想起还没有庆贺猎人，我说：

“好准的枪法，刚才！根本没有看见你瞄准，怎么它就掉下来了。”

“我爱玩枪。在学校里，我还是预备军官训练队的上校呢。每年冬季，我都带侯伯去北部的半岛打鹿。这一向眼睛差了。隐形眼镜还没有戴惯。”

这才注意到劳悌芬的眸子是灰蒙蒙的，中间透出淡绿色的光泽。我们越过十二号公路。岑寂的秋色里，去芝加哥的车辆迅疾地扫过，曳着轮胎磨地的咝咝，和掠过你身边时的风声。一辆农场的拖拉机，滚着齿槽深凹的大轮子，施施然辗过，车尾扬着一面小红旗。劳悌芬对车上的老叟挥挥手。

“是汤普森家的丈人。”他说。

“车上插面红旗子干吗？”

“哦，是州公路局规定的。农场上的拖拉机之类，在公路上穿来穿去，开得太慢，怕普通车辆从后面撞上去。挂一面红旗，老远就看见了。”

说着，我们一脚高一脚低走进了好大一片刚收割过的田地。阡陌间歪歪斜斜地还留着一行行的残梗，零零星星的豆粒，落在干燥的土块里。劳悌芬随手折起一片豆荚，把荚剥开。淡黄的豆粒滚入了他的掌心。

“这是汤普森家的黄豆田。尝尝看，很香的。”

我接过他手中的豆子，开始尝起来。他折了更多的豆荚，一片一片地剥着。两人把嚼不碎的豆子吐出来。无意间，我哼起“高粱肥，大豆香，遍地黄金少灾殃……”

“嘿，那是什么？”劳悌芬笑起来。

“二次大战时大家都唱的一首歌……那时我们都是小孩子。”说着，我的鼻子酸了起来。两人走出了大豆田，又越过一片尚未收割的玉蜀黍。劳悌芬停下来，笑得很神秘。过了一会儿，他说：

“你听听看，看能听见什么。”

我当真听了一会儿。什么也没有听见。风已经很微。偶尔，玉蜀黍的干穗谷和邻株磨出一丝窸窣。劳悌芬的浅灰绿瞳子向我发出问询。

我茫然摇摇头。

他又阔笑起来。

“玉米田，多耳朵。有秘密，莫要说。”

我也笑起来。

“这是双关语，”他笑道，“我们英语管玉米穗叫耳朵。好多笑话都从它编起。”

接着两人又默然了。经他一说，果然觉得玉蜀黍秆上挂满了耳朵。成千的耳朵都在倾听，但下午的遗忘覆盖一切，什么也听不见。一枚硬壳果从树上跌下来，两人吓了一跳。劳悌芬俯身拾起来，黑褐色的硬壳已经干裂。

“是山胡桃呢。”他说。

我们继续向前走。杂树林子已经在面前。不久，我们发现自己已在树丛中了。厚厚的一层落叶铺在我们脚下。卵形而有齿边的是桦，瘦而多棱的是枫，橡叶则圆长而轮廓丰满。我们踏着千叶万叶已腐的，将腐的，干脆欲裂的秋季向更深处走去，听非常过瘾也非常伤心的枯枝在我们体重下折断的声音。我们似乎践在暴露的秋筋秋脉上。秋日下午那安静的肃杀中，似乎，有一些什么在我们里面死去。最后，我们在一截断树干边坐下来。一截合抱的黑橡树干，横在枯枝败叶层层交叠的地面，龟裂的老皮形成阴郁的图案，记录霜的齿印，雨的泪痕。黑眼眶的树洞里，覆盖着红叶和黄叶，有的仍有潮意。

两人靠着断干斜卧下来，猎枪搁在断柯的杈丫上。树影重重叠叠覆在我们上面，蔽住更上面的蓝穹。落下来的锈红蚀褐已经很多，但仍有很多的病叶，弥留在枝柯上面，犹堪支撑一座两丈多高的镶黄嵌赤的圆顶。无风的林间，不时有一张叶子飘飘荡荡地堕下。而地面，纵横的枝叶间，会传来一声不甚可解的窸窣，说不出是足拨的或是腹游的路过。

“你看，那是什么？”我转向劳悌芬。他顺着我指点的方向看去。那是几棵银桦树间一片凹下去的地面，里面的桦叶都压得很平。

“好大的坑。”我说。

“是鹿，”他说，“昨夜大概有鹿来睡过。这一带有鹿。如果你住在湖边，就会看见它们结队去喝水。”

接着他躺了下来，枕在黑皮的树干上，穿着方头皮靴的脚交叠在一起。他仰面凝视叶隙透进来的碎蓝色。如是仰视着，他的脸上覆盖着纷沓而游移的叶影，红的朦胧叠着黄的模糊。他的鼻梁投影在一边的面颊上，因为太阳已沉向西南方，被桦树的白干分割着的西南方，牵着一线金蓉蓉的地平。他的阔胸脯微微地起伏。

“Steve，你的家园多安静可爱。我真羡慕你。”

仰着的脸上漾开了笑容。不久，笑容静止下来。

“是很可爱啊，但不会永远如此。我可能给征到越南去。”

“那样，你去不去呢？”我说。

“如果征到我，就必须去。”

“你——怕不怕？”

“哦，还没有想过。美国的公路上，一年也要死五万人呢。我怕不怕？好多人赶着结婚。我同样地怕结婚。年纪轻轻的，就认定一个女孩，好没意思。”

“你没有女朋友吗？”我问。

“没有认真的。”

我茫然了。躺在面前的是这样的一个躯体，结实，美好，充溢的生命一直到指尖和趾尖。就是这样的一个躯体，没有爱过，也未被爱过，未被情欲燃烧过的一截空白。有一个东方人是他的朋友。冥冥中，在一个遥远的战场上，将有更多的东方人等着做他的仇敌。一个遥远的战场，那里的树和云从未听说过密歇根。

这样想着，忽然发现天色已经晚了。金黄的夕暮淹没了林外的平芜。乌鸦叫得原野加倍地空旷。有谁在附近焚烧落叶，空中漫起灰白的烟来，嗅得出一种好闻的焦味。

“我们回去吃晚饭吧。”劳悌芬说。

那年的秋季特别长，似乎，万圣节来得也特别迟。但到了万圣节，白昼已经很短了。太阳一下去，天很快就黑了，比《圣经》的封面还黑。吃过晚饭，劳悌芬问我累不累。

“不累。一点儿也不累。从来没有像这样好兴致。”

“我们开车去附近逛逛去。”

“好啊——今晚不是万圣节前夕吗？你怕不怕？”

“怕什么？”劳悌芬笑起来，“我们可以捉两个女巫回来。”

“对！捉回来，要她们表演怎样骑扫帚！”

全家人都哄笑起来。劳悌芬和我穿上厚毛衫与夹克。推门出去，在寒战的星光下，我们钻进西德的小车。车内好冷，皮垫子冰人臀股，一切金属品都冰人肘臂。立刻，车窗上就呵了一层翳翳的雾气。车子上了十二号公路，速度骤增，成排的榆树向两侧急急闪避，白脚的树干反映着首灯的光，但榆树的巷子外，南密歇根的平原罩在一件神秘的黑巫衣里。劳悌芬开了暖气。不久，我的膝头便感到暖烘烘了。

“今晚开车特别要小心，”劳悌芬说，“有些小孩子会结队到邻近的村庄去捣蛋。小孩子边走边说笑，在公路边上，很容易发生车祸。今年，警察局在报上提醒家长，不要让孩子穿深色的衣服。”

“你小时候有没有闹过节呢？”

“怎么没有，我跟侯伯闹了好几年。”

“怎么一个捣蛋法？”

“哦，不给糖吃的话，就用烂泥糊在人家门口。或在窗子上画个鬼，或者用粉笔在汽车上涂些脏话。”

“倒是满有意思的。”

“现在渐渐不作兴这样了。父亲总说，他们小时候闹得比我们还凶。”

说着，车已上了跨越大税路的陆桥。桥下的车辆四向来去地疾驶着，首灯闪动长长的光芒，向芝加哥，向陀里多。

“是印第安纳的超级税道。我家离州界只有七英里。”

“我知道。我在这条路上开过两次的。”

“今晚已经到过印第安纳了。我们回去吧。”

说着，劳悌芬把车子转进一条小支道，绕路回去。

“走这条路好些，”他说，“可以看看人家的节景。”

果然远处霎着几星灯火。驶近时，才发现是十几户人家。走廊的白漆栏杆上，皆供着点燃的南瓜灯，南瓜如面，几何形的眼鼻展览着布拉克和毕加索，说不清是恐怖还是滑稽。有的廊上，悬着骑帚巫的怪异剪纸。打扮得更怪异的孩子们，正在拉人家的门铃。灯火自楼房的窗户透出来，映出洁白的窗帷。

接着劳悌芬放松了油门。路的右侧隐约显出几个矮小的人影。然后我们看出，一个是王，戴着金黄的皇冠，持着权杖，披着黑色的大氅。一个是后，戴着银色的后冕，曳着浅紫色的衣裳。后面一个武士，手执斧钺，不过四五岁的样子。我们缓缓前行，等小小的朝廷越过马路。不晓得为什么，武士忽然哭了起来。国王劝他不听，气得骂起来。还是好心的皇后把他牵了过去。

劳悌芬和我都笑起来。然后我们继续前进。劳悌芬哼起“出埃及”中的一首歌，低沉之中带点凄婉。我一面听，一面数路旁的南瓜灯。最后劳悌芬说：

“那一盏是我们家的南瓜灯了。”

我们把车停在铁丝网成的玉蜀黍圆仓前面。劳悌芬的母亲应铃来开门。我们进了木屋，一下子，便把夜的黑和冷和神秘全关在门外了。

“汤普森家的孩子们刚来过，”他的妈妈说，“爱弟装亚瑟王，简妮装贵妮薇儿（Guinevere），佛莱德跟在后面，什么也不像，连‘不招待，就作怪’都说不清楚。”

“表演些什么？”劳悌芬笑笑说。

“简妮唱了一首歌。佛莱德什么都不会，硬给哥哥按在地上翻了一个筋斗。”

“汤姆怎么没来？”

“汤姆吗？汤姆说他已经大了，不搞这一套了。”

那年的秋季特别长，似乎可以那样一直延续下去。那一夜，我睡在劳悌芬家楼上，想到很多事情。南密歇根的原野向远方无限地伸长，伸进不可思议的黑色的遗忘里。地上，有零零落落的南瓜灯。天上，秋夜的星座在人家的屋顶上电视的天线上在光年外排列百年前千年前第一个万圣节前就是那样的阵图。我想得很多，很乱，很不连贯。高粱肥，大豆香。从越战想到韩战想到八年的抗战。想冬天就要来了空中嗅得出雪来今年的冬天我仍将每早冷醒在单人床上。大豆香。想大豆在密歇根香着在印第安纳在俄亥俄香着的大豆在另一个大陆有没有在香着？劳悌芬是个好男孩我从来没有过弟弟。这部翻译小说，愈写愈长愈没有情节而且男主角愈益无趣，虽然气氛还算逼真。南瓜饼是好吃的，比苹果饼好吃些。高粱肥。大豆香。大豆香后又怎么样？我实在再也吟不下去了。我的床向秋夜的星空升起，升起。大豆香的下一句是什么？

那年的秋季特别长，所以说，我一整夜都浮在一首歌上。那些尚未收割的高粱，全失眠了。这么说，你就完全明白了，不是吗？那年的秋季特别长。

——一九六六年十月二十四日追忆

黑灵魂

一片畸形的黑影压在我的心上，虽然这是正午。我和艾弟坐在人家石阶边沿的黑漆铁栏杆上，不快乐地默视着小巷的风景。这里应该算是巴尔的摩的贫民区。黑人的孩子们在烟熏的古红砖屋的后门口，跳舞、踩滑车，而且大声吵架。地下室的木板门，防空洞似的，斜向街面开着。突目、厚唇，毫无腰身的黑妇们，沿着斜落的石级，累赘地出入其间，且不时鸦鸣一般嘎声呵止她们的顽童。一个伛偻的黑叟，蹒蹒跚跚，自巷尾徐徐踱来，被破呢帽檐遮了一大半的阔鼻下，一张瘪嘴喃喃地诉说着什么。那种尼格罗式的英文，子音迟钝，母音含糊，磨锐你全部的听觉神经，也割不清。

“嗨，他们到底什么时候来开门？”

“你说什么？”

“我问你，看屋子的人什么时候才来开门？”

“看屋子的人……”破帽檐下的乱髭抖动着，“开谁的门嘛？”

“开爱伦·坡这间破屋子的门嘛！”

“爱伦·坡，谁是爱伦·坡？从来没有……”

一个彪形的中年汉子停下步来，恶狠狠地瞪着我们。我向他解释，我们是特地赶来参观爱伦·坡故宅的，开放的时间已到，门上铁锁依然拒人。

“我也不清楚。”黑彪皱起浓眉。他指指对街另一个黑人，“你们问他好了。”

“哦，你们要看坡屋吗？”一个满脸黑油满身污渍的工人，从一辆福特旧车下面钻了出来，“这家伙说不定的。有时候来，有时候不来。要是三点还不来，大概就不来了。”

我和艾弟再度走向坡屋。三级木梯上面，白漆的木门上悬着一面长方形的牌子，上书“艾米替街二〇三号，爱伦·坡之屋。参观时间：每星期三，星期六，下午一至四时”。门首右侧上端，钉了一块铜牌，浮刻着“爱伦·坡昔日居此”的字样。和这条艾米替街两旁的黑人住宅一样，二〇三号也是一幢两层的红砖楼房。十九世纪中叶典型的低级住宅，门面狭窄，玻璃窗外另装两扇百叶木扉，地下室的小门开向街上，斜落的屋顶上，另开一面阁楼的小窗。我和艾弟绕到屋后，隔着铁栅窥看了半天，除了湫隘局促的小天井外，什么也看不见。

来巴尔的摩，这已是第四次了。第二次和王文兴来，冒着豪雨。第三次，做客高捷女子学院昆教授(Prof. Olive W.Quinn of Goucher College)之家。那是星期天的上午，一半的巴尔的摩人在教堂里，另一半，在席梦思上。正是樱花当令的季节，樱花盛放如十里锦绣，泣樱（枝垂樱，Weeping Cherry)在霏微的春雨中垂着粉红的羞赧，木兰夹在其间，白瓣上走着红纹。人家的芳草地上，郁金香孤注一掷地红着，猩红的花萼如一滴滴凝固的血。我们开车慢慢地滑行，沿宽宽的查理大街南下，转入萨拉托加，折进这条艾米替街。因为下雨，我们仅在车中，隔着雨水纵横的玻璃一瞥这座古楼。之后我们又停车在港口，蒸腾氤氲的雨气中，看十八世纪末遗下的白漆楼船“星座号”。那是一个应该收进诗集的雨晨，虽然迄今无诗为证。

第四次，这一次重来巴城，是应高捷女子学院之邀，来讲中国古典诗的。演讲在晚上八时，我有一整个下午可以在巴城的红尘里访爱伦·坡的黑灵，遂邀昆教授的公子艾弟（Eddie）俱行。两个坡迷，从下午一点等到三点一刻，坡宅的守屋人仍未出现。我要亲自进入坡宅，因为自一八三二年至一八三五年，坡在此中住了三年多。事实上，这是坡的姨妈孀妇克莱姆夫人（Mrs. Maria Clemm）的寓所，坡只是寄居在此。也就是在这条街上，坡和他的小表妹，患肺病的维琴妮亚（Virginia）开始恋爱。一八三五年夏末，坡南下里士满去做编辑，维琴妮亚和她妈妈克莱姆夫人跟了去。第二年五月十六日，他们就在里士满结婚。这是坡早期作品和恋爱的地方，这四面红砖之中。我想进去，看壁炉上端坡的油画像，看四栏垂帷的高架古床，和他驰骋Gothic幻想的阁楼。可能的话，我甚至准备用十元美金贿赂阍者，让我今夜演讲后回来，在坡的床上勇敢地睡一宿。不入鬼宅，焉得鬼诗？我很想尝试一下，和这个黑灵魂，这个恐怖王子这个忧郁天使共榻的滋味。即使在那施巫的时辰，从冷汗涔涔的恶魔中惊觉，盲睛的黑猫压在我胸腔，邪恶的大鸦栖在窗棂，整个炼狱的火在它的瞳中。即使次晨，有人发现我被谋杀在坡的床上，僵直的手中犹紧握坡的《红死》，那也不是最坏的结局……

“都快三点半了，”艾弟说，“那家伙还不来。我们走吧。”

“走，找坡的墓去。”

五月的巴尔的摩，梅荪·狄克生线以南的太阳已经很烈了。正是巴城新闻业罢工的期间。《太阳报》罢工，太阳自己却未罢工。辐射热熔化着马路上的石油。鸟雀无声。市廛的嚣骚含混而沉闷。黑人歌者的男低音令人心烦。红灯亮时，被阻的车队首尾相衔，引擎卜卜呼应，如一群耸背腹语的猫。沿格林大街北上，走到法耶横街的转角，我们停了下来。地图上说，坡墓应该在此。从不到五米的红砖围墙外望进去，是一片不到半英亩的长方形的墓地，零乱地竖着白石的墓碑，一座双层的教堂自彼端升起，狭长而密的排窗，挺秀而瘦的钟楼，俯视着死亡的领域。忽然，艾弟喊我：

“余先生，我找到了！”

顺着艾弟的呼声跑去，我转过墓园的西北角。黑漆的铁栅上，挂着一面铜牌，上刻“爱伦·坡之墓”，下刻“西敏寺长老会教堂”。推开未上锁的铁门，我和艾弟跨了进去，坡的墓赫然就在墙角。说是“赫然”，是因为我的心灵骤受一震；对于无心找寻的路人，它实在不是一座显赫的建筑。大理石的墓碑，不过高达一人，碑下石基只三英尺见方。碑呈四面，正面朝东，上端的图案，刻桂叶与竖琴，如一般传统的文艺象征。中部浮雕青铜的诗人半身像，大小与真人相当。这是一面力贯顽铜的浮雕，大致根据柯尔纳（Thomas C. Corner）画像制成。分披在两侧的鬈发，露出应该算是宽阔的前额，郁然而密的眉毛紧压在眼眶的悬崖上，崖下的深穴中，痛苦、敏感、患得患失的黑色灵魂，自地狱最深处向外探射，但森寒而逼人的目光，越过下午的斜阳，落入空无。这种幻异的目光，像他作品中的景色一样，有光无热，来自一个死去的卫星，是月光，是冰银杏中滴进的酸醋。尖端下伸的鼻底，短人中上的法国短髭覆盖着上唇。那表情，介于喜剧与悲剧，嘲谑与恫吓，自怜与自大之间。青铜的鼻梁与鼻尖，因百年来坡迷的不断爱抚而灿然，一若镀金。不自觉地，我也伸手去抚摸了一刻。青铜在五月的烈日下，传来一股暖意。我的心打了一个寒战，鸡皮疙瘩，一波波，溯我的前臂和面颊而上。忽然，巴尔的摩的市声向四周退潮，太阳发黑，我站在十九世纪，不，黝黯无光的虚无里，面对一双深陷而可疑的眼睛，黑灵魂鬼哭神号，迷路的天使们绝望地盲目飞撞，有疯狂的笑声自渊底螺旋地升起。我的心痛苦而麻痹……

“你看后面——”渊面的对岸，传来我同伴的声音。我撼了自己一下，回到巴尔的摩。绕到碑的背面，读上面镌刻的生卒日期，“1809 年 1 月 20 日——1849 年 10 月 7 日”。才如江海命如丝。这里，一抔荒土下，葬着新大陆最不快乐的灵魂，葬着侦探故事的鼻祖，浪漫到象征的桥梁，德意志的战栗，法兰西的清晰，葬着地狱的瘟疫，天才的病，生前的痛苦，死后的萧条，葬着最纯粹的恐惧，最残忍的美。百年后，灵散形殁，他已变成春天的草，草下的尸蛆。然而那敏感的、精致的灵魂泯灭在何处？他并未泯灭。只是，曾经是凝聚的，现在分散，曾经作用在一具肉体的，现在作用在无数的肉体。当你昼思夜梦，当你狐疑不安，当你经验最纯粹的恐怖，你便是坡的化身。真正强烈地感受过的经验，永远永远不会泯灭。

坡死于一八四九年。最初，他的遗骸葬在祖父大卫·坡（David Poe）墓旁，虽然也在西敏寺教堂的坟场，但不见于格林街和法耶街的交角。三十六年后，才移葬到西北角，即今日石碑所在。同时，坡的夫人和岳母，也一并移骸埋此。坡是死在巴尔的摩的，但是他的死因迄今仍是一个谜。据说，一八四九年九月二十七日那天，坡自里士满乘汽船北上巴尔的摩，但最终的目的地是费城。当时他声名渐起，生活也稍宽裕。他终于抵达费城没有，我们无法确定，但是百年来的学者们都以为，在这段时期，坡曾拜访费城的几位朋友，而且不断饮酒。果真如此，则十月二日或三日左右，诗人必已重回巴尔的摩，因为我们确知一件事实，即是坡以半昏迷的状态出现于东龙巴街（East Lombard Street，在今巴城东南部，靠近港口）一家低级酒肆中所设的投票所外。发现他的是一个叫华尔克（Walker）的印刷工人。后之学者乃有一说，说诗人是给人在酒中下了蒙药，软禁起来，然后被打手们挟持着，在许多投票所之间反复投票。当日政党竞选剧烈，据说这种卑劣的手段甚为流行。可恨一代天才，竟充了增加几张烂票的无聊工具。华尔克立刻招来在巴尔的摩的一位朋友，叫史纳德格拉斯大夫（Dr. J. E. Snodgrass）的，将昏厥中的诗人送去华盛顿学院医院急救。十月七日，一个星期天的早晨，坡即在那家医院逝世。临终前的几天，他始终不曾清醒过来，解释自己何以昏迷在酒肆之中。

当晚八时，在高捷女子学院的学生中心，我的演说这样开始：“今天是值得纪念的，不但因为我竟有此殊荣，能来这里为各位介绍中国的古典诗，更因为今天下午，我在巴尔的摩城南瞻仰了你们的大作家，爱德嘉·爱伦·坡的故居、墓地，和普赖德图书馆中的坡室。坡的诗观和中国古典诗观遥遥呼应。他主张诗贵精练，不以篇幅取胜，所以长诗非诗。此说当为中国绝句的诗人们欣然接受。如果坡，带了他那卷薄薄的诗集，跨一匹瘦瘦的小毛驴，出现在八世纪的长安市上，由于不懂天可汗帝都的交通规则，他将撞到，请放心，不是为政党暴力竞选的恶棍，而是市长韩愈博士的轿舆。韩愈会邀请他同舆回府，把他介绍给长安的青年诗人们。必然必然，他会遇见李贺，一谈之下，狐仙山魅，固同好也。于是长安市民，五陵少年，将会见两人共乘黔驴。坡的诗句，也会投入小奚奴的古锦囊中。迟早，他会因酗酒被李贺的妈妈赶出大门。最后，长安的市民将看见他和贾岛，在破庙的廊下，比赛捉虱子。我真高兴，今天下午找到了坡的墓碑。我摸了他的鼻子。将来回到中国，我可以为中国的诗人们形容今日之游，而且也摸摸他们的鼻子，让他们传染一点才气……我真宁愿此刻自己不是在这讲台上，而是在坡的墓地，在月光下。今晚有很美的月光，不是吗？看到坡，你就会联想李贺的名句：'秋坟鬼唱鲍家诗'。And amidst yon autumn graves ghosts are chanting Pao' s poetry。坡与鲍，Poe 与 Pao，只是一字母之差吧……"

那夜演讲后，从巴城开车回来，月色奇幻得如此有意，又如此不可置信。已然是五月中旬了，太阳一落，气温仍会降低二十度。一上了围城的六道宽路，所谓 Beltway 者，所有的车辆都变成噬英里的野豹，疾驰起来。时速针颤颤地指向七十。迅趋冰凉的夜气，湍湍灌进车来。旋上左侧的玻璃窗，打了一个喷嚏。绿底白字的路牌，纷纷扑向车尾。风景在两侧潺潺泻过。巴城渐渐抛在后面。唯有浑圆的月一路追了上来，在左后侧的窗外滚着清芒，牵动已经下垂的夜的面纱，和纱上疏疏朗朗的星子。此刻，八荒之外，六合之中，唯有这一个圆形主宰着一切。其他的形象皆暧昧难分，而且一瞬即逝，如生命的万态。夜凉在窗外唱太阳的挽歌。昼，夜，两个截然不同的世界。太阳与太阴是两个朝代。太阴推翻了太阳下面的一切，她的领域伸向过去，伸过历史，伸过青铜，伸过石器，伸向燧人氏火光不及的盲目和混沌。

我的小道奇向前平稳而急骤地航行，挺直的超级公路向前延伸，如一道牛奶的运河。月光的透明雨下着无声、无形的塑胶。而运河始终满而不溢，而疾转的轮胎始终溅不起月光的浪花。青荧荧，白悠悠，太阴氏的谜面下，一切死去的，逝去的，失去的，都在那边的转弯处，在你的背后你的肘边复活。只要你回头，历史和神话和传说和一切荒诞不经就在你背后显形。

不知道坡坟上的夜色何其？月光下，那雕像的眼睛必已睁开了，而且窥见我们窥不见的一切，听命于太阴氏的暗号的一切，望远镜、显微镜、潜水镜窥不见的一切。当我也到那边境，当我也死去、逝去、失去，当我告别这五英尺三英寸告别这一百一十五磅，我将看见什么，我将听见什么，当我再也听不见太阳的男高音，春天的芳草，夏天池塘的蛙鸣？忽有一股风来自颈背，来自死月穴的洞底，且吹向灵魂的每一道迭缝。车窗四面紧闭如故。然则风从何来，风从何来？风乎风乎，汝从何而来？停车路堤之上，跨出前座，拧亮车顶的小圆灯，向后座搜索了一阵。发觉并无任何可疑的痕迹，这才回到驾驶座上，发动引擎，拉下联动机柄，继续前驶。我虽崇拜坡，并无让他 hitchhike，让他搭便车去葛底斯堡之意。不，我毫无此意，绝无此意。我可向冥王星发誓，我不欢迎坡跟我回古战场，古战场上，那座三层七瓴的古屋。梁实秋一再警告我，不要在美国开车。“诗人怎么可以开车！”我仍记得他当时的表情，似乎已经目睹一场日蚀星陨的车祸。我的心打了一个寒战。我是迷信的，比拜伦加上坡加上叶慈还要迷信。如果我确信，这车上只有一个，仅仅是一个诗人，而不是两个，则我可以安然抵达葛底斯堡。但是万一真有两个。万一。万一。万一。子魂魄兮为鬼雄。今夕何夕。后有黑灵。前有国殇。古战场已有鬼满之患。而夜色苍老。而月光诡诈。今夕，今夕是何夕？

——一九六五年五月十五日夜·葛底斯堡
（《联合报》副刊一九六五年六月八日）

山盟

山，在那上面等他。从一切历书以前，峻峻然，巍巍然，从五行和八卦以前，就在那上面等他了。树，在那上面等他。从汉时云秦时月从战国的鼓声以前，就在那上面。就在那上面等他了，虬虬蟠蟠，那原始林。太阳，在那上面等他。赫赫洪洪荒荒。太阳就在玉山背后。新铸的古铜锣。嘭的一声轰响，天下就亮了。

这个约会太大，大得有点像宗教。一边是，山，森林，太阳，另一边，仅仅是他。山是岛的贵族，正如树是山的华裔。登岛而不朝山，是无礼。这山盟，一爽竟爽了二十年。其间他曾经屡次渡海，膜拜过太平洋和巴士海峡对岸，多少山。在科罗拉多那山国一闭就闭了两年，海拔一英里之上，高高晴晴冷冷，是六百多天的乡愁。一万四千英尺以上的不毛高峰，狼牙交错，白森森将他禁锢在里面，远望也不能当归，高歌也不能当泣。他成了世界上最高的浪子，石囚。只是山中的岁月，太长，太静了，连摇滚乐的电吉他也不能一声划破。那种高高在上的岑寂，令他不安。一场大劫正蹂躏着东方，多少族人在水里，火里，唯独他学桓景登高避难，过了两个重九还不下山。

春秋佳日，他常常带了四个小女孩去攀落基山。心惊胆战，脚麻手酸，好不容易爬到峰巅。站在一丛丛一簇簇的白尖白顶之上，反而怅然若失了。

爬啊爬啊爬到这上面来了又怎么样呢？四个小女孩在新大陆玩得很高兴。她们只晓得新大陆，不晓得旧大陆。“问君西游何时还？畏途巉岩不可攀。”忽然他觉得非常疲倦。体魄魁梧的昆仑山，在远方喊他。母亲喊孩子那样喊他回去，那昆仑山系，所有横的岭侧的峰，上面所有的神话和传说。洛杉矶美是美雄伟是雄伟，可惜没有回忆没有联想不神秘。要神秘就要峨眉山五台山普陀山武当山青城山华山庐山泰山，多少寺多少塔多少高僧，隐士，豪侠。那一切固然令他神往，可是最最萦心的，是噶达素齐老峰。那是昆仑山之根，黄河之源。那不是朝山，是回家，回到一切的开始。有一天应该站在那上面，下面摊开整幅青海高原，看黄河，一条初生的脐带，向星宿海吮取生命。他的魂魄，就化成一只雕，向山下扑去。浩大圆浑的空间，旋，令他目眩。

那只是，想想过瘾罢了。山不转路转，路不转人转。747 才是一只越洋大鹏，把他载回海岛。一九七二年，昆仑山仍在神话和云里，黄河仍在《诗经》里流着。岛有岛神，就先朝岛上的名山吧。

上山那一天，正碰上寒流，气温很低。他们向冷上加冷的高处出发。朱红色的小火车冲破寒雾，在渐渐上升的轨道上奔驰起来。不久，嘉义城就落在背后的平原上了。两侧的甘蔗田和香蕉变成相思树和竹林。过了竹崎，地势渐高渐险，轨旁的林木也渐渐挺直起来，在已经够陡的坡上，将自己拔向更高的空中。最后，车窗外升起铁杉和扁柏，像十里苍苍的仪队，在路侧排开。也许怕风景不够柔媚，偶尔也亮起几树流霞一般明艳的复重樱花，只是惊喜的一瞥，还不够为车道镶一条花边。

路转峰回，小火车呜呜然在狭窄的高架桥上驰过。隔着车窗，山谷愈来愈深，空空茫茫的云气里，脚下远远地，只浮出几丛树尖，下临无地，好令人心悸。不久，黑黝黝的山洞一口接一口来吞噬他们的火车。他们咽进了山的盲肠里，汽笛的惊呼在山的内脏里回荡复回荡。阿里山把他们吞进去吞进去又吐出来，算是朝山之前的小小磨炼。后来才发现，山洞一共四十九条，窄桥一共八十九座。一关关闯上去，很有一点《西游记》的味道。

过了十字路，山势益险，饶它是身材窈窕的迷你红火车，到三千多英尺的高坡上，也回身乏术了。不过，难不倒它。行到绝处，车尾忽然变成车头，以退为进，潇潇洒洒，循着Z字形Zig-Zag-Zig那样倒溜冰一样倒上山去。同时森林愈见浓密，枝叶交叠的翠盖下，难得射进一隙阳光。浓影所及，车厢里的空气更觉得阴冷逼人。最后一个山洞把他们吐出来，洞外的天蓝得那样彻底，阿里山，已经在脚下了。

终于到了阿里山宾馆，坐在餐厅里。巨幅玻璃窗外，古木寒山，连绵不绝的风景匍匐在他的脚下。风景时时在变，白云怎样回合群峰就怎样浮浮沉沉像嬉戏的列岛。一队白鸽在谷口飞翔，有时退得远远的，有时浪沫一样地忽然卷回来。眺者自眺，飞者自飞。目光所及，横卧的风景手卷一般展过去展过去展开米家霭霭的烟云。他不知该餐脚下的翠微，或是，回过头来，满桌的人间烟火。山中清纯如酿的空气，才吸了几口，饥意便在腹中翻腾起来。他饿得可以餐赤松子之霞，饮麻姑之露。

"爸爸，不要再看了。"佩珊说。

"再不吃，獐肉就要冷了。"咪咪也在催。

回过头来，他开始大嚼山珍。

午后的阳光是一种黄澄澄的幸福，他和矗立的原始林和林中一切鸟一切虫自由分享。如果他有那样一把剪刀，他真想把山上的阳光剪一方带回去，挂在他们厦门街的窗上，那样，雨季就不能围困他了。金辉落在人肌肤上，干爽而温暖，可是四周的空气仍然十分寒冽，吸进肺去，使人神清意醒，有一种要飘飘升起的感觉。当然，他并没有就此飞逸，只是他的眼神随昂昂的杉柏从地面拔起，拔起百尺的尊贵和肃穆之上，翠纛青盖之上。是蓝空，像传说里要我们相信的那样酷蓝。

而且静。海拔七千英尺以上那样的，万籁沉淀到底，阒寂的隔音。值得歌颂的，听觉上全然透明的灵境。森林自由自在地行着深呼吸。柏子闲闲落在地上。绿鸠像隐士一样自管自地吟啸。所以耳神经啊你就像琴弦那么松一松吧今天轮到你休假。没有电铃会奇袭你的没有电话没有喇叭会施刑。没有车要躲灯要看没有繁复的号码要记没有钟表。就这么走在光洁的青板石道上，听自己清清楚楚的足音，也是一种悦耳的音乐。信步所之，要慢，要快，或者要停。或者让一只蚂蚁横过，再继续向前。或者停下来，读一块开裂的树皮。

或者用惊异的眼光，久久，向僵死的断树桩默然致敬。整座阿里山就是这么一所户外博物馆，到处暴露着古木的残骸。时间，已经把它们雕成神奇的艺术。虽死不朽，丑到极限竟美了起来。据说，大半是日据时代伐余的红桧巨树，高贵的躯干风中雨中不知矗立了千年百年，砉砉的斧斤过后，不知在什么怀乡的远方为栋为梁，或者凌迟寸磔，散作零零星星的家具器皿。留下这一盘盘一簇簇硕老无朋的树根，夭矫顽强，死而不仆，在日起月落秦风汉雨之后，虬蟠纠结，筋骨尽露的指爪，章鱼似的，犹紧紧抓住当日哺乳的后土不放。霜皮龙鳞，肌理纵横，顽比锈铜废铁，这些久僵的无头尸体早已风化为树精木怪。风高月黑之夜，可以想见满山蠢蠢而动，都是这些残缺的山魈。

幸好此刻太阳犹高，山路犹有人行。艳阳下，有的树桩削顶成台，宽大可坐十人。有的扭曲回旋，畸陋不成形状。有的枯木命大，身后春意不绝，树中之王一传而至二世，再传而至三世，发为三代同堂，不，同根的奇观。先主老死枯槁，蚀成一个巨可行牛的空洞；父王的僵尸上，却亭亭立着青翠的王子。有的昂然庞然，像一个大象的头，鼻牙嵯峨，神气俨然。更有一些断首缺肢的巨桧，狞然戟刺着半空，犹不甘忘却，谁知道几世纪前的那场暴风雨，劈空而来，横加于它的雷殛。

正嗟叹间，忽闻重物曳引之声，沉甸甸地，碾地而来。异声愈来愈近，在空山里激荡相磨，很是震耳。他外文系出身，自然而然想起凯兹奇尔的仙山中，隆隆滚球为戏的那群怪人。大家都很紧张。小女孩们不安地抬头看他。碾声更近了。隔着繁密的林木，看见有什么走过来。是——两个人。两个血色红润的山胞，气喘咻咻地拖着直径几约两英尺的一截木材，碾着青石板路跑来。怪不得一路上尽是细枝横道，每隔尺许便置一条。原来拉动木材，要靠它们的滑力。两个壮汉哼哼哈哈地曳木而过，脸上臂上，闪着亮油油的汗光。

姐妹潭一掬明澄的寒水，浅可见底。迷你小潭，传说着阿里山上两姐妹殉情的故事。管它是不是真的呢，总比取些道貌可憎的名字好吧。

“你们四姐妹都丢个铜板进去，许个愿吧。”

“看你做爸爸的，何必这么欧化？”

“看你做妈妈的，何必这么缺乏幻想。管它。山神有灵，会保佑她们的。”

珊珊、幼珊、佩珊，相继投入铜币。眼睛闭起，神色都很庄重，丢罢，都绽开满意的笑容。问她们许些什么大愿时，一个也不肯说。也罢。轮到最小的季珊，只会嬉笑，随随便便丢完了事。问她许的什么愿，她说，我不知道，姐姐丢了，我就要丢。

他把一枚铜币握在手边，走到潭边，面西而立，心中暗暗祷道：“希望有一天能把这几个小姐妹带回家去，带回她们真正的家，去踩那一片博大的后土。新大陆，她们已经去过两次，玩过密西根的雪，涉过落基山的溪，但从未被长江的水所祝福。希望，有一天能回到后土上去朝山，站在全中国的屋脊上，说，看啊，黄河就从这里出发，长江就在这里吃奶。要是可能，给我七十岁或者六十五岁，给我一间草庐，在庐山，或是峨眉山上，给我一根藤杖，一卷七绝，一个琴僮，几位棋友，和许多猴子许多云许多鸟。不过这个愿许得太奢侈了。阿里山神啊，能为我接通海峡对面，五岳千峰的大小神明吗？”

姐妹潭一展笑靥，接去了他的铜币。

“爸爸许得最久了。”幼珊说。

“到了那一天，无论你们嫁到多远的地方去，也不关我的事了。”他说。

“什么意思吗？”

“只有猴子做我的邻居。”他说。

“哎呀好好玩！”

“最后，我也变成一只——千年老猿。像这样。”他做出欲攫季珊的姿态。

“你看爸爸又发神经了。”

慈云寺缺乏那种香火庄严禅房幽深的气氛。岛上的寺庙大半如此，不说也罢。倒是那所“阿里山森林博物馆”，规模虽小，陈设也简陋单调，离国际水准很远，却朴拙天然，令人觉得可亲。他在那里面很低回了一阵。才一进馆，颈背上便吹来一股肃杀的冷风。昂过头去。高高的门楣上，一把比一把狞恶，排列着三把青锋逼人的大钢锯。森林的刽子手啊，铁杉与红桧都受害于你们的狼牙。堂下陈列着阿里山五木的平削标本，从浅黄到深灰，色泽不一，依次是铁杉、峦大杉、台湾杉、红桧、扁柏。露天走廊通向陈列室。阿里山上的飞禽走兽，从云豹、鹿、山猫、野山羊、黄鼠狼到白头鼯鼠，从绿鸠、蛇鹰到黄鱼鸮，莫不展现它们生命的姿态。一个玻璃瓶里，浮着一具小小的桃花鹿胚胎，白色的胎衣里，鹿婴的眼睛还没有睁开。令他徘徊的，不是这些，是沿着走廊出来，堂上庞然供立，比一面巨鼓还要硕大的，一截红桧木的横剖面。直径宽于一只大鹰的翼展，堂堂的木面竖在那里，比人还高。树木高贵的族长，它生于宋神宗熙宁十年，也就是西元一〇七七年。中华民国元年，也就是明治四十五年，日本人采伐它，千里迢迢，运去东京修造神社。想行刑的那一天，须髯临风，倾天柱，倒地根，这长老长啸仆地的时候，已经有八百三十五岁的高龄了。一个生命，从北宋延续到清末，成为中国历史的证人。他伸出手去，抚摸那伟大的横断面。他的指尖溯帝王的朝代而入，止于八百多个同心圆的中心。多么神秘的一点，一个崇高的生命便从此开始。那时苏轼正是壮年，宋朝的文化正盛开，像牡丹盛开在汴梁，欧阳修墓土犹新，黄庭坚周邦彦的灵感犹畅。

他的手指按在一个古老的春天上。美丽的年轮轮回着太阳的光圈，一圈一圈向外推开，推向元，推向明，推向清。太美了。太奇妙了。这些黄褐色的曲线，不是年轮，是中国脸上的皱纹。推出去，推向这海岛的历史。喏，也许是这一圈来了葡萄牙人的三桅战船。这一年春天，红毛鬼闯进了海峡。这一年，国姓爷的楼船渡海东来。大概是这一圈杀害了吴凤。有一年龙旗降下升起太阳旗。有一年他自己的海轮来泊在基……不对不对，那是最外的一圈之外了，喏，大约在这里。他从古代的梦中醒来，用手指划着虚空。

“爸爸，你在干什么呀？”季珊抬头看着他。

他抓住她的小手指，从外向内数，把她的指尖按在第十六圈上。

“公公就是这一年。”他说。

“公公这一年怎么啦？”她问。

走回宾馆，太阳就下山了。宋朝以前就是这样子，汉以前周以前就是这太阳，神农和燧人氏以前。在那尊巨红桧的心中，春来春去，画了八百圈年轮的长老，就是这太阳。在它眼中，那红桧和岛上一切的神木，都像小孩子一样幼稚吧。后羿留给我们的，这太阳。

此刻它正向谷口落下去，像那巨红桧小时候看见的那样，缓缓落了下去。千树万树，在无风的岑寂中肃立西望，参加一幕壮丽无比的葬礼。火葬烧着半边天。宇宙在降旗。一轮橙红的火球降下去，降下去，圆得完美无憾的火球啊怪不得一切年轮都是它的摹仿因为太阳造物以它自己的形象。

快要烧完了。日轮半陷在暗红的灰烬里，愈沉愈深。山口外，犹有殿后的霞光在抗拒四周的夜色，横陈在地平线上的，依次是惊红骇黄怅青惘绿和深不可泳的诡蓝渐渐沉溺于苍黛。怔望中，反托在空际的林影全黑了下来。

最后，一切都还给纵横的星斗。

但是太阳会收复世界的，在玉山之巅。在崦嵫山里这只火凤凰会铸冶新的光芒。高处不胜苦寒。他在两条厚毛毯里，瑟缩犹难入梦，盘盘旋旋的山路，还在腿上作麻。夜，太静了。毛黑茸茸的森林似乎有均匀的鼾息。不要错过日出不要，他一再提醒自己。我要亲眼看神怎样变戏法，那只火凤凰怎样突破蛋黄怎样飞起来，不要错过不要。他似乎枕在一座活火山上，有一种美丽的不安。梦是一床太短的被，无论如何也盖不完满。约会女友的前夕，从前，也有过这症状。无以名之，叫它作幸福症吧。睡吧睡吧不要真错过了不要。

走到祝山顶上，已经是六点半了。虽然是华氏四十度的气温，大家都喘着气，微有汗意。脸上都红通通的，“阿里山的姑娘”，他戏呼她们。天色透出鱼肚白，群峰睡意尚未消尽。雾气在下面的千壑中聚集。没有风。只有一只鸟，在新鲜的静寂中试投着它的清音。啾啾唧啾啾唧啭啭唧唧。屏息的期待中，东方的天壁已经炙红了一大片。“快起来了，快起来了。”他回过头去，观日楼下的广场上，已然麇集了百多位观众，在迎接太阳的诞生。已经冻红的脸上，更反映着熊熊的霞光。

“上来了！”

“上来了！”

“太阳上来了上来了！”

浩阔的空间引爆出一阵集体的欢呼。就在同时，巍峨的玉山背后，火山猝发一样迸出了日头，赤金晃晃，千臂投手向他们投过来密密集集的标枪。失声惊呼的同时，一阵刺痛，他的眼睛也中了一枪。簇簇的光，簇新簇新的光，刚刚在太阳的丹炉里炼成，猬集他一身。在清虚无尘的空中飞啊飞啊飞了八分钟，扑到他身上这簇光并未变冷。巨铜锣玉山上捶了又捶，神的噪音金熔熔的赞美诗火山熔浆一样滚滚而来，观礼的凡人全擎起双臂忘了这是一种无条件降服的仪式在海拔七千英尺以上。一座峰接一座峰在接受这样灿烂的祝福，许多绿发童子在接受那长老摩挲头颅。不久，福建和浙江也将天亮。然后是湖北和四川。庐山与衡山。秦岭与巴山。然后是漠漠的青海高原。溯长江溯黄河而上噫吁嚱危乎高哉天苍苍野茫茫的昆仑山天山帕米尔的屋顶。太阳抚摸的，有一天他要用脚踵去膜拜。

可是他不能永远这样许下去，这长愿。四个小女孩在那边喊他。小红火车在高高的站上喊他，因为嘉义在下面的平原上喊小红火车。该回家了，许多声音在下面那世界喊他。许多街许多巷子许多电话电铃许多开会的通知限时信。许多电梯许多电视天线在许多公寓的屋顶。许多许多表格在阴暗的许多抽屉等许多图章的打击。第二手的空气。第三流的水。无孔不入无坚不摧，文明的赞美诗，噪音。什么才是家呢，他属于下面那世界吗？

火车引吭高呼。他们下山了。六千英尺。五千五。五千。他的心降下去，四十九个洞。八十九座桥。煞车的声音起自铁轨，令人心烦。把阿里山还给云豹。还给鹰和鸠。还给太阳和那些森林。荷兰旗。日本旗。森林的绿旗绿帜是不降的旗。四十九个洞。千年亿年。让太阳在上面画那些美丽的年轮。

——一九七二年二月二十八日

隔水呼渡

1

1600CC的白色旅行车，一路上克令亢朗，终于来到盘盘山径的尽头，重重地喘了一口大气，松下满身的筋骨。天地顿然无声。高岛说前面无路了，得下车步行。一两个人推门而出，走向车尾的行李箱。高岛驮起铁架托住的颤巍巍背囊，本已魁梧的体魄更显得幢幢然，几乎威胁到四周的风景。宓宓拎着两只小旅行袋，脚上早已换了雪白的登山鞋。我一手提着帆布袋，另一手却提着一只扁皮箱：事后照例证明这皮箱迂阔而可笑，因为山中的日月虽长，天地虽大，却原始得不容我坐下来记什么日记。

三个人在乱草的阡陌上蹒跚地寻路，转过一个小山坳，忽然迎面一片明晃，风景开处，令人眼界一宽，闪动着盈盈欲溢的水光。

“这就是南仁湖吗？”宓宓惊问。

高岛嗯了一声，随手把背上的重负卸了下来。这才发现，我们已经站在渡口了。一架半旧的机车斜靠在草坡下，文明似乎到此为止。水边的一截粗木桩却不同意，它系住的一根尼龙白缆斜伸入水，顺势望去，约莫十六七丈外，那一头冒出水来，接上对岸的渡桩，正泊着一只平底白筏。

“恐怕要叫上一阵子了。”高岛似笑非笑地说。

接着他深呼吸起来，忽地一声暴吼。

“令赏！”满湖的风景大吃一惊，回声从山围里反弹过来，袅袅不绝，掠过空荡荡的水面，清晰得可怕。果然，有几只鹭鸶扰攘飞起，半晌，才栖定在斜对岸的相思林里。

“令赏！令赏！”又嘶吼起来，继以一串无意义的怪叫。

“谁是令赏？”我忍不住问道。

“对岸的人家姓林，”高岛说着，伸手指着左边，“看见那边山下的一排椰树吗？对，就是那一排，笔直的十几根白干子。林家本来住在椰树从里，后来垦丁公园要他们搬出去。屋子都拆了，不料过了些时，他们却在正对面这山头的后面另搭了一座，住得更深入了。公家的人来找他们，也在这里，像我这么大呼小叫，他们却躲在树背后用望远镜偷看，不理不睬——”

“那我们这样叫，有用吗？”宓宓说。

“不一定听得见，”高岛笑嘻嘻地说，“你看见那树背后的天线没有？”

顺着白筏的方向朝山上看去，草丘顶上是茂密如发的相思树林，果然有一架天线在树后伸出来，衬着阴阴的天色，纤巧可认。

“他们还看电视吗？”宓宓不解了。

“看哪，他们有一架发电机。只是没有电话。”

“没有电话，太好了。外面的世界就拘不到他们。”我说。

“令赏！令赏！”高岛又吼起来。接着他又哇哇怪叫。我和宓宓也加入呼喊。我的男低音趁着水，她的尖嗓子趁着风，一起凌波而去，去为高岛的男高音助阵。静如太古的湖气搅得鱼鸟不宁，乱了好一阵子。自己的耳朵也觉得不像话，一定冒犯了山精水神了。十几分钟后，三个人都停了下来，喉头涩苦苦的。于是山又是山，水又是水。那白筏依然保持着野渡无人的姿态。

“这比天方夜谭的‘芝麻开门’辛苦得多了。”我叹道。

“这么一喊，肚子倒饿了，”高岛说，“这里风太大，不如找地方躲下风，先把午饭解决了再说。要是再喊不应，我就绕湖走过去，半个多钟头也应该够了。”

那一天是阴天，风自东来，不时还挟着毛毛细雨，颇有凉意。我们绕到草丘的西边，靠树荫与坡形挡着风势，在一丛紫花绿叶的长穗木边坐下。高岛解开背囊，取出一件鹅黄色的大雨衣铺在草地上，然后陆陆续续，变戏法一般取出无数的东西。烧肉粽、红龟糕、蛋糕、苹果、香瓜等等，权充午餐是足够的了。最令我们感到有趣的，是一瓶长颈圆肚的卡缪白兰地和俨然匹配的三只高脚酒杯，全都攲斜地搁在雨衣上。他为每人都斟了半杯。酒过三巡，大家正醺然之际，他忽然说：

“来点茶吧。”

“哪来茶呢？”宓宓笑问。

“煮啊。”

“煮？”

“对啊，现煮。”说着高岛又从他的百宝囊中掏出了一盏酒精灯，点燃之后，再取出一只陶壶，三只功夫小茶盅。不一会儿，香浓扑鼻的乌龙已经斟入了我们的盅里。在这荒山野湖的即兴午餐，居然还有美酒热茶，真是出人意料。高岛一面品茶，一面告诉我们说，他没有一次登山野行不喝热茶，说着，又为大家斟了一遍。

草丘的三面都是湖水，形成了一个半岛。斜风细雨之中，我起身绕丘而行。一条黄土小径带领我，在恒春杨梅、象牙树、垂枝石松之间穿过，来到北岸。瞥见岸边的浅水里有簇簇的黑点在蠢蠢游动，蹲下来一看，圆头细尾，像两厘米长而有生命的一逗点，啊，是蝌蚪。原来偌大的一片南仁湖，竟是金线蛙的幼稚园。这水里怕不有几万条墨黑黏滑的“蛙娃”，嬉游在水草之间和岸边的断竹枯枝之下。我赶回高岛和宓宓的身边，拿起喝空了的高脚杯。几乎不用瞄准，杯口只要斜斜一掬，两尾“蛙娃”便连水进了杯子。我兴奋地跑回野餐地，举示杯中的猎物。“看哪，满湖都是蝌蚪！”那两尾黑黑的大头婴在圆锥形的透明牢间里窜来窜去，惊惶而可怜。

“可以拿来下酒！”高岛笑说。

“不要肉麻了，”宓宓急叫，“快放了吧！”

我一扬手，连水和蝌蚪，一起倒回了湖里。

大家正笑着，高岛忽然举手示意说，渡口有人。我们跟他跑到渡口，水面果然传来人语，循声看去，对岸有好几个人，正在上筏。为首的一人牵动水面的纤索，把白筏慢慢拉过湖来，紧张的索上抖落一串串的水珠。三四分钟后已近半渡，看得出那纤夫平头浓眉，矮壮身材，约莫四十岁左右。高岛在这头忍不住叫他了：

“林先生，叫了你大半天，怎么不来接我们呢？”

“阮笼听无。”那人只顾拉纤，淡淡地说。

“你要是不送客人过来，咳，我们岂不要等上一下晡？”高岛不肯放松。

“那有什么要紧？”那人似笑非笑地说。

筏子终于拢岸了。上面的几个客人跳上渡头来，轮到我们三人上筏。不是传统的竹筏，是用一排塑胶空管编扎而成，两头用帽盖堵住，以免进水，管上未铺平板，所以渡客站在圆筒上，得自求平衡，否则一晃就踩进湖里去了。同时还得留意那根生命线似的纤索，否则也会被它逼得无可立脚，翻入水中。就这么，在高岛和林先生有一搭没一搭的乡音对话之中，一根细纤拉来了对岸。

2

林家住在一栋砖墙瓦顶的简单平房里，屋前照例有一片晒谷场，旁边堆些破旧的家具，场中躺着两只黄狗，其一跛了右面的后腿，更有一群黑毛土鸡游走啄食。晒谷场的一面接着南仁湖的小湾，近岸处水浅草深，有点像沼泽；另一面是一汪池塘，铺满了睡莲的圆叶，一茎茎直擎着的莲花却都紧闭着红瓣，午寐方酣。在外湖与内塘之间，有一条杂草小埂。我们一路踱过去，便走到一个坡脚，爬上坡去，是青草芊芊的浑圆丘顶，可以环顾几面的湖水。

正是半下午，天气仍是凉阴阴的，吹着东北风，还间歇飘着细雨。我们绕着草坡，想把南仁湖看出个大致的轮廓来，却只见山重水复，一览无尽。真羡慕灰面鹭与鹭鸶能够凭虚俯眺，自由无碍地巡游。南仁湖不能算一个大湖，但是水域萦回多湾，加以四周山色连环，却也不像小湖那么一目了然。湖岸线这么曲折，要是徒步绕湖一圈，恐怕得走一整个下午；何况有好几段草树绸缪，荒径若断若续，忽高忽低，未必通得过去。

高岛入山多次，地形很熟，正为我们指点湖山风景，宓宓忽然说：“对面有人。”大家眺向北岸，灰褐色的土地两边果然有人走动，白衣一闪，就没入了树影。

“会是谁呢，在这山里？”我问。

“可能是来研究生态的什么专家，”高岛说，“有些教授一来就住上十天半个月……咦，那不是灰面鹭吗？还是一对呢！这种鸟十月间多从满洲过境，现在已经是十月底，快过了。”

大家正在追踪鸟影，一面懊恼没带望远镜来，隔湖又传来人声。那是女人的声音，像在吆喝什么。北岸的断堤埂上出现一个人体，个子不高，一迭连声，正把一头大水牛赶下水来。

高岛笑起来说：“那是林家的嫂子，要把那头牛赶过这边来。”

“它会游水吗？”宓宓讶然。

“怎么不会？是水牛呢。”

那牛果然下了湖，庞然的黑躯已经浸在水中，只露出一弧背脊和仰翘的鼻头，斜里向窄水近岸处泅了过来，七八分钟后竟已半渡。那路线离我们立眺的山坡约有百多公尺，加以天色阴阴，觑不很真切，只能凭那一对匕首似的大弯角，来追认它头的摆向。大家都称赞那水牛英勇善泅，高岛尤其笑得开心。这时，它却停了下来，只探首出水，一动也不动。

“它一定是在水浅的地方找到了歇脚石。”我说。

“湖水并不深，所以渡筏也可以用竹篙来撑，”高岛说，“这南仁湖的水面已有海拔三百十几公尺了，只因为围在山里，看不出高来。”

正说着，对岸的人影在土埂上跑上跑下，又吆喝起来。水面那一对牛角摆了一下，向前移动起来，有时候似乎还回过头去，观望女主人的动静。女主人继续呵斥，不容它犹豫。终于水牛泅到了湖这边来，先是昂起了峥嵘的头角，继而露出了大半个躯体，却并不径上岸来，只靠在树根毕露的黄土断崖下，来回地扭着身子。

“那是在磨痒，”高岛说，“泡在水里，不但舒服，还可以摆脱讨厌的牛虻。哈哈，你看那头牛，根本不想回家来！”

对岸的女主人尽管声嘶力竭，那头牛却毫不理会。这一主一畜和我们之间，形成了一个钝角三角形，而以牛为钝角。一幕事件单纯而趣味无尽的田园谐剧，就这么演了半个多小时，丘顶的我们是不期而遇的观众。高岛咧嘴直笑，说仅看这一出，今天就没白过。最后，那女人放弃了驱牛的企图，提高了嗓子喊她的丈夫。

“她家隔着一个山坡，”高岛说，“天晓得她丈夫什么时候才过来渡她。我们中午足足喊了一个多钟头呢。”

可是这一次白筏却来得很快，筏首昂起，一排红帽盖在青山白水之间分外醒目。高岛一看见，便高兴地大叫：

“林先生，渡我们过去！”

那矮壮的篙夫转过头来，看到我们，便把迟缓的筏子斜撑过来。十几分钟后，我们都跳上了筏子。篙夫把丈八竹篙举过我们的头顶，一路滴着湖水，向左边猛地一插、一撑，把筏首又对回他“牵手”的方向。白筏朝北岸慢吞吞地拍水前进。四山的蝉声噪成一片。

“那只牛闹什么脾气呀？”高岛问那浓眉厚唇的篙夫，“林嫂赶了半天，都不肯上岸来。”

篙夫并不立刻回答，只管转头去瞅那崖下的牲畜，才慢吞吞地说：“早起为它穿了鼻子，它有点受气。”

“你们笼总有几只牛？”宓宓问。

问话吊在半空，隔了一会儿，才吐出答案：“十几只。”

3

渡过北岸，一行三人沿着湖水向右手曲折走去。高岛坚持北岸更好，因为地僻路荒，人迹罕至，而且林木较密，也较原始。南仁湖四周真是得天独厚的青绿世界，由迎风的季风林所形成，为岛上仅存的低海拔原始林区。相思树、珊瑚树、象牙树、青刚栎、长尾栲等，从从簇簇，密布在乡风的山坡，更与大头茶、大叶寄树兰一类较矮的树杂伴而生，翠荫里还庇护着无数的蕨类。这一千多公顷的绿色处女地，文明的黑脚印不许鲁莽践踏的生态保护区，幸存于烟囱、挖土机、扩音器之外，为走投无路的牧神保留一隅最后的故乡，让飞者飞，爬者爬，游者从容自在地摇鳞摆尾，让窒息的肺叶深深呼吸，受伤的耳朵被慰于宁静，刺痛的眼睛被抚于翠青。

从南岸看过来，北岸这一带特别诱人，因为密林开处有一片平旷的草原，缓缓斜向湖水，盈眼的芊芊呼应着近岸而出水的萤蔺。那样慷慨而坦然的鲜绿，曾经在什么童话的第几页插图里见过，此刻，竟然隔水来招呼我的眉睫。无猜的天机，那受宠的惊喜正如一只蜻蜓会停在我的腕上。从南岸看过来，黑斑斑一簇，周围洒落了一点点乳白，对照鲜明，正是起落无定的鹭鸶依傍着放牧的水牛。这黑白的对照，衬着柔绿的舒适背景，却被郁郁苍苍的两岸坡岬，一左一右地遮去大半，似乎造化也意有所钟，舍不得一下子就让我们贪得无厌的眼睛偷窥了这天启的全貌。于是我们决定北渡，去探那牧神的隐私。

今夏一场韦恩台风，肆虐的痕迹在这世外的山里仍处处可见。最显眼的是纵横的断枝，脆的，一截截吹落在湖岸，坚韧的，像竹，则断而不脱，仍然斜垂在主干上，露出白心。我向丛竹里折取了一根三尺多长的金黄断枝，挥了几下，细长利落而有弹力，十分得手。于是一路挥舞着，见到顺手的断枝，便瞄准重心所在，向湖上挑去，竟也玩得很乐。高岛则背着一应俱全的摄影器材，领着宓宓在前头，正在端详湖景，要挑一处角度最好的“风景眼”，去擒粼粼的水光，稠稠的树色。若是忽然瞥见一闪白鹭掠波而去，或是映水而立，或是翩翩飞翔，要择树而憩，就大呼惊艳，兴奋地举机调镜，总是迟了半拍，逝了白影。

突然又传来宓宓的惊呼，那声音，不像惊艳，倒像惊魇。我吓了一跳。接着高岛也叫了起来，但惊喜多于惊惶。

“一定要拍下来！”他再三嚷道。

我挥动竹枝赶上前去。转过一个黄土坡，眼前忽然一暗。背着薄阴的天色和近乎墨绿色的密树浓阴，头角峥嵘，体格庞沛，顺着坡势布阵一般地，屹立着一群黑压压的水牛。未及细数，总有十几只吧，最高处的一只反衬在天边，轮廓更是突出。最令人震撼的，是群牛一起回过头来朝着我们，十几双暴眼灼灼瞠瞠而来。这景象不能说怎么可怖，但是巍巍的巨物成阵，一口气挡住了去路，却也令人不能不凛然止步。

“快照啊，”我催他们，“趁它们一起都对着我们。”

牛群对我们的集体注视，令我们感到处于焦点的紧张，同时它们那种不约而同的专注神态，又令人觉得好笑。两人手忙脚乱地拍了几张“牛阵图”之后，我们一个向后转，终于在那许多双目光的睽睽之下，撤退了。

“要是真面对着田单的火牛阵，才可怕呢。”我说着，大家都松了一口气，一起沿着北岸向西走。湖边的一条黄土小路，左回右转而且起伏不平，一会儿是窄埂，一会儿是断径，也不见有什么人来往，野草却践得残缺不全。近岸处的树丛下，时或令人眼睛一亮，不是匍地而开的怯紫色蝶豆花，便是粉红色的马鞍藤。最后来到一片开旷的草地，高岛和宓宓便忙于张设三脚架，测光，对镜，要把南仁湖的隐私之美伺机摄下，好带到山外的人间去作见证。我就在水边找到一截粗拙的树枝，坐下去，静观黑嫩的蝌蚪，有的摆尾来去，有的伏卧如寐，风来时也随波荡漾，起伏不已。可以想见明年春天，蛙喧的声势有多惊人。现代的都市人对山林和田野越来越患乡愁，虽然可以在墙上挂几张风景来望梅止渴，效果究竟还不够生动。其实录音带这么发达，为什么没有人把蛙鸣、蝉嘶、鸟叫、潮嚣之类的天籁一一录下，来解城栖者可怜的耳馋？要是有这种录音带就好了，我们就可以在临睡前播放，轻轻地，像是来自远方，然后就在满塘的阁阁蛙唱里，入了仲夏夜之梦。

蝌蚪的尾巴这么长，游动时抖得变成一串S形，十分有趣。我忽然心动，便把折来的黄金竹枝探入水里，去逗弄这些黑蛙娃。看它们奔来窜去的样子，真是好玩。这些黑蛙娃结构单纯，都是一粒大头的后面拖着一条长尾巴，像一条黑豆芽。那椭圆的滑头不怎么好玩，一来因为太小，二来因为怕伤了它。那摇摆不定的尾巴却诱人去戏弄。渐渐地，我学会了一招绝技，就是用竹枝的细尖把黑蛙娃的尾巴按在土岸上。它一惊，必定使劲抖尾巴，当然挣不开了。然后你一松竹枝，它立刻摆尾急窜，向深处潜逃，那情景十分可笑。不过黑蛙娃尾滑滑，又特别警觉，要能将它夹个正着，一举擒住，却也不容易。平均十次里面，最多命中一次。开始我生怕它一挣扎便掉了尾巴，那就太残忍了，后来发现那尾巴坚韧得很，怎么扭挣都不要紧，就放心玩下去了。就这么，竟玩了近一小时。

水面下几寸之内的浅处，是黑蛙娃集体游憩的幼稚园，说得上是万头攒动。水面上，踏着空明的流光来去飘忽的独行客，却是水蜘蛛。无论你怎么定神追踪，却也看不清它迷离的步法究竟怎样在演变，只觉得它的怪异行程像鬼在下棋，落子那么快，快过蜻蜓点水，一霎时已经七起八落，最后总是停在你的目光之外。更怪的是，一般的水蜘蛛都有八只脚，南仁湖上的却只有四只，而且细得像头发，膝弯几乎成直角，身躯也细瘦得不可思议，给我的感觉，正如一组诡谲的几何线条掠水而过。

暮色从湖面蹑来，也是一只水蜘蛛。什么时候湖面已经渐渐暗下来，抬头一看，因为天色已经在变色了。这才发现高岛已经在收三脚架，宓宓在草地背后的土埂上喊我。“该回去了。”高岛也说。三个人便沿着湖岸向东走，目标是断堤近处一根系了纤缆的木桩。

“白鹭！”宓宓叫起来。

两只鹭鸶一前一后，从断堤里面幽深的湖湾飞来，虽然在苍茫的暮色中，衬着南岸郁郁莽莽的季风林，仍然白得艳人眼目。那具有洁癖的贞白，若是静绽如花，还不这么生动，偏偏又这么上下飘舞，比白蝶悠闲，比雪花有劲，就更令人目追心随，整个风景都活泼起来了。双鹭飞到南岸渡头上面的树丛，就若有所待地慢慢回翔起来。

“哇，你们看哪！”高岛大叫。

从暮色深处，湖的东端，无中生有地闪出四五只，七八只，不，十几只白鹭鸶来，一时皓皓晃晃的翅膀纷纷飘举，那样高雅而从容，虽然凌空迅飞，却宁静无扰，彼此之间的位置也保持不变，另有一种隐然的默契和超然的秩序。而白羽翩翩从暗中不断地招展而来，“灵之来兮如云”，直到我估计归林的群鹭，在对岸的树梢起起落落，欲栖而不定欲飞而又回旋，至少有五十多只。不久，天色便整个暗下来了，云隙间几片灰幽幽的光落在湖面，反托出群山的倒影，暧昧得令人不安。夕愁，就是这样子吗？我们站在渡头，等待中，面前这一片湖水愈加荒僻，而浮出水面的，不是山，不像是山了，是蠢蠢的兽。

“他一定忘记我们还在这边了，”高岛说着，大吼一声，“令赏！”

回声在乱山中反弹过来，虚幻而异怪，所有的精灵只怕都惊动了。背后的密林里传来不知名的吟禽，一串三个音节，不能算怎么恐怖，却令人有点心虚。宓宓和我也发出怪叫来助阵，一时黑暗的秩序大乱。

“令赏！”群山异口同声地回答我们。

我还想借水光看腕表已经几点了，却什么也看不清。这么喊喊停停，也不知过了多久。忽然水面上传来人声，像是两个人在说话。

“令赏！”高岛大叫。

“来了。”是篙夫在回答。

不久传来了水声，想是竹篙拨弄出来的，入水是波的一刺，出水是一串水珠落回水中。水声和人语渐渐近来，浑浑然筏子的轮廓也在夜色中蠢蠢出现。终于筏子拢岸，昏黑中，我们粗手笨脚地都踩了上去，把自己交给了叵测的湖水。人影难辨，只能从语音推测，在筏首撑篙的是林先生，在筏尾撑的是他的儿子。不由自主地，我想起阴间摆渡的船夫凯伦（Charon）。

4

从饥寒交迫的户外夜色里回到林家的平顶旧厝，在日光灯下享用热腾腾的晚餐，分外感到温暖。林厝一共分成四间，正中的堂屋有香案与神龛，供着妈祖，墙角却架着彩色电视机，台北的歌星正在荧光幕上顾盼弄姿。向右是一间饭厅，后门开出去，是一口石井，笨重的抽水机可以咿哑打水。向左是一间木板隔成的睡房，一张大床三面抵住墙壁，占去房间的三分之二，也是用硬木板铺成，上面只盖了一层单薄的垫褥。主人指定我们住这一间，我们的晚餐也就在这一间吃。就着一张小桌子，高岛和宓宓坐在床沿上，我则打横坐在凳子上。

一切都很简陋，桌上的晚餐却毫不寒酸。一大汤碗的草鱼，一碗笋，一碗青菜，一盘田螺，围着中间的一大锅烧酒鸡，三个人努力加餐，仍然剩下了一大半。尤其是那一锅鸡汤，恐怕足足倒了一瓶米酒，烧的是一整只土鸡。每个人至少喝了两碗汤，至于鸡肉，却炖得不够烂熟，嚼得有点辛苦。因为酒浓，不久我便醺然耳热起来。鸡，是自己养的。菜，是自己种的。笋和田螺都是天生。鱼呢，满满的一湖活跳生鲜，只要你撒下网去，绝不会让你空网而归。摇鳍摆尾的鳞族里，有鲫鱼、鳝鱼，还有塘虱鱼。

微酡的醉意下，高岛提议去渡口的山坡上看那些归巢的白鹭。

“这么晚了，看得到吗？”宓宓有点疑惑。

“哦，看得到的。一吓，就飞起来了。”高岛保证。

“这么黑，怎么找路呢？”她说。

“有灯呀！”高岛说着，回身向床上的背囊里掏出一支电筒和一个像小热水瓶的盒子，只一拧，那盒子就蓦地剧亮起来，净白的光泛了一室，耀人眼花。高岛得意地笑说：“这是强力瓦斯灯，我特别带来的。”

于是宓宓拿着电筒，高岛举起明灯，三人兴致勃勃地再出门去。走过晒谷场，刚踏上瘦脊嶙嶙的土埂，宓宓忽然惊呼：“开了，你们看！”大家转头一看，跟满塘眼热的嫣红打了个照面，齐齐叫了起来。日间含羞闭瓣午睡酣酣的几百朵睡莲，竟全都醒了过来，趁太阳不在家，每手擎着一枝，举行起烛光夜会来了。经我们的瓦斯灯煌煌一照，满塘的红颜红妆一时都回头相望。寂静中，只听见瓦斯迎风的炙响，青蛙跳水的清音。

惊艳一番之后，意犹未尽，只好别过头去，向坡上攀爬。四周一片黑，高岛手中的光亮像一盏神秘的矿灯，向煤坑的深处一路挖去。到了坡顶，喘息才完，四周阒寂无声，只有瓦斯灯炽烈旺盛地嘶嘶响着。湖山浑然在原始的黑沉沉里，从石板屋到满州，从南仁山到太平洋岸，十几公里的生态保护区，只有这一盏皎白的灯亮着，暗中，不知道有多少惊寤的眼瞳向它转来，有的瞿瞿，有的眈眈，向这不明来历的发光体注目而视。众暗我明，我们是焦点，是靶心，太招摇了，令人惴惴不安。

“飞起来了！”宓宓叫道，“一起飞起来了！”

说着她挥动电筒长而细的剑光，去追踪满空窜扰的翅膀。几十只惊起的栖鹭从草坡另一面的密林梢头，激湍回澜一般地四泻散开，在夜色里盲目地飞逐来去，无数乱翼在电筒的窄光里一闪而逝。尽管如此，这一切却在无声中进行，没有一声鸟呼，像一场哑梦。

突然，高岛把瓦斯灯熄掉，黑暗的伤口一下子就愈合了。只剩下宓宓的窄剑不时挥动着淡光，在追捕零星的鹭影。晚上九点钟的样子，四围的山脊起伏，黑茸茸的轮廓抵在灰黯黯的夜空上，极其阴森暧昧，难以了解。劲风从东边吹来，那是太平洋浪涛的方向。隔着东岸的丘陵当然听不见潮水，天地寂寞，即使用一千只耳朵谛听，十里之内，也只有低细的虫吟。

5

再回到林家厝，宓宓和我都有点累了。高岛却精神奕奕，兴致不减，又从他的百宝囊中取出土红的茶壶和三只小茶盅，点起酒精灯，煮起乌龙茶来。他再三强调，入山旅行不可不带茶具，更不可不喝热茶。一面说着，一面为我们斟满泡好了的乌龙，顿时茶香盈座。宓宓浅啜了一口说道：

“这么浓的茶，我不敢多喝，怕睡不着。你又喝茶又喝酒，高先生，一切都背在背包里，不怕重吗？”

“这些行头加起来也不过二十公斤，算得了什么？”高岛说着，瞪大了圆眼，一扬眉毛，自豪地笑了起来，“我做了好几年的高山向导，这一切早就惯了。也不记得带过多少登山队了，下雪，刮风，什么都遭遇过，尤其是下雨，一下大雨就会发山洪。有时候困在雨里，只好在帐篷里一夜睡在水上，祷告整个通宵。”

“听说你救过好多人呢。”宓宓说。

“那本来就是向导的责任，”高岛轻描淡写地说，“有一次冒着暴雨，登山队里一个女孩子吵着要自己先回去，再劝也没用。果然，跌下了山去，跌到一半断了腿，再翻身又滚了下去，成了重伤。她要求大家让她死掉，因为断骨错在肉里，不能再移动，太痛苦了，又怕会终生残疾。我把她劝得心回意转。大家轮流抬她下山，没有谁不累得死去活来。”

“真是太惨了，”宓宓说，“后来呢？”

“后来总算医好了，年轻嘛。”

“台湾的山难事件也真多。”我说。

“不外是准备不够，经验不足，失去联络，而且不信向导的话……”

大家笑起来。宓宓又问高岛是不是常不在家。

“是啊，”高岛眉毛一扬，“三天倒有两天是出门在外，以前是做高山向导，现在是为了摄影。照相的人不像你们诗人可以在家里吟风弄月，我们只有到处去寻找镜头，有时为了等一次惊天动地的浪花，要在海风和咸水里……”

“摄影家必须深入自然，深入民间。”宓宓大发议论，正待说下去。

“摄影家是一种特殊的旅行家，”我抢着说，“他不但要经营空间，更要掌握时间。世上一切启示，自然所有的奥妙，只展向耐久的有心人。他是美的猎者。徐霞客要是有一架奥林巴斯……”

“说得好，说得好！”高岛大笑。

“摄影家一定要身体好，”宓宓说，“你认得庄明景吗，对呀，就是拍黄山的那位。为了要拍落日从山谷的缺口落下，他请向导把自己绑牢在松树上，以防跌下山去。”

“我的身体从不生病，”高岛认真告诉我们，“以前我常练瑜伽术，可以倒立好半天。有一年冬天，有个和尚跟我打赌，两人把上身脱光了，倒立在风里，引来好多人围观，最后那和尚冻得受不了，只好认输。喏，像这样——”

说着他果真在床上一个倒栽，竖起蜻蜓来。他竖得挺直，过了几秒钟，又放下腿来，两膝交盘在一起，最后把下半身向前折叠过来。这么维持了一阵，才一一自行解开，恢复原状。宓宓和我鼓掌喝彩。

“再来一杯茶吧。”高岛略略喘息之后，又为我斟了一杯。

大家真也累了，就势都躺了下来，睡在硬板的大通铺上。宓宓在我左手，高岛在我右侧，不一会儿，两人都发出了鼾声，一个嘤嘤，一个咻咻，嘤吟在左，咻哦在右，此起彼落，似乎在争颂睡神。只剩我独自清醒地躺着，望着没有天花板的屋顶，梁木支撑，排列着老厝的脊椎。灯暗影长，交叠的梁影里隐隐约约都是灰褐的传说。这样的屋顶令我回到了四川，回忆有一种瓦的温柔。

就这么无寐地躺在低细的虫声里，南仁湖母性的怀中，感到四川为近而台北为远。台北和我已变得生疏，年轻时我认得的台北爱过的台北，已经不再。厦门街的那条巷子，我曾经歌颂过无数次的，现在拓宽了，颇有气派，但我的月光长巷呢，三十年的时光隧道已成了历史，只通向回忆。

经过了香港的十年，去年回来，说不上“头白东坡海外归”，却已是另一个人了。我并没有回到台北，那回不去了的台北，只能说迁来了高雄。奇异的转化正在进行，渐渐，我以南部人自命，为了南部的山海和南部的一些人。相对于台北的阴郁，我已惯于南部的爽朗。相对于台北人的新锐慧黠，我更倾心于南部人的乡气浑厚。世界已经那么复杂，邻居个个比你精细，锱铢必较，分秒必争；能有一个憨厚些的朋友，浑然忘机地陪你煮茶看花，并且不一定相信“时间即金钱”，总令人安心，放心，开心。我来南仁湖山，一半出于老派的烟霞之癖，什么鸥盟鹭约之类的逸兴，一半却是新派的生态保护，对种种污染与破坏的抗议。深入原始的山区，原为膜拜牧神而来。不料向导我来的人，出山入水，餐风饮露，与万物共存而同乐，童真未丧，本身已经是半个牧神了。说不定就是牧神派来的吧，或者，竟是牧神自己化装下山的呢？

高岛翻了一个身，梦呓含糊，也不知是承认还是否认。

——一九八六年十一月十五日

九张床

一张比一张离你远。一张，比一张荒凉。检阅荒凉的岁月，九张床。

第一张。西雅图的旅馆里，面海，朝西。而且多风，风中有醒鼻的咸水气息。那是说，假如你打开长长的落地窗，披襟当风。对于宋玉，风有雌雄之分。对于我，风只分长短。譬如说，桃花扇底的风是短的。西雅图的风是长的。来自阿拉斯加，自海豹群吠月的岩岸，自空空洞洞的育空河口吹来。最难是，破题儿第一遭。寂寞的史诗，自午夜的此刻开始。自西雅图开始。西雅图，多风的名字，遥远的城。六年前，一个留学生的寂寞也从此开始，检阅上次回台的岁月，发现有些往事，千里外，看得分外地清晰。发现一个人，一个千瓣的心灵，很难绝对生活在此时此刻。预感带几分恐惧。回忆带几分悲伤。如是而已。如是而已。蚀肤酸骨的月光下，中秋渐近而不知中秋的西雅图啊，充军的孤城，海的弃婴。今夕，我无寐，无鼾，在浩浩乎大哉，太平洋苍老而又年轻，蓝浸四大洲的鼾声之中。小小的悲伤，小小的恩怨，小小的一夜失眠。当你想，永恒的浪潮拍着宇宙的边陲，多少光，多少清醒。

第二张浮在中秋的月色里。西雅图之后，北美洲大陆的心脏，听不见海，吹不到风。该是初秋的早寒了，犹逗留懊热的暑意，床单逆拂着微潮的汗毛。耳在枕上，床在楼上，红砖的楼房在广阔的中西部大平原上。正是上课的前夕，明晨的秋阳中，四十双碧瞳将齐射向我，如欲射穿五千年的神秘和陌生。李白发现他的句子横行成英文，他的名字随海客流行，到方丈与蓬莱之外，有什么感想？今人不见古时月，今月曾经照古本。投倒影在李白樽中的古月，此时将清光泼翻我满床。月光是史前谁的魂魄，自神话里流泻出来，流向梦的，夜的，记忆的每一角落。月光光，谁追我，从台北追到西雅图追到皮奥瑞亚。如果昨夕无寐，今夜岂有入寐的理由？月光光，照他乡……抗战前流行的一首歌，在不知名处袅袅地旋起。轻罗小扇，儿时的天井。母亲做的月饼，饼面的芝麻如星。重庆，空袭的月夜，月夜的玄武湖，南京……直到曙色用一块海绵，吸干一切。

第三张在爱荷华城。林中铺满轻脆的干橡叶，十月小阳春的夜里，一个毕业生回想六年前，另一季美丽，但不快乐的秋天。六年前，金字塔下，许多木乃伊忽然复活，且列队行过我枕上。许多畸形的片段，七巧板似的合而复分，女巫们自万圣节中，拂其黑袖，骑其长帚，挟其邪恶的笑声，翩翩起飞。重游旧地，心情复杂而难加分析。六年前的异域，竟成六年后某种意义下某种程度上的故乡。毕竟，在此我忍过十个月（十个冰河期？）的真空，咽过难以消化的冷餐，消化过难以下咽的现代艺术。毕竟，在此我哭过，若非笑过，怨过，若非爱过。当长途汽车迤迤进站，且吐出灰狗重重的喘息，当爱荷华大学的象征，金顶的州议会旧厦森然自黑暗中升起，当旧日的老师李铸晋与安格尔，和今日的少壮作家，叶珊、王文兴、白先勇，在站前接我，一瞬间竟有重归故乡的感觉。

第四张在爱荷华城西北。那是黄用公寓中的双人床。重游母校的第三天，和叶珊、少聪并骑灰犬，去西北方百里的爱姆斯，拜访黄用和他的新娘。好久不写诗的黄用，在五年前现代诗的论战中，曾是一员骁将。公寓中的黄用，并不像寓公。伶牙俐齿，唇枪舌剑之间，黄用仍令你想起离经叛道，似欲掀起一股什么校风的自行车骑士。宾主谈到星图西倾，我才被指定与叶珊共榻。不能和戴我指环的女人同衾，我可以忍受；必须和另一男人，另一件泥塑品，共榻而眠，却太难堪了。要将四百多根雄性的骨骼，舒适地分布在不到三十平方英尺的局面，实在不是一件易事，而是一件艺术，一件较之现代诗的分行为犹难的艺术。叶珊的寐态，和他俊逸的诗风颇难发生联想。同床异梦，用之形容那一夜，是再恰当不过的了。他梦他的《水之湄》，我梦我的《莲的联想》。不，说异梦也是不公平的，因为我根本无梦，尤其耳当他鼾声的要冲。这还不是高潮。正当我卧莲欲禅之际，他忽在梦中翻过身来，将我抱住。我必须声明，我既非王尔德，他也不是魏尔仑。因此这种拥抱，可以想见的，不甚愉快。总算东方既白，像《白鲸记》中的以实玛利，我终于挣脱了这种睁眼的梦魇。

第五张历史较长，那是我在皮奥瑞亚的布莱德利大学，安定下来后的一张，我租了美以美教会牧师杜伦夫妇寓所的二楼。那是一张古色古香，饶有殖民时期风味的双人床，榻面既高，床栏亦耸，床左与床尾均有大幅玻璃窗，饰以卷云一般的洁白罗纱，俯瞰可见人家后院的花圃和车房。三五之夜，橡树和枫树投影在窗，你会感觉自己像透明的玻璃缸中，穿游于水藻间的金鱼。万圣节的前夕，不该去城里看了一场魅影幢幢的电影，叫什么 Witchcraft 的。夜间犹有余悸，将戏院发的辟妖牌（Witch deflector）悬在床栏上，似亦不起太大作用。紧闭的室内，总有一丝冷风。恍惚间，总觉得有个黑衣女人立在楼梯口上，目光瞵瞵，盯在我的床上，第二天，发起烧来，病了一场。

幸好，不久布莱德利大学的讲课告一段落，我转去中密大（Central Michigan University）。第六张床比较现代化，席梦思既厚且软。这时已经是十二月，密歇根的雪季已经开始。一夜之间，气温会直落二十度，早上常会冷醒。租的公寓在乐山（Mount Pleasant）郊外，离校区还有三英里路远。屋后一片空旷的草地，满覆白雪，不见人踪、鸟迹。公寓新而宽大，起居室的三面壁上，我挂上三个小女孩的合照，佛罗斯特的遗像，梵·高的向日葵，和刘国松的水墨抽象。大幅的玻璃窗外，是皑皑的平原之外还是皑皑的平原。和芬兰一样，密歇根也是一个千泽之国，而乐山正居五大湖与众小泽之间。冰封雪锁的白夜，鱼龙的悲吟一时沉寂。为何一切都离我恁遥恁远，即使燃起全部的星斗，也抵不上一支烛光。

有时，点起圣诞留下来的欧薄荷色的蜡炬，青荧荧的幽辉下，重读自己国内的旧作，竟像在墓中读谁的遗书。一个我，接着另一个我，纷纷死去。真的我，究竟在何处呢？在抗战前的江南，抗战时的嘉陵江北？在战后的石头城下，抑在六年前的西方城里？月色如幻的夜里，有时会梦游般起床，启户，打着寒战，开车滑上运河一般的超级公路。然后扭熄车首灯，扭开收音机，听钢琴敲叩多键的哀怨，或是黑女肥沃的喉间，吐满腔的悲伤，悲伤。

另一张也在密歇根湖边。那是一张帆布床，也是刘鎏为我特备的陈蕃之榻。每次去芝加哥，总是下榻城北爱凡思顿刘鎏和孙璐的公寓。他们伉俪二人，同任西北大学物理系教授。我一去，他们的书房即被我占据。刘鎏是我在西半球最熟的朋友之一。他可以毫无忌惮地讽刺我的诗，我也可以不假思索地取笑他的物理。身为科学家的他，偏偏爱看一点什么文艺，且喜欢发表一点议论。除了我的诗，於梨华的小说也在他射程之内。等到兴尽辞穷，呵欠连连，总是已经两三点钟。躺上这张床，总是疲极而睡。有时换换口味，也睡於梨华的床——放梨华家的床。

第八张在豪华庄。所谓豪华庄（Howard Johnson' s Motor Lodge），原是美国沿超级公路遍设的一家停车旅馆，以设计玲珑别致见称。我住的豪华庄，在匹茨堡城外一山顶上，俯览可及百里，宽阔整洁的税道上，日夕疾驶着来往的车辆。我也是疾驶而来的旅客啊，车尾曳着密歇根的残雪，车首指向葛底斯堡的古战场。唯一不同的，我是在七十五英里的时速下，豪兴遄飞，朗吟太白的绝句而来的。太白之诗 tempo 最快，在高速的逍遥游中吟之，最为快意。开了十小时的车，倦得无力看房里的电视，或是壁上挂的费宁格尔（Lyonel Feininger）的立体写意。一陷入黑甜的盆地里便酣然入梦了。梦见未来派的车轮，梦见自己是一尊噬英里的怪兽，吐长长的火舌向俄亥俄的地平。梦见不可名状不可闪避的车祸，自己被红睛的警车追逐，警笛曳着凄厉的响尾。

好——险！鬼哭狼嚎的一声刹车，与死亡擦肩而过。自梦魇惊醒，庆幸自己还活着，且躺在第九张床上。床在楼上，楼在镇上，镇在古战场的中央。南北战争，已然是百年前的梦魇。这是和平的清晨，星期天的钟声，鼓着如鸽的白羽，自那边路德教堂的尖顶飞起，绕着这小镇打转，历久不下。林肯的巨灵，自古战场上，自魔鬼穴中，自四百尊铜炮与二千座石碑之间，该也正冉冉升起。当日林肯下了火车，骑一匹老马上山，在他的于思胡子和清癯的颧骨之间，发表了后来成为民主经典的葛底斯堡演说。那马鞍，现在还陈列在镇上的纪念馆中。百年后，林肯的侧面像，已上了一分铜币和五元钞票，但南部的黑人仍上不了选票。同国异命，尼格罗族仍卑屈地生活在爵士乐悲哀的旋律里。“一只番薯，两只番薯”。“跟我一样黑”。那种悲哀，在咖啡馆的酒杯里旋转旋转，令人停杯投叉，不能卒食，令人从头盖麻到脚后跟。所谓自由、平等、博爱。从法国大革命到现在。比起他们，五陵少年的忧郁，没有那么黑。你一直埋怨自己的破鞋，直到你看见有人断脚。

钟声仍然在敲着和平。为谁而敲，海明威，为谁而敲？想此时，新浴的旭日自大西洋底堂堂升起，纽约港上。自由的女神凌波而立，矗几千吨的宏美和壮丽。而日落天黑的古中国啊，仍在她火炬的光芒外，陷落，陷落。想此时，江南的表妹们都已出嫁，该不会在采莲，采菱。巴蜀的同学们早毕业了，该不会在唱山歌，扭秧歌。母亲在黄昏的塔下。父亲在记忆的灯前。三个小女孩许已在做她们的稚梦，梦七矮人和白雪公主。想此时，夏菁在巍巍的落基山顶，黄用在爱荷华的雪原，望尧旋转而旋转，在越南政变的漩涡。蒲公英的岁月，一切都吹散得如此辽远，如此破碎的中国啊中国。

想此时，你该仰卧在另一张床上，等待第一声啼，自第四个幼婴。浸你在太平洋初春的暖流里，一只膨胀到饱和的珠母，将生命分给生命。而春天毕竟是国际的运动，在西半球，在新英格兰，从且剎比克湾到波多马河到塞斯奎汉娜的两岸，三月风，四月雨，土拨鼠从冻土里拨出了春季。放风筝的日子哪，鸟雀们来自南方，斗嘴一如开学的稚婴。鸟雀们来自风之上，云之上，越州过郡，不必纳税，只需抖一串颤音。不久春将发一声呐喊，光谱上所有的色彩都会喷洒而出。樱花和草莓，山茱萸和苜蓿，桃花绽时，原野便蒸起千朵红云，令梵·高也看得眼花。沿桃蹊而行，五陵少年，该不会迷路在武陵。至少至少，我要摘一朵红云寄你，说，红是我的爱情，云是我的行迹。那种炽热的思念，隔着航空信封，隔着邮票上林肯的虬髯，你也会觉得烫手。毕竟，这已是三月了，已是三月了啊。冬的白宫即将雪崩。春天的手指呵得人好痒。钟声仍在响。催人起床。人赖在第九张床上。在想，新婚的那张，在一种梦谷，在一种爱情盆地。日暖。春田。玉也生烟。而钟声仍不止。人仍在，第九张床。

——一九六五年三月十五日，葛底斯堡学院
（《征信新闻》“人间”副刊一九六五年四月十二日）

辑四

路途下的星辰

旅行之意义并不是告诉别人“这里我来过”。是一种改变。旅行会改变人的气质，让人的目光变得更加长远。在旅途中，你会看到不同的人有不同的习惯，你才能了解到，并不是每个人都按照你的方式在生活。这样，人的心胸才会变得更宽广；这样，我们才会以更好的心态去面对自己的生活。

凭一张地图

一百八十年前，苏格兰的文豪卡莱尔从家乡艾克雷夫城（Ecclefechan）徒步去爱丁堡上大学，八十四英里的路程，足足走了三天。七月底我在英国驾车旅行，循着卡莱尔古老的足印，他跋涉三天的长途，我三小时就到了。凡在那一带开过山路的人都知道，那一条路，三天就徒步走完，绝非易事，不由得我不佩服卡莱尔的体力与毅力。凭那样的毅力，也难怪他能在《法国革命》一书的原稿被焚之后，竟然再写一次。

出国旅行，最便捷的方式当然是乘飞机，但是机票太贵，机窗外面只见云来雾去，而各国的机场也都大同小异。飞机只是蜻蜓点水，要看一个国家，最好的办法还是乘火车、汽车、单车。不过火车只停大站，而且受制于时间表，单车呢，又怕风雨，而且不堪重载。我最喜欢的还是自己开车，只要公路网所及之处，凭一张精确而美丽的地图，凭着旁座读地图的伴侣，我总爱开车去游历。只要神奇的方向盘在手，天涯海角的名胜古迹都可以招来车前。

十三年前的仲夏我在澳洲，想从沙漠中央的孤城爱丽丝泉（Alice Springs）租车去看红岩奇景。那时我驾驶的经验只限于美国，但是澳洲和英国一样，驾驶座是在右边。一坐上租来的车子，左右相反，顿觉天旋地转，无所适从，只好退车。在香港开车八年，久已习于右座驾驶，所以今夏去西欧开车，时左时右，再也难不倒我。

飞去巴黎之前，我在香港买了西欧的火车月票。凭了这种颇贵的长期车票（Eurail Pass），我可以在西欧各国随时搭车，坐的是头等车厢，而且不计路程的远近。二十六岁以下的青年也可以买这种长期票，价格较低，但是只能坐二等。所以在西班牙和法国旅行时，我尽量搭乘火车。火车不便的地方，就租车来开，因此不少偏僻的村镇，我都去过。英国没有加入西欧这种长期票的组织，我在英国旅行，就完全自己开车。

在西欧租车，相当昂贵，租费不但按日计算，还要按照里数。且以两千毫升的中型车为例，在西班牙每天租金是五千西币（peseta，每二十元值港币一元），每开一公里再收四十五西币，加上保险和汽油，就很贵了。在法国租这样一辆车，每天收二百法郎（约合一百七十港币），每公里再收二法郎，比西班牙稍为便宜。问题在于：按里收费，就开不痛快。如果像美国人那样长途开车，平均每天三百英里，即四百八十公里，单以里程来计，每天就接近一千法郎了。

幸好英国跟美国一样大方，租车只计日数，不计里数，所以我在英国开车，不计山长水远，最是意气风发。路远，当然多耗汽油，可是比起按里收费来，简直不算什么。伦敦的租车业真是洋洋大观，电话簿的“黄页”一连百多家车行。你可以连车带司机一起租，那车，当然是极奢华的劳斯莱斯或者丹姆勒。你也可以把车开去西欧各国。甚至你可以预先租好，一下飞机，就有车可开。我在英国租了一辆快意（Fiat Regata），八天内开了一千三百英里，只收二百三十英镑，比在西班牙和法国便宜得多。

伦敦租车行的漂亮小姐威胁我说：“你开车出伦敦，最好有人带路，收费五镑。”我不服气道：“纽约也好，芝加哥也好，我都随便进进出出，怕什么伦敦？”她把伦敦市街的详图向我一折又一折地摊开，盖没了整个大桌面，咬字清晰地说道：“喏，这是伦敦！大街小巷两千多条，弯的多，直的少，好多还是单行道。至于路牌嘛，只告诉你怎么进城，不告诉你怎么出城。你瞧着办吧，开不出城把车丢在半路的顾客，多的是。”

我怔住了，心想这伦敦恐怕真是难缠，便沉吟起来。第二天车行派人来交车，我果然请她带我出城，在去牛津的路边停下车来，她从我手上接过五镑钞票，告别而去。我没有说错，来交车的是一个“她”，不是“他”。我在旅馆的大厅上站了足足十分钟，等一个彪形的司机出现。最后那司机开口了：“你是余先生吗？”竟是一位清秀的中年太太。我冲口说：“没想到是一位女士。”她笑道：

“应该是男士吗？”

在西欧开车，许多地方不如在美国那么舒服。西欧纬度高，夏季短，汽车大半没有冷气，只能吹风，太阳一出来，车厢里就觉得燠热。公路两旁的休息站很少，加油也不太方便。路牌矮而小，往往是白底黑字，字体细瘦，不像美国的那样横空而起，当顶而过，巨如牌坊。英国公路上两道相交，不像美国那么豪华，大造其四叶苜蓿（Clover-leaf）的立体花桥，只用一个圆环来分道，车势就缓多了。长途之上绝少广告牌，固然山水清明，游目无碍，久之却也感到寂寥，好像已经驶出了人间。等到暮色起时，也找不到美式的汽车客栈。

——一九八五年九月一日《联副》

石城之行

一九五七年的雪佛兰小汽车以每小时七十英里的高速在爱荷华的大平原上疾驶。

北纬四十二度的深秋，正午的太阳以四十余度的斜角在南方的蓝空滚着铜环，而金黄色的光波溢进玻璃窗来，抚我新剃过的脸。我深深地饮着飘过草香的空气，让北美成熟的秋注满我多东方回忆的肺叶。是的，这是深秋，亦即北佬们所谓的“小阳春”（Indian Summer），下半年中最值得留恋的好天气。不久寒流将从北极掠过加拿大的平原南侵，那便是戴皮帽，穿皮衣，着长筒靴子在雪中挣扎的日子了。而此刻，太阳正凝望平原上做着金色梦的玉蜀黍们；奇迹似的，成群的燕子在晴空中呢喃地飞逐，老鹰自地平线升起，在远空打着圈子，觊觎人家白色栅栏里的雏鸡，或者是安格尔教授告诉我的，草丛里的野鼠。正是万圣节之次日，家家廊上都装饰着画成人面的空南瓜皮。排着禾墩的空田尽处，伸展着一片片缓缓起伏的黄艳艳的阳光，我真想请安格尔教授把车停在路边，让我去那上面狂奔，乱嚷，打几个滚，最后便仰卧在上面晒太阳，睡一个童话式的午睡。真的，十年了，我一直想在草原的大摇篮上睡觉。我一直羡慕塞拉（Seurat）的名画《星期日午后的大碗岛》中懒洋洋地斜靠在草地上幻想的法国绅士，羡慕以抒情诗的节奏跳跳蹦蹦于其上的那个红衣小女孩。我更羡慕鲍罗丁在音乐中展露的那种广阔，那种柔和而奢侈的安全感。然而东方人毕竟是东方人，我自然没有把这思想告诉安格尔教授。

东方人确实是东方人。喏，就以坐在我左边的安格尔先生来说，他今年已经五十开外，出版过一本小说和六本诗集，做过哈佛大学的教授，且是两个女儿的爸爸了；而他，戴着灰格白底的鸭舌小帽，穿套头的毛线衣、磨得发白的蓝色工作裤和（在中国只有中学生才穿的）球鞋。比起他来，我是“绅士”得多了，眼镜，领带，皮大衣，笔挺的西装裤加上光亮的黑皮鞋，使我觉得自己不像是他的学生。从反光镜中，我不时瞥见后座的安格尔太太、莎拉和小花狗克丽丝。看上去，安格尔太太也有五十多岁了。莎拉是安格尔的小女儿，十五岁左右，面貌酷似爸爸——淡金色的发自在地垂落在颈后，细直的鼻子微微翘起，止于鼻尖，形成她顽皮的焦点，而脸上，美国小女孩常有的雀斑是免不了的。后排一律是女性，小花狗克丽丝也不例外。她大概很少看见东方人，几度跳到前座来和我挤在一起。斜昂着头打量我，且以冰冷的鼻尖触我的颈背。

昨夜安格尔教授打电话给我。约我今天中午去“郊外”一游。当时我也不知道他所谓的“郊外”是指何处，自然答应了下来。而现在，我们在平而直的公路上疾驶了一个多小时，他们还没有停车的意思。自然，老师邀你出游，那是不好拒绝的。我在“受宠”之余，心里仍不免怀着鬼胎，正觉“惊”多于“宠”。他们所谓请客，往往只是吃不饱的“点心”。正如我上次在他们家中经历过的一样——两片面包，一块牛油，一盘番茄汤，几块饼干。那晚回到宿舍“四方城”中，已是十一点半，要去吃自助餐已经太迟，结果只饮了一杯冰牛奶，饿了一夜。

“保罗，”安格尔太太终于开口了，“我们去安娜摩莎（Anamosa）吃午饭罢。我好久没去看玛丽了。”

“哦，我们还是直接去石城好些。”

“石城”（Stone City）？这地名好熟！我一定在哪儿听过，或是看过这名字。只是现在它已漏出我的记忆之网。

“哦，保罗，又不远，顺便弯一弯不行吗？”安格尔太太坚持着。

“Oh，please，Daddy！”莎拉在想念她的好朋友琳达。

安格尔教授OK了一声，把车转向右方的碎石子路。他的爱女儿是有名的。他曾经为两个女儿写了一百首十四行诗。出版了一个单行本《美国的孩子》（American Child）。莎拉爱马，他以一百五十元买了一匹小白马。莎拉要骑马参加爱荷华大学“校友回校大游行”，父亲巴巴地去二十英里外的俄林（Olin）借来一辆拖车，把小白马载在拖车上，运去游行的广场，因为公路上是不准骑马的。可是父母老后，女儿是一定分居的。老人院的门前，经常可以看见坐在靠椅上无聊地晒着太阳的老人。这景象在中国是不可思议的。我曾看见一位七十五岁（一说已八十）步态蹒跚的老工匠独住在一座颇大的空屋中，因而才了解佛洛斯特（Robert Frost）《老人的冬夜》一诗的凄凉意境。

不过那次的游行是很有趣味的。平时人口仅及二万八千的爱荷华城，当晚竟挤满了五万以上的观众——有的自西达拉匹兹（Cedar Rapids）赶来。有的甚至来自三百英里外的芝加哥。数英里长的游行行列，包括竞选广告车，赛美花车，老人队，双人脚踏车队，单轮脚踏车，密西西比河上的古画舫，开辟西部时用的老火车，以及四马拉的旧马车，最精彩的是老爷车队，爱荷华州一九二〇年以前的小汽车全部都出动了。一时街上火车尖叫，汽船鸣笛，古车蹒跚而行，给人一种时间的错觉。百人左右的大乐队间隔数十丈便出现一组，领先的女孩子，在华氏四十几度的寒夜穿着短裤，精神抖擞地舞着指挥杖，踏着步子。最动人的一队是“苏格兰高地乐队”（The Scottish Highlanders），不但阵容壮大，色彩华丽，音乐也最悠扬。一时你只见花裙和流苏飘动，鼓号和风笛齐鸣，那嘹亮的笛声在空中回荡又回荡，使你怅然想起司各特的传奇和彭斯的民歌。

汽车在一个小镇的巷口停了下来，我从古代的光荣梦中醒来。向一只小花狗吠声的方向望去，一座小平房中走出来一对老年的夫妻欢迎客人。

等到大家在客厅坐定后，安格尔教授遂将我介绍给鲍尔先生及太太。鲍尔先生头发已经花白，望上去有五十七八的年纪，以皱纹装饰成的微笑中有一影古远的忧郁，有别于一般面有得色、颐有余肉的典型美国人。他听安格尔教授说我来自台湾，眼中的浅蓝色立刻增加了光辉。他说二十年前曾去过中国，在广州住过三年多；接着他讲了几句迄今犹能追忆的广东话，他的目光停在虚空里，显然是陷入往事中了。在地球的反面，在异国的深秋的下午，一位碧瞳的老人竟向我娓娓而谈中国，流浪者的乡愁是很重很重了。我回想在香港的一段日子，那时母亲尚健在……

莎拉早已去后面找小朋友琳达去了，安格尔教授夫妇也随女主人去地下室取酒。主客的寒暄告一段落，一切落入冷场。我的眼睛被吸引到墙上的一幅翻印油画：小河、小桥、近村、远径、圆圆的树，一切皆呈半寐状态，梦想在一片童话式的处女绿中；稍加思索，我认出那是美国已故名画家伍德（Grant Wood，1892-1942）的名作《石城》（Stone City）。在国内，我和咪咪也有这么一小张翻版，两人都说这画太美了，而且静得出奇，当是出于幻想。联想到刚才车上安格尔教授所说的“石城”，我不禁因吃惊而心跳了。这时安格尔教授已回到客厅里，发现我投向壁上的困惑的眼色，朝那幅画瞥了一眼，说：“这风景正是我们的目的地。我们在石城有一座小小的夏季别墅，好久没有人看守，今天特别去看一看。”

我惊喜未定，鲍尔先生向我解释，伍德原是安格尔教授的好友，生在本州的西达拉匹兹，曾在爱荷华大学的艺术系授课，这幅《石城》便是伍德从安格尔教授的夏屋走廊上远眺石城镇所作。

匆匆吃过“零食”式的午餐，我们别了鲍尔家人。继续开车向石城疾驶。随着沿途树影的加长，我们渐渐接近了目的地。终于在转过第三个小山坡时，我们从异于伍德画中的角度眺见了石城。河水在斜阳下反映着淡郁郁的金色，小桥犹在，只是已经陈旧剥落，不似画中那么光彩。啊，磨坊犹在，丛树犹在，但是一切都像古铜币一般，被时间磨得黯淡多了；而圆浑的山峦顶上，只见半黄的草地和零乱的禾墩，一如黄金时代的余灰残烬。我不禁失望了。

“啊，春天来时，一切都会变的。草的颜色比画中的还鲜！”安格尔教授解释说。

转眼我们就驶行于木桥上了；过了小河，我们渐渐盘上坡去，不久，河水的淡青色便蜿蜒在俯视中了。到了山顶，安格尔教授将车停在别墅的矮木栅门前。大家向夏屋的前门走去，忽然安格尔太太叫出声来，原来门上的锁已经给人扭坏。进了屋去，过道上、客厅里、书房里，到处狼藉着破杯、碎纸，分了尸的书，断了肢的玩具，剖了腹的沙发椅垫，凌乱不堪，有如兵后劫余。安格尔教授一耸哲学式的两肩，对我苦笑。莎拉看见她的玩具被毁，无言地捡起来捧在手里。安格尔太太绝望地诉苦着，拾起一件破家具，又丢下另一件。

“这些野孩子！这些该死的野孩子！”

“哪里来的野孩子呢？你们不能报警吗？”

“都是附近人家的孩子，中学放了暑假，就成群结党，来我们这里胡闹、作乐、跳舞、喝酒。”说着她拾起一只断了颈子的空酒杯，“报警吗？每年我们都报的，有什么用处呢？你晓得是谁闯进来的呢？”

“不可以请人看守吗？”我又问。

“噢，那太贵了，同时也没有人肯做这种事啊！每年夏天，我们只来这里住三个月，总不能雇一个人来看其他的九个月啊。”

接着安格尔太太想起了楼上的两大间卧室和一间客房，匆匆赶了上去，大家也跟在后面。零乱的情形一如楼下：席梦思上有污秽的足印，地板上横着钓竿、滚着开口的皮球。嗟叹既毕，她也只好颓然坐了下来。安格尔教授和我立在朝西的走廊上，倚栏而眺。太阳已经在下降，暮霭升起于黄金球和我们之间。从此处俯瞰，正好看到画中的石城。自然，在艺术家的画布上，一切皆被简化、美化，且重加安排，经过想象的沉淀作用了。安格尔教授告诉我说，当初伍德即在此廊上支架作画，数易其稿始成。接着他为我追述伍德的生平，说格兰特（Grant，伍德之名）年轻时不肯做工，作画之余，成天闲逛，常常把胶水贴成的纸花献给女人，不久那束花便散落了；或者教小学生把灯罩做成羊皮纸手稿的形状。可是爱荷华的人都喜欢他，朋友们分钱给他用，古玩店悬卖他的作品，甚至一位百万财主也从老远赶来赴他开的波希米亚式的晚会——他的卧室是一家殡仪馆的老板免费借用的。可是他鄙视这种局限于一隅的声名，曾经数次去巴黎，想要征服艺术的京都。然而巴黎是不容易征服的，你必须用巴黎没有的东西去征服巴黎；而伍德只是一个模仿者，他从印象主义一直学到抽象主义。他在塞纳路租了一间画展室，展出自己的三十七幅风景，但是批评界始终非常冷淡。在第四次游欧时，他从十五世纪的德国原始派那种精确而细腻的乡土风物画上，悟出他的艺术必须以自己的故乡，以美国的中西部为对象。赶回爱荷华后，他开始创造一种朴实、坚厚而又经过艺术简化的风格，等到《美国的哥特式》一画展出时，批评界乃一致承认他的艺术。不过，这幅《石城》应该仍属他的比较“软性”的作品，不足以代表他的最高成就，可是一种迷人的纯真仍是难以抗拒的。

“格兰特已经死了十七年了，可是对于我，他一直坐在这长廊上，做着征服巴黎的梦。”

橙红色的日轮坠向了辽阔的地平线，秋晚的凉意渐浓。草上已经见霜，薄薄的一层，但是在我，已有十年不见了。具有图案美的柏树尖上还流连着淡淡的夕照，而脚底下的山谷里，阴影已经在扩大。不知从什么地方响起一两声蟋蟀的微鸣，但除此以外，鸟声寂寂，四野悄悄。我想念的不是亚热带的岛，而是嘉陵江边的一座古城。

归途中，我们把落日抛向右手，向南疾驶。橙红色弥留在平原上，转眼即将消灭。天空蓝得很虚幻，不久便可以写上星座的神话了。我们似乎以高速梦游于一个不知名的世纪，而来自东方的我，更与一切时空的背景脱了节，如一缕游丝，完全不着边际。

——一九五八年十一月于爱荷华城

木棉花之旅

世界上的花树之中，若论阳刚之美，我的一票要投给木棉。因为此树的主干坚挺而正直，打桩一样地向大地扎根。发枝的形态水平而对称，每层三尺，一层层抽发上去，乃使全树的轮廓像一座火塔。花发五瓣，其色亮橘或艳红，一丛丛地顺枝发作，但从树下仰望，一朵朵都被黑萼托住，明丽之中另有一种庄严。一棵盛开的木棉树展示出匀称而豪健的抽象之美。

高雄人虽然把木棉选成了市花，春天来时，市内的紫荆和黄槿虽然处处惊艳，却少见木棉朗爽的影子。整个中山大学的校园只有瘦瘦的一株，高雄女中的前院有一对；最动人的一丛，约为八九株，却在师范学院里面。其他的地方应该还有，不过为数有限，否则去年三月，木棉花文艺季要做海报，不至于找不到可以取景的地方。

倒是沿着初春的高速公路北上，一出了高雄，往往一排排盛开的木棉，像服饰鲜丽的春之仪队，夹道飞迎而来，那么猝不及防，又像是美之奇袭，一下子照得人眼红心热，四周的风景也兴奋起来。美，有什么用呢？常有精明的人这么精明地问。我也说不出它究竟有什么用，只觉得它忽然令你心跳，血脉的河流畅通无阻，肺叶的翅膀迎风欲飞，世界忽然新奇起来。这还不够么？

木棉之市而不见木棉，总有点徒具虚名，而所谓木棉花文艺季也只是心里发热而已。与其艳羡别的地方木棉成行成队，例如台北的罗斯福路，何如趁早在自己的门口植树呢？所以在三月二十一日，春分那天，木棉花的信徒们便荷铲提水，在仁爱公园里种下了一百多棵木棉的树苗，满怀希望，预约一个火红的春天。参加种树的家庭各认领一棵幼苗，不但全家一起填土浇水，而且以后还要定期回来护苗。有两个小姐妹都穿着木棉红的短装，戴着木棉落瓣编成的花冠，也忙着为新苗浇水：她们父母的巧思赢得其他种树人的称赞。

一排美丽而伶俐的女童子军列队在凉亭边，等着把带头的种树人领去各自的新苗之前。她们不也是青青的新苗吗？我满心愉悦地想。苏南成市长种的是一号树苗，我则被领去第二号。那天气候晴爽，不算很热，苏市长兴奋得像个大孩子，反过来领着他的那位女童子军，大呼一声："跟我来！"他铲了好多泥土填坑，对四周的市民和记者说："这棵树就是我了，树在人在，树死人亡。你们要好好保护。"逗得大家都笑起来。

预约一个火红的春天吗？要再过几年才会成树发花呢？真令人等得心焦。但是才过了几天，就有人告诉我说，那些新苗已经有不少被人拔掉了，或是折断了。我的心凉了半截。让春天从高雄出发吗？大话是我说的。也许我是太天真了，才看到种子就幻想一座森林。如果心中没有春天，即使街上有成排的花树，空中有成群的燕子，这仍是一座冷酷的城市。如果人人都不浇别人的树，绿荫就不会来遮你的头。

就在这时，远离五福路和七贤路的滚滚红尘，在东北东的方向，在二千八百多公尺的南大武山影下，在一所山胞读书的小学校园里，一座百龄以上的原始木棉树林，却天长地久地矗在半空，耸着英雄木高贵的门第。

这是薛璋听来的消息。他只身下乡去探虚实，回来告诉我们说，花期已过，满树的蒴果悬在半空，不久就会迸裂，只等风来吹棉。还有，他说，那些老树都已参天，有十层楼那么高。

"真的呀？"好几双眉毛全抬了起来，没有十层楼高，却至少有一寸高。

终于一辆游览车载着我们一行二十多人，越过宽宽的高屏溪，深入屏东县境，来到雾台乡武潭小学的平和分校。正是星期天的中午，只偶然看见三两个衣着简朴肤色微黯的排湾族小孩。车未停定，蔽天的林木之间已可窥见小学的校舍。等到停定，发现入林已深，天色竟然有点暗了下来，众人下车，四下里打量，才省悟不是天变了，而是树林又密又高，丛叶虽然不很浓茂，但是树多，一有缺口，便有更多的树围拢过来，而最触目惊心的，是那些灰褐的树干全都矗然而直，挺拔而起，几何美的线条把仰望的目光一路提上天去。

“这些——”一个昂起的头，曳着秀长的黑发说，“就是木棉树吗？”

“是啊，这些全是木棉。”黄孝棪校长说。

“黄校长以前在屏东做过教育局长，”薛璋说，“这一带每一所小学他都到过。”

“这些木棉怎么会这么高呢？”那颗昂头垂下来问道。

“哦，这些都是外国品种，相传是三百年前由荷兰人带来的。”不知是谁回答。

“林务局的人告诉我，”心岱说，“这些树是四十五年前，日据的末期种的，品种来自美洲。植了四千株，现在只剩五百多株了。”

“怪不得跟我们本地的不一样，”那颗长发之头又昂起来了，“不但高，而且发枝的姿态也是往上斜翘，不像本地的那样平伸。”

“好高啊，”另一颗头颅仰面说道，“恐怕有十层楼高吧？”

“没有十层，至少也有七八层楼高，”我说，“可惜花期已过，否则这几百棵木棉一起发作，怕不要烧红半边天。”

“啊不，”薛璋说，“本地人说，这些吉贝属的老木棉开的是一丛丛的白花。现在花期虽过，蒴果却结了满树，再过不久，果都裂开，风一来，就会飘起满天的飞絮。”

“真的？”好几颗放平了的头又仰起脸来，向七层楼上扫描。果然，满天都挂着土褐色的蒴果，形状有点像甘薯，简直成百成千。

“哇，棉花就在里面吗？”几张嘴抢着问树顶。累累的蒴果并无反应，空气寂静无风。

“那么高，否则采一只下来剥剥看。”谁在埋怨。

“喏，这里有一只呢。”有人叫道，一面蹲下去捡了起来。几颗头都围了过去。那人把枯裂的棉荚剥开，里面露出一团团白中带点淡黄的棉絮，拿到嘴边一吹，几朵胖胖的小云便懒懒地飘扬起来。一时众人都低下头去，向树底的板根四周，去寻找落地的枯荚。寻获的人一声惊喜，就剥开来大吹其棉絮，只见乱云纷纷，有的浮荡了一阵落到泥地上，有的就沾上头发和衣服。远远望去，又像是一群儿童在吹肥皂泡。

大家兴奋地朝前走，画眉鸟啾啭的森林浴里，来到木棉林的另一端。绿荫疏处，南大武山的翠微隐隐在望。黄校长手里捧着两只蒴果，跑过来送我；君鹤又捡到一只颜色青嫩的，说是落地不久。有人找了一只纸袋给我装起来，很快地，袋里就有了半打蒴果了。

我们走到一柱巨干的面前，细细观赏树皮的肌理。只见古拙而粗糙的表皮，瓦灰色之中带点淡赭，十分耐看，纵走的裂纹之间，长着一簇簇的尖刺，望之坚挺而犀利，有公分长。长得密的部分，像是严阵待敌，令人想起一支巨型的狼牙棒。大家忍不住用手指去试那一排排骇目的锋芒，像是在摸一件年淹代久而犹张牙舞爪的兵器。

“你看这木棉树，”我说，“刚柔都备于一身，有那么温柔的棉絮，也有这么刚烈的刺。”

“本地的木棉也有刺的，”宓宓说，“不过没有这么坚锐，倒像是脸上的疤。”

大家都笑了。我说香港的木棉也是如此。忽然树皮上有物在蠕动，其色暗褐，近于树皮。原来是一只大天牛，正在向上攀爬，触须挥舞着一对长鞭。向阳拾起一根断枝，逗弄了一会儿，好不容易才把这难缠的“锯树郎”

引下树来。

我和黄校长、君鹤先后合抱住这座千刺的巨树，让宓宓照相，一面留神，不让这狼牙巨棒把我们搠成蜂窝。刚毅而魁梧的生命，用这许多硬角护住胸中同心圆年轮的秘辛，就在我们软弱的手臂间向上升举，举到不见项背的空际。拔之不起，撼之不摇，一刹那间，人与树似乎合成一体，我的生命似乎也沛然向上而提升，泰然向下而锥扎，有顶天立地之概。这当然是瞬间的幻觉罢了。无根之人凭什么去攀附深根的巨树？且不说树根入地有多深多广，就看地上的板根，三褶四叠，斜斜地张着，有如怪鸟的巨蹼，虽然比不上银叶树盘踞的板根，也够壮观的了。

正想着，脚下踩着一样东西，厚笃笃的，原来又是一只蒴果。俯拾起来，沿着裂缝剥开，里面一包包尽是似绢若棉的纤维，安排得非常紧凑。再把棉絮剥开，里面就包着一粒豆大的光滑黑子。就着唇边猛力一吹，飘飘忽忽，一朵懒慵慵的白云就随风而去。只可惜吹的是口气，不是山风。午日寂寂，一点风也没有。若是起风，这朵云的飞程就会长久多了，而种子呢当然会播得更远。我不禁想起了蒲公英。

“真应该得最佳设计奖。”我赞叹道。

“但是吹到哪里去呢？”宓宓像在问自己。

“那些小树不就是吗？”君鹤指着十码外的几株青青幼树，细干上长满了丛刺，有如玫瑰的刺茎。最令人惊奇注目的，是有些多节的断桩上，亭亭而立抽出嫩青的新干；有的新干也断了，竟长出更嫩更细的茎来，形成三代同根的奇景。先先后后，我们不都是乘风漂海而来的吗？为什么树皆有根，大地曾不吝乳汁，而人，几十年了，却无处容你落根。不知道我们是谁设计的，竟这么不够完善。

楚戈走了过来，看见我们正在指点一株三代树，断桩高可及腰，断面有椅面那么大，正围在三枝新干之间，顶上还覆着一簇簇五片的鲜绿新叶。“太好了！”楚戈说着，脱去鞋子，径自登上桩座，靠在三干之间，盘腿闭目，打起坐来。几架摄影机向他对准。楚戈浑然不觉。

“你们看哪，木棉道人！”我说。大家笑了起来。

回程的车上，仍然有人在谈论木棉，几乎每人都带回一只蒴果。我在想，木棉的叶子并不茂密，遮阴无功。它的木质松软，只能做包装箱板。自从合成棉采用之后，它的棉絮已经没有人要收了。据说干了的花瓣以前可以做药，有助消炎。而现在，此树几乎没有什么实用了，它纯然是为了美而存在，花季虽然不长，比起夜深才灿发的昙花却耐久多了。当它满枝的红葩一齐烧起，火炬一般的接力赛向北传递，春天所有的眼睛全都亮了。木棉花季是醉了的视觉。梵·高死了，梵·高的灵魂在向日葵里熊熊发光。但愿木棉能找到中国的梵·高。

——一九八七年四月十八日

龙坑有雨

凌晨五点整我们就出发了。整个垦丁半岛都还在梦中，连昏昏的大尖山也不例外。天和海浑茫茫而未开。车前灯的强光挖隧道一样地推开夜色，一路炯炯地向前探去，路边的反光石曳成一条灿灿的金链子，那样醒目地抛过来迎接我们，有一点催眠。路又平稳，四轮无声，车内的仪表板一排粼粼的绿光，很过瘾，梦游若星际旅行。

美中不足的是梦游得太短了，不是以光年计算。这样空静的世界，这样魔幻的路，应该永远游弋下去的。但是一道眈眈的白光从横里霍霍地扫来，把夜色腰斩成两半，旋斩旋合，旋合旋斩，有如神话的高潮。鹅銮鼻灯塔到了。

车向右转，碾过了一段卵石小径，停在一片黄土场上。大家下得车来，纷纷披上外套。单衣过冬的高岛，在长袖衫外竟也加了一件蓝背心；大家跟在后面，破晓前的暗昧里，只看见他负着登山行囊的健硕背影。一行七人在两把电筒的挥引下，踉踉跄跄地向龙坑进发。

正是圣诞节的凌晨，冬至才过，夜长而昼短。已经快五点半了，阴云低压的天色灰漠漠湿湫湫的，单凭电筒的弱光还拨不开地面的混沌。土径窄处，林投树的长叶伸出带锯齿的绿刀向人脸挥来，手榴弹一般的果实，乍一瞥见，也令人吃惊。

每隔三十秒钟，灯塔的激光就在背后追扫过来，一刹那天惊地愕，七人顿成白晃晃的幽灵。一百八十万的烛光，从四等旋转透镜里射来，是多大的威力。我们就在光鞭的挥打下仓促逃亡，每半分钟就挨一下鞭。明知其不必要，那种惶急的危机感却逼人而来，无可避免地，想起一些越狱高潮的镜头。对于惯看电影的人来说，生命，确是倒过来模仿艺术。

纷沓的脚步声里，电筒的光圈映出乱石杂草的土径和起落踢踏的脚。渐渐地，灌木丛中有鸟声啁啁，传来黎明的捷报。不久更听见一种野性的声籁，叹而复息，低抑而又深沉。那野籁愈来愈近。一转弯我们已穿透了草海桐与林投树丛，整个暴露在空旷的平岸。

一排排的潮水连卷带撞，捣打在珊瑚礁暗褐色的百褶裙裾上，激起一丛丛飞碎的浪花。那花，旋开旋落，旋落又旋开，在强劲的海风里维持一个最生动的花季。那放纵的嘶啸恐怕是最狂野最即兴的噪音了，永远耐听。就这么，沿着这有声的花展，我们向横阻在岸边的一列怪岩走去。晓色渐透，是个水汽弥漫的阴天。平旷的沙滩上散布着一截截拧曲的断枝，有的粗而多节，像是断干，为状奇丑，却可能是残株断梗癖患者崇而拜之的尤物。

“这些都是台风的遗迹。”君鹤说。

“要是给洪娴看到，”宓宓笑道，“一定不远千里拖回家去。”

有人向我们走来，等到近前，原来是两位守兵，草绿色军装外罩着大氅，都佩了枪。

“有许可证吗？”其中一位拦住我们。

“有的。”我说着，转身向宓宓，要她把手提袋里的那张公文拿出来。

“既然有就好，”那守军一摆手，和气地说，“你们好好观赏吧。请注意保护生态。”说罢，两人便匆匆向前巡去。

天色已经发白，只见满空的雨云在劲风里迟滞地飘移。雨云下，那一列怪岩杂错的长岬，布阵把关一般地阻绝了去路，那色调如锈如焦，那外壳如破烂如腐朽如凿如雕，是丑还是美都很难说，奇，却是奇定了。而且也无所谓挡住去路了，因为这就是龙坑，台湾最南端的半岛之半岛，太平洋和巴士海峡就在此转弯，长风对远云说，这里，就是天之涯，海之角。

龙坑名不浪得。从灯塔走来，路到尽头便成了峡谷，长约两百公尺，底平而壁峭，即所谓坑。至于龙，就是两边峭壁陡坡堆叠而起的两条蜿蜿石山，山脊的石貌粗糙而错乱，但彼此在抵触之中若有呼应，相克之余似乎相生，那虚虚实实的关系，令美学家也对之束手，不过合而观之，却也一气呵成，不碍其蛟蟠龙蜿之势。所以龙有两条。里面的一条一面临谷，另一面连接沙坡，长满了青翠照眼的水芫花。外面的一条更为蜒长，头角峥嵘，遍体的层鳞都暴露在海水的阵前，不用说，千年万年的风波都已尝遍。

我们在外龙的腰身下，找到可以把手插脚的地段，步步为营地攀缘而上。那情形，就像在长满尖笋的陡坡上落脚寻路，不同的是，那不是笋，是瘦硬而不规则的尖石。那些狰狞而阴险的多角体，不是碍肘就是碍膝，一个分神你就会擦上，撞上，跪上。若以为又皱又薄的石角脆而易断，就犯了大错。无论你如何撼摇或用硬物猛敲，都休想损得了它。这一大盘高位珊瑚礁，原来是从海神的地窖里缓缓升起，像一尊迟钝而有耐心的黑兽在浪里抬起身来，而我们都跨在它的背上。

我们都登上了龙脊，那上面的鳍鳞也很难立脚。幸喜有一条非桥非栈的方木板路，带我们直到悬崖边上。大家靠在危石上引颈下窥，自虐了一阵，正骇怪数仞下怒涛在轰袭千疮百孔的岩脚，激起一阵阵飞沫和盘涡，忽然下起雨来。虽然是斜斜地飘雨，外套也有了湿意。不久愈落愈密，竟然大起来了。钟玲和宓宓就避到一块倾危的麻孔大石下去，两人委委曲曲分据了石下的坳坑，只留下一角容我斜插进半脚。高岛、君鹤、金兆、环环是怎么避的，穴中的三鸵鸟就不暇兼顾了。

一早起身什么也没吃，钟玲正待诉苦饥寒交迫，雨却转小而停。高岛支起三脚架，准备照阴天清晨的潮水和太平洋上的两只船影。君鹤则选定一个较高且平的立脚点，开始润笔调色，要速写一幅水墨海景。宓宓和钟玲都拿了相机，在危险而丑怪而又刺激的棱角之间横跳斜纵，侥幸取巧，并且乘风起浪涌的高潮，一举手捕捉龙坑一瞬万变却又终古不变的神貌。

风从北来，强劲中挟着阴湿，还带点海咸的水腥气，冲力不下于一个十三四岁的男孩，掀得每个人都脚步踉跄。这样的角力，加上海的抢攻，岸的顽守，脚下这怪石阵的阴谋狡诈，令人觉得冒险而兴奋，幻想之中已经落了好几次海。有些悬崖岌岌乎俯临在浪上，跟对面的另一片崖角若即若离，那样邻近，似乎在诱我、激我作英雄之断然一跃。待向下一窥，眩晕的空间却在峡壁的深处，以风和浪的声势、嶙峋石笋的阵容向我恫吓，一瞬间，我见到自己坠入了峡底，曳着失足的惊呼。

劲风当面掴来，使人寒战而清醒。猛一转头，和对谷的内龙脊背上那一排乱石正打个照面。反负着沉郁的天色，那些乱石的轮廓分外怪异，一头头一匹匹蹲踞的匍匐的妖兽畸禽，蠢蠢然都伺机而动，但每次你一回首，它们，啊，诡谲的众兽却寂然凝定。这一景应该叫“噩梦大展”（the nightmare gallery）。所以探龙坑就该像我们这样赶破晓之前来，天色一晓，石精海怪便莫施其术了。要是黄昏之际来到，夜色一降，啊，灰者变褐，褐者变乌，黑蠕蠕的一片，就不敢说了。

若是顽石有灵，或能保佑这龙坑禁地，不让妄人擅自闯进来走私或破坏生态以图利。若真是有这种事情，我也不反对这些珊瑚礁的魂魄化成猛兽去逐赶恶徒，而噬其手足，嚼其心肝。

“你觉得吗，”宓宓小心翼翼，绕过一个芒角槎牙的兽头，一跳过来对我说，“这一带的海岸好像少了一样东西。”

“少了什么？”环环也听见了，从那兽头的背后探头问她。

“少了海鸥。”宓宓说。

“对呀，”我说，“潮来潮去，应该有几只鸥在其间飞逐，才够气韵。”

“什么缘故呢？”宓宓不解。

“不知道跟黑潮有没有关系，”我搪塞以应，“你看这一簇簇钩心斗角的恶兽吧，白净的海鸥哪里敢落脚停靠？要不是每夜有灯塔镇压，这群珊瑚石怪不知会怎样呢。”

大家都笑起来。隔了片刻，钟玲又说：

“真扫兴，一早来看日出，却碰上阴雨。太阳的架子好大。”

“其实诗人朝山拜海，多能感应神灵，而得偿所请。韩愈登衡岳而雨开日出，苏轼隆冬在登州而得见海市，都能在得意之余有诗为证。我来龙坑拜石拜海，却不能感动太阳，真是愧对古人——”

“你还想跟韩愈、苏轼去别苗头哪？”钟玲笑了。

“岂敢。”我也一笑。

“别妄想出太阳了吧，”宓宓指指天空，“能求雨神不再下就够好了。”

“我的诗不能够求晴，也不能祈雨，更不能止雨，”我苦笑说，“唯一的办法就是快快回头，乘大雨还没追到。”

于是一行七人在潮声之中越出了噩梦大展。两侧的黑兽眈眈，假装没看见我们。

——一九八七年二月四日

沙田山居

书斋外面是阳台，阳台外面是海，是山，海是碧湛湛的一弯，山是青郁郁的连环。山外有山，最远的翠微淡成一袅青烟，忽焉似有，再顾若无，那便是，大陆的莽莽苍苍了。日月闲闲，有的是时间与空间。一览不尽的青山绿水，马远夏圭的长幅横批，任风吹，任鹰飞，任渺渺之目舒展来回，而我在其中俯仰天地，呼吸晨昏，竟已有十八个月了。十八个月，也就是说，重九的陶菊已经两开，中秋的苏月已经圆过两次了。

海天相对，中间是山，即使是秋晴的日子，透明的蓝光里，也还有一层轻轻的海气，疑幻疑真，像开着一面玄奥的迷镜，照镜的不是人，是神。海与山绸缪在一起，分不出，是海侵入了山间，还是山诱俘了海水，只见海把山围成一角角的半岛，山呢，把海围成了一汪汪的海湾。山色如环，困不住浩渺的南海，毕竟在东北方缺了一口，放樯桅出去，风帆进来。最是晴艳的下午，八仙岭下，一艘白色渡轮，迎着酣美的斜阳悠悠向大埔驶去，整个吐露港平铺着千顷的碧蓝，就为了反衬那一影耀眼的洁白。起风的日子，海吹成了千亩蓝田，无数的百合此开彼落。到了夜深，所有的山影黑沉沉都睡去，远远近近，零零落落的灯全睡去，只留下一阵阵的潮声起伏，永恒的鼾息，撼人的节奏撼我的心血来潮。有时十几盏渔火赫然，浮现在阒黑的海面，排成一弯弧形，把渔网愈收愈小，围成一丛灿灿的金莲。

海围着山，山围着我。沙田山居，峰回路转，我的朝朝暮暮，日起日落，月望月朔，全在此中度过，我成了山人。问余何事栖碧山，笑而不答，山已经代我答了。其实山并未回答，是鸟代山答了，是虫，是松风代山答了。山是禅机深藏的高僧，轻易不开口的。人在楼上倚栏杆，山列坐在四面如十八尊罗汉叠罗汉，相看两不厌。早晨，我攀上佛头去看日出，黄昏，从联合书院的文学院一路走回来，家，在半山腰上等我，那地势，比佛肩要低，却比佛肚子要高些。这时，山什么也不说，只是争噪的鸟雀泄露了他愉悦的心境。等到众鸟栖定，山影茫然，天籁便低沉下去，若断若续，树间的歌者才歇下，草间的吟哦又四起。至于山坳下面那小小的幽谷，形式和地位都相当于佛的肚脐，深凹之中别有一番谐趣。山谷是一个爱音乐的村女，最喜欢学舌拟声，可惜太害羞，技巧不很高明。无论是鸟鸣犬吠，或是火车在谷口扬笛路过，她都要学叫一声，落后半拍，应人的尾音。

从我的楼上望出去，马鞍山奇拔而峭峻，屏于东方，使朝暾姗姗其来迟。鹿山巍然而逼近，魁梧的肩膂遮去了半壁西天，催黄昏早半小时来临，一个分神，夕阳便落进他的僧袖里去了。一炉晚霞，黄铜烧成赤金又化作紫灰与青烟，壮哉峰嵫的神话，太阳的葬礼。阳台上，坐看晚景变幻成夜色，似乎很缓慢，又似乎非常敏捷，才觉霞光烘颊，余曛在树，忽然变生咫尺，眈眈的黑影已伸及你的肘腋，夜，早从你背后袭来。那过程，是一种绝妙的障眼法，非眼睫所能守望的。等到夜色四合，黑暗已成定局，四围的山影，沉甸甸阴森森的，令人肃然而恐。尤其是西屏的鹿山，白天还如佛如僧，蔼然可亲，这时竟收起法相，庞然而踞，黑毛茸蒙如一尊暗中伺人的怪兽，隐然，有一种潜伏的不安。

千山磅礴的来势如压，谁敢相撼？但是云烟一起，庄重的山态便改了。雾来的日子，山变成一座座的列屿，在白烟的横波回澜里，载浮载沉。八仙岭果真化作了过海的八仙，时在波上，时在弥漫的云间。有一天早晨，举目一望，八仙和马鞍和远远近近的大小众峰，全不见了，偶尔云开一线，当头的鹿山似从天隙中隐隐相窥，去大埔的车辆出没在半空。我的阳台脱离了一切，下临无地，在汹涌的白涛上自由来去。谷中的鸡犬从云下传来，从敻远的人间。我走去更高处的联合书院上课，满地白云，师生衣袂飘然，都成了神仙。我登上讲坛说道，烟云都穿窗探首来旁听。

起风的日子，一切云云雾雾的朦胧氤氲全被拭净，水光山色，纤毫悉在镜里。原来对岸的八仙岭下，历历可数，有这许多山村野店，水浒人家。半岛的天气一日数变，风骤然而来，从海口长驱直入，脚下的山谷顿成风箱，抽不尽满壑的咆哮翻腾，蹂躏着罗汉松与芦草，掀翻海水，吐着白浪。风是一群透明的猛兽，奔踹而来，呼啸而去。

海潮与风声，即使撼天震地，也不过为无边的静加注荒情与野趣罢了。最令人心动而神往的，却是人为的骚音。从清早到午夜，一天四十多班，在山和海之间，敲轨而来，鸣笛而去的，是九广铁路的客车，货车，猪车。曳着黑烟的飘发，蟠蜿着十三节车厢的修长之躯，这些工业时代的元老级交通工具，仍有旧世界迷人的情调，非协和的超音速飞机所能比拟。山下的铁轨向北延伸，延伸着我的心弦。我的中枢神经，一日四十多次，任南下又北上的千只铁轮轮番敲打，用钢铁火花的壮烈节奏，提醒我，藏在谷底的并不是洞里桃源，住在山上，我亦非桓景，即使王粲，也不能不下楼去：

栏杆三面压人眉睫是青山
碧螺黛迤逦的边愁欲连环
叠嶂之后是重峦，一层淡似一层
湘云之后是楚烟，山长水远
五千载与八万万，全在那里面……

关山无月

1

沙田山居十年之后，重回台湾，实在无心再投入台北盆地的红尘，乃卜居高雄，为了海峡的汪洋壮观，西子湾鸿蒙的落日和永不谢歇的浪花。而想起台北的朋友，最令我满足优越感的，是垦丁公园就在附近。正如春到台湾总是我先嗅到，看到，要南下垦丁，先到的也总是我的捷足。所以台北的朋友每次怪而问我：“你一个人蹲在南部干什么？”我总是笑而不答。

香港朋友也觉得其中必有什么蹊跷，忍不住纷纷来探个究竟。好吃的，我就带他们去土鸡城吃烧酒鸡，好游的，就带他们去垦丁一看，无不佩服而归。

去年十二月底，金兆和环环也来探虚实。我们，宓宓和我，便带了他们，还有钟玲、君鹤、高岛，一行七人再去垦丁，向隔海的港客炫耀我们的美丽新世界。

2

到垦丁把旅舍安顿之后，高岛就催我们去关山看落日。大家姑妄听之，因为天色已经不早，而云层荫翳，难盼晚霞的奇迹。中途经过龙銮潭，只见一泓寒水映着已晡将暮的天色，那色调，像珍珠背光的一面。潭长几达两公里，大于南仁湖，是垦丁公园里最大的湖了。我们下车看湖，只觉得一片空明冷寂，对岸也只是郁郁的原始丛林，似乎是一览无余了。站久一些，才发现近南岸的沙洲上伫立着三两只苍鹭，背岸向水，像在等潜移的暮色。

“像是从辛弃疾的词里飞来的。”我不禁说。

“其实是过境的水鸟。”年轻的守湖人在背后说。

钟玲见高岛在调整望远镜，向西北方，也就是湖长的另一端不住地窥觎，问他在看什么。

“水鸭呀，”高岛得意地吟起来，“呵，有几百只呢！”

这才发现近北岸处的水面上一片密密麻麻的黑点，于是众人接过望远镜来，轮流观看。幽幽的水光在圆孔里闪来晃去，寻了一阵，才越过一丛丛水生的萤蔺草，召来了那一大群水鸭。放大了，就可见它们在波上浮动不定，黑衣下面露出白羽，头颈和身躯形成的姿态，以书法而言，介于行草之间。

“那是泽凫，”守湖人说着，把他的高倍数望远镜递给我，“跟灰面鹫一样，也是北方的远客，秋来春去。它们是潜水的能手，可是因为尾巴下垂，起飞的时候有点狼狈，在陆地上走也不方便。”

“垦丁公园的候鸟是不是很多？”宓宓问他。

“对呀，百分之四十三都是；有的匆匆在春秋过境，有的夏天才来，像泽凫跟灰面鹫这样来过冬的最多，叫冬候鸟，约占其中的百分之三十四。”

“那其余的呢？”我问。

“其余的百分之五十七都是土生的啰，叫作留鸟。”

“看来鸟世界的外来客，”我说，“比人的世界更多。”

大家都笑起来。那守湖人却说：“只希望这些可爱的过客来去自由，不至于魂断台湾，唉！”

一片噤嘿。然后我说：“但愿我将来退休后能来陪你做守湖人。”

钟玲说：“史耐德（Gary Snyder）就在美国西北部的山里做过守林人。他说，他的价值观十分古老，可以推回到新石器时代。”

“对呀，”我说，“垦丁公园应该招募一批青年诗人来做守护员，一来可以为公园驱逐盗贼和猎人，保护禽兽和草木，二来还可以体认自然，充实作品。”

“也应该包括画家和摄影家。”宓宓说着，望望君鹤和高岛。于是大家又笑了。

3

趁着暮色尚薄，我们向关山驶去。一路上坡，有时坡势颇陡。七转八弯之后，终于树丛疏处，来到一片杂有砂石的黄土坳，高岛在前车示意停下。乱石铺就的梯级上是一座宽敞的凉亭，比想象中的要坚实而有气派。大家兴奋地把车上的用具和零食搬上亭去。

“你们看哪，多开阔的景色啊。”第一个登亭的人大叫起来。

大家都怔住了。那样满的一整片水世界，一点警告也没有，猝然开展在我们的脚下。那样的袒露令人吃惊，那样无保留的显示令人惴惴，就算是倒吸一口长气吧，也绝不可能囫囵吞下。何况启示的不仅是下面的沧海，更有上面的苍天，从脚下直到天边的千叠波浪，从头顶直到天边的一层层阴云，暮色中，交接在至深至远的一线水平，更无其他。面对这无所不包的空阔荒旷，像最后的谜面也一下子揭开了，赤裸得可怕，但这样大的谜底，到底，要告诉我们什么呢，反而更成谜了。神谕，赫然就在面前，渺小的我们该怎样诠释？

“你们看，”我说，“远方的水平线好像并不平直，而是弧形，好像海面有点隆起——”

经我一提，大家都左右扫描起来。也不知是否心理作用，竟然都觉得那水平线是弯的了。这么说来，此刻我们目光扫巡的，岂不是一切形象之所托，我们这水陆大球的轮廓了么？如果视界有阻或是立足不高，就不会有这种感觉。但是关山的海拔一百五十二公尺，又名高山岩，这座观景亭又建在岩边，无遮无蔽地正对着海峡，本就应该大开眼界。这样大的场面以漠漠的海天为背景，也只有落日能当悲壮的主角，可惜天阴不见落日，远处的三五只船影，贴在天边，几乎没有动静，只能算临时演员罢了。

“我从来没有一口气见过这么多水。”环环说。

大家都被她逗笑了。宓宓说，那是因为香港多港湾也多岛屿洲矶，而且渡轮穿梭，所以海景虽有曲折之胜，却无眼前这般空旷。

高岛接着说：“你们知道大家脚下踩着的这一片山岩，三万年前是在海底吗？”

金兆笑说：“怎么会呢？”

“是路嘉煌说的。这一带的地质是珊瑚礁岩层，从海底升上来，每年增高大约五厘米，你照算好了。他说这就叫沧海桑田。”

“这过程麻姑才看得见，”我说，“中国人一到登高临远，就会想起千古兴亡，几乎成为一种情意结。也许是空间大了，就刺激时间的敏感。陈子昂登高台，看见的不是风景，而是历史，真所谓‘生年不满百，长怀千岁忧’。”

“关山这地名就令人怀古。”钟玲望着陡落的岩岸，若有所思。

高岛说：“台湾有好几处地名叫关山。”

“关山难越，谁悲失路之人，”我不禁低吟，“一提到这地名，就令人想起关山行旅，隐隐然不胜其辛劳与哀愁——”

“李白也说，”钟玲紧接下去，“梦魂不到关山难。”

“你们别再掉书袋了，”宓宓从长廊的一头走来，“天都黑下来了，晚饭怎么办呢？”

望海的眼睛全回过眸来，这形而下的问题倒是满重要的。有人主张回旅馆吃，有人说不如去恒春镇上。高岛坚持大家留在亭子里，由他驾车去恒春买晚餐。

“在亭子里吃，呵，最有味道！”他再三强调。

4

目送高岛驾着白色的旅行车上路之后，六个人便忙着布置起来，把零食摆满了一桌，一面等高岛回来，一面大嚼花生。也许真的饿了，也许人多热闹，更因为高亭危岩，海天茫茫而又四围夜色，众人在兴奋之中又带点悲恐，花生的滋味就分外津津可口。君鹤在一旁专司掌灯，把高岛带来的强力瓦斯灯唰的一下点亮，黑暗，踉踉跄跄地一把给推出亭去，而亭柱和栏杆的阴影，长而暧昧地，也给分掷出去，有的，就连亭外的树影，一起扑向附近的岩壁。于是周围好几公里的混沌夜色，平白被我们挖出一个光之洞来，六个人就像史前人一样，背着原始的暗邃，聚守在洞里。

隐隐传来马达的律动。接着一道强光向我们挥来。

“高岛回来了。”大家欢呼。有人站了起来。

那道光扫过亭柱，一排排，狂嚣的引擎声中，曳着一团黑影，掠亭而去，朝猫鼻头的方向。

“是摩托车。”君鹤说。

“高岛还不来，”钟玲嘀咕，“饿死人了。”

宓宓安慰她说，开车费时，还得点菜呀，还得等呢。高岛最负责任了，很快就会回来的。不知是谁建议，大家轮流追述平生吃过的最美味之菜。立刻有人反对，说这不是整冤枉吗，愈夸愈馋，愈馋愈饿。

“这样吧，”我说，“此情此景，正是讲鬼故事的好地方。不如开讲吧，用恐怖来代替饥饿——”

“那也好不到哪里去。”哄笑声中钟玲反对说。

“你这个人哪，饿也饿不得，吓也吓不得。由不得你了。从前，有一个行人投宿在一家小野店里。那家店陈设简陋，烛火幽暗，临睡之前那路客对着一面烟昏暧昧的旧镜子刷牙。他张口露齿，镜中也有人张口露齿。他挥动牙刷，镜中人也挥动牙刷。他神经质地对镜苦笑，镜中人也报以苦笑。他把嘴闭起，镜中人也——不，却不闭嘴。他一惊，觉得一股冷风飕飕从镜中吹来，伸手一摸，却不是一面镜子——”

众人大叫一声，瓦斯灯也跟着一暗。

“是什么？”环环有点歇斯底里了。

“——是一扇窗子！”

三个女人一声尖叫，君鹤与金兆也面容一肃。然后迸发出一片笑声。不料前灯炯炯探射而来，高岛开车回来了。大家立刻起身欢迎，一阵欣喜的纷乱之后，得来不易的迟到晚餐终于布就，这才发现，除了一大盘香喷喷的烤鸭之外，每人得便当一盒。掀开盒盖，有雪白的热饭，有排骨肉一大块，卤蛋一只，白菜多片。在众人的赞美声中，高岛更兴致勃勃，为每人斟了一杯白兰地。快嚼正酣，忽然有人叹说可惜无汤。

“有啊！”高岛说着，从暗影里的木条凳上提来两只晃荡荡的袋子。

大家一看，原来是盛满液汁的塑胶袋，袋口用绳子扎紧。“大的一袋是味噌汤，小的一袋是鱼汤。”

“太好了，太好了，”金兆叹赏道，“在台湾旅行真是方便，不但自己开车，而且随处流连。在大陆的一些地方，哪里由得你要什么有什么，还临时去店里买呢？”

“在香港，你们也没有这么玩过吧？”我说。

“是啊，”环环说，“从没像今天这么尽兴。”

终于吃完了，大家起身舒展一下，便在凉亭里来回散步。这亭子全用桧木建成，没有上漆的原色有一种木德温厚的可亲之感，和周围的景物十分匹配。建筑本身也方正纯朴，排柱与回栏井然可观，面积也相当广阔，可容三四十人。亭底架空，柱基却稳如磐石，地板铺得严密而实在，走在上面，空铿铿的，触觉和听觉都很愉快。这亭子若非虚架而高，坐在里面也就没有这种凌越一切而与海天相接的意气。垦丁公园的设计，淡中有味，平中见巧，真是难得。

众人都靠在面海的长栏杆上，静对夜色。高岛走回亭中，把挂在梁上的灯熄掉。没有缺口的黑暗恢复了完整。几分钟的不惯之后，就发现名为黑暗的夜色其实只是蒙昧，浅灰而微明，像毛玻璃那么迟钝，但仍能反衬出山头和树顶蠢蠢欲动的轮廓。海面一片沉寂，一百多公尺的陡坡下是颇宽的珊瑚礁岸，粗糙而黝黑，却有一星火光，像是有人在露营。浅弧的岸线向北弯，止于一角斜长的岬坡，踞若猛兽。

“那便是大平顶，”高岛说，“比我们这边还高。”

“那么岸边，低处那一堆灯火是什么村庄呢？”

“哦，那是红柴坑。”高岛说。

“近处的灯火是红柴坑，”君鹤说，“远一点的，恐怕是——广嘴。”

真是有趣的地名，令人难忘。民间的地名总是具体而妥帖的，官方一改名往往就抽象空洞了。众人看完了海岸，又回过头来望着背后的山头，参差的树顶依然剪影在天边，而天色依然不黑下来，反而有点月升前的薄明。徒然期待了一阵子，依然无月。

“幸好没有什么风，”君鹤说，“否则在这高处会受不了。”

“可惜也没有月亮，”我说，“否则就可看关山月了。”

“不过今晚还是值得纪念的。”高岛说着，无中生有地取出一把口琴来，吹起豪壮的电影曲《大江东去》。毕竟是口琴，那单薄而纯情的金属颤音在寒悠悠的高敞空间，显得有些悲凉。钟玲、宓宓和我应着琴韵唱了起来。大江东去，江水滔滔不回头，啊，不回头。金兆和环环默然听着，不知道他们在想些什么。也许是他们的年轻时代吧！那时，他们还在海峡的对岸，远远在北方，冬之候鸟，泽凫和伯劳，就从那高纬飞来。有时候，一首歌能带人到另一个世界。

口琴带着我们，又唱了几支老歌。歌短而韵长，牵动无穷的联想。然后一切又还给了岑寂与空旷。红柴坑和广嘴的疏灯，依然在脚底闪烁，应着远空的星光两三。酒意渐退，而海天无边无际的压力却愈来愈强。经过一番音乐之后，尽管是那么小的乐器，那么古远的歌，我们对夜色的抵抗力却已降到最低。最后是钟玲打了一个喷嚏，高岛说：

“明天一早还要去龙坑看日出，五点就起床。我们回去吧。”

——一九八七年二月一日

辑五

万般喜乐，纷至沓来

如果我们企图要停驻在过去的快乐，那真是自寻烦恼，而我们不时从记忆中想起苦难，反而使苦难加倍。生命历程中的快乐或痛苦，欢欣和悲叹只是写在水上的字，一定会在阳光里流走。

朋友四型

一个人命里不见得有太太或丈夫，但绝对不可能没有朋友。即使是荒岛上的鲁滨孙，也不免需要一个“礼拜五”。一个人不能选择父母，但是除了鲁滨孙之外，每个人都可以选择自己的朋友。照说选来的东西，应该符合自己的理想才对，但是事实又不尽然。你选别人，别人也选你。被选，是一种荣誉，但不一定是一件乐事。来按你门铃的人很多，岂能人人都令你“喜出望外”呢？大致说来，按铃的人可以分为下列四型：

第一型，高级而有趣。这种朋友理想是理想，只是可遇而不可求。世界上高级的人很多，有趣的人也很多，又高级又有趣的人却少之又少。高级的人使人尊敬，有趣的人使人欢喜，又高级又有趣的人，使人敬而不畏，亲而不狎，交结愈久，芬芳愈醇。譬如新鲜的水果，不但甘美可口，而且富于营养，可谓一举两得。朋友是自己的镜子。一个人有了这种朋友，自己的境界也低不到哪里去。东坡先生杖履所至，几曾出现过低级而无趣的俗物？

第二型，高级而无趣。这种人大概就是古人所谓的诤友，甚至畏友了。这种朋友，有的知识丰富，有的人格高超，有的呢，“品学兼优”像一个模范生，可惜美中不足，都缺乏那么一点儿幽默感，活泼不起来。你总觉得，他身上有那么一个窍没有打通，因此无法豁然恍然，具备充分的现实感。跟他交谈，既不像打球那样，你来我往，此呼彼应，也不像滚雪球那样，把一个有趣的话题愈滚愈大。精力过人的一类，只管自己发球，不管你接不接得住。消极的一类则以逸待劳，难得接你一球两球。无论对手是积极或消极，总之该你捡球，你不捡球，这场球是别想打下去的。这种畏友的遗憾，在于趣味太窄，所以跟你的“接触面”广不起来。天下之大，他从城南到城北来找你的目的，只在讨论“死亡在法国现代小说中的特殊意义”，或是“因纽特人对于性生活的态度”。为这种畏友捡一晚上的球，疲劳是可以想见的。这样的友谊有点像吃药，太苦了一点。

第三型，低级而有趣。这种朋友极富娱乐价值，说笑话，他最黄；说故事，他最像；消息，他最灵通；关系，他最广阔；好去处，他都去过；坏主意，他都打过。世界上任何话题他都接得下去，至于怎么接法，就不用你操心了。他的全部学问，就在不让外行人听出他没有学问。至于内行人，世界上有多少内行人呢？所以他的马脚在许多客厅和餐厅里跑来跑去，并不怎么露眼。这种人最会说话，餐桌上有了他，一定宾主尽欢，大家喝进去的美酒还不如听进去的美言那么“沁人心脾”。会议上有了他，再空洞的会议也会显得主题正确，内容充沛，没有白开。如果说，第二型的朋友拥有世界上全部的学问，独缺常识，这一型的朋友则恰恰相反，拥有世界上全部的常识，独缺学问。照说低级的人而有趣味，岂非低级趣味，你竟能与他同乐，岂非也有低级趣味之嫌？不过人性是广阔的，谁能保证自己毫无此种不良的成分呢？如果要你做鲁滨孙，你会选第三型还是第二型的朋友做“礼拜五”呢？

第四型，低级而无趣。这种朋友，跟第一型的朋友一样少，或然率相当之低。这种人当然自有一套价值标准，非但不会承认自己低级而无趣，恐怕还自以为又高级又有趣呢。然则，余不欲与之同乐矣。

——一九七二年五月

尺素寸心

接读朋友的来信，尤其是远自海外犹带着异国风云的航空信，确是人生一大快事，如果无须回信的话。回信，是读信之乐的一大代价。久不回信，屡不回信，接信之乐必然就相对减少，以至于无，这时，友情便暂告中断了，直到有一天在赎罪的心情下，你毅然回起信来。蹉跎了这么久，接信之乐早变成欠信之苦，我便是这么一位累犯的罪人，交游千百，几乎每一位朋友都数得出我的前科来的。英国诗人奥登曾说，他常常搁下重要的信件不回，躲在家里看他的侦探小说。王尔德有一次对韩黎说："我认得不少人，满怀光明的远景来到伦敦，但是几个月后就整个崩溃了，因为他们有回信的习惯。"显然王尔德认为，要过好日子，就得戒除回信的恶习。可见怕回信的人，原不止我一个。

回信，固然可畏，不回信，也绝非什么乐事。书架上经常叠着百多封未回之信，"债龄"或长或短，长的甚至在一年以上，那样的压力，也绝非一个普通的罪徒所能负担的。一叠未回的信，就像一群不散的阴魂，在我罪深孽重的心底憧憧作祟。理论上说来，这些信当然是要回的。我可以坦然向天发誓，在我清醒的时刻，我绝未存心不回人信。问题出在技术上。给我一整个夏夜的空闲，我该先回一年半前的那封信呢，还是七个月前的这封？隔了这么久，恐怕连谢罪自谴的有效期也早过了吧？在朋友的心目中，你早已沦为不值得计较的妄人。“莫名其妙！”是你在江湖上一致的评语。

其实，即使终于鼓起全部的道德勇气，坐在桌前，准备偿付信债于万一，也不是轻易能如愿的。七零八落的新简旧信，漫无规则地充塞在书架上，抽屉里，有的回过，有的未回，“只在此山中，云深不知处”，要找到你决心要回的那一封，耗费的时间和精力，往往数倍于回信本身。再想象朋友接信时的表情，不是喜出望外，而是余怒重炽，你那一点决心就整个崩溃了。你的债，永无清偿之日。不回信，绝不等于忘了朋友，正如世上绝无忘了债主的负债人。在你惶恐的深处，恶魔的尽头，隐隐约约，永远潜伏着这位朋友的怒眉和冷眼，不，你永远忘不了他。你真正忘掉的，而且忘得那么心安理得，是那些已经得你回信的朋友。

有一次我对诗人周梦蝶大发议论，说什么“朋友寄新著，必须立刻奉覆，道谢与庆贺之余，可以一句‘定当细细拜读’作结，如果拖上了一个星期或个把月，这封贺信就难写了，因为到那时候，你已经有义务把全书读完，书既读完，就不能只说些泛泛的美词”。梦蝶听了，为之绝倒。可惜这个理论，我从未付诸行动，一定丧失了不少友情。倒是有一次自己的新书出版，兴冲冲地寄赠了一些朋友。其中一位过了两个月才来信致谢，并说他的太太、女儿和太太的几位同事争读那本大作，直到现在还不曾轮到他自己，足见该书的魅力如何云云。这一番话是真是假，令我存疑至今。如果他是说谎，那真是一大天才。

据说胡适生前，不但有求必应，连中学生求教的信也亲自答复，还要记他有名的日记，从不间断。写信，是对人周到，记日记，是对自己周到。一代大师，在著书立说之余，待人待己，竟能那么的周密从容，实在令人钦佩。至于我自己，笔札一道已经招架无力，日记，就更是奢侈品了。相信前辈作家和学人之间，书翰往还，那种优游条畅的风范，应是我这一辈难以追摹的。梁实秋先生名满天下，尺牍相接，因缘自广，但是廿多年来，写信给他，没有一次不是很快就接到回信，而笔下总是那么诙谐，书法又是那么清雅，比起当面的谈笑风生，又别有一番境界。我素来怕写信，和梁先生通信也不算频。何况《雅舍小品》的作者声明过，有十一种信件不在他收藏之列，我的信，大概属于他所列的第八种吧。据我所知，和他通信最密的，该推陈之藩。陈之藩年轻时，和胡适、沈从文等现代作家书信往还，名家手迹收藏甚富，梁先生戏称他为man of letters，到了今天，该轮到他自己的书信被人收藏了吧。

朋友之间，以信取人，大约可以分成四派。第一派写信如拍电报，寥寥数行，草草三二十字，很有一种笔挟风雷之势。只是苦了收信人，惊疑端详所费的工夫，比起写信人纸上驰骋的时间，恐怕还要多出数倍。彭歌、刘绍铭、白先勇，可称代表。第二派写信如美女绣花，笔触纤细，字迹秀雅，极尽从容不迫之能事，至于内容，则除实用的功能之外，更兼抒情，娓娓说来，动人清听。宋淇、夏志清可称典型。尤其是夏志清，怎么大学者专描小小楷，而且永远用廉价便利的国际邮简？第三派则介于两者之间，行乎中庸之道，不温不火，舒疾有致，而且字大墨饱，面目十分爽朗。颜元叔、王文兴、何怀硕、杨牧、罗门，都是“样版人物”。尤其是何怀硕，总是议论纵横，而杨牧则字稀行阔，偏又爱用重磅的信纸，那种不计邮费的气魄，真足以笑傲江湖。第四派毛笔作书，满纸烟云，体在行草之间，可谓反潮流之名士，罗青属之。当然，气魄最大的应推刘国松、高信疆，他们根本不写信，只打越洋电话。

——一九七六年五月

外文系这一行

我曾经是外文系的学生，现在我是外文系的教授，可是在自己的感觉里，我永远是外文系的学生，我学的是这一行，干的是这一行，迷的也是这一行。三位一体，我的快乐便在其中。对于自己当初的抉择，我从未懊悔过。

我曾经考取过五家大学的外文系：北大、金大、厦大、台大、师院（即师大前身）。北大没有进成，因为当时北方不宁，可是对于考取北大这件事，直到现在，我还保持一份高中生的自豪。师院也没有去，因为同时考取了台大。不过和师院的缘分，并未因此断绝；自从做讲师以来，我始终没有脱离过师大。梁实秋先生对英千里先生尝戏谓我是“楚材晋用”。楚人显然不急于收回这块“楚材”，因为我回到母校去兼课，已经是毕业后十四年的事了。至于“晋用”，也有一段“秘辛”：我任师大的讲师，先后垂八年之久，这在儒林正史上虽然不算最高纪录，相去恐亦不远了。“蹭蹬”了这么久，事实上还是该怪自己不善于填表格，办手续。最后，还是先做了美国的副教授，才升为中国的副教授的，“楚材晋用”变成了“夏材夷用”，很有一点“远交近攻”的意味。

我的外文系老师，包括英千里、苏维熊、黎烈文、梁实秋、赵丽莲、曾约农、黄琼玖和吴炳钟。最前面的三位不幸作古；最后面的一位是电视名人，他的一张“娃娃脸”很是年轻。“吴炳钟也教过你吗？”是朋友们常有的反应。

不过，在语文上影响我最大，大得使我决定念外文系的，却是在中学时代教了我六年英文的老师孙良骥先生。他出身金陵大学外文系，发音清畅，教课认真，改起卷子来尤其仔细，在班上，他对我一直鼓励多于呵责，而且坚信自己这位学生将来一定会有“成就”。那已经是三十年前的事了。少年时代的恩师是不是还在大陆，甚至还在世上，已经十分渺茫，虽然直到此刻，他的教诲和严峻中透出慈祥的那种神情，犹回荡在我的心中。时常，面对着自己满架的著作和翻译，最大的遗憾，就是不能把这些书亲手捧给孙老师看。

现在轮到自己背负黑板，面对下面的青青子衿，不免有一种轮回的感觉。轮到自己来教英诗，恰恰也在台大文学院楼下的那间大教室，一面朗吟莎翁的十四行，一面打量左边角落里的那位学生，可是我并没有看见她，我只是在搜寻自己，十六年前坐在那座位上的自己，一个不快乐其实也并不忧愁的青年。一面朗吟，一面在想，十六年前坐在这讲台上的英先生，心里在想些什么，讲到这一首的时候，他的诠译是什么？

十多年来，我教过的科目，包括英国文学史、比较文学、散文、翻译、英诗和现代诗，尽管自己写的是现代诗，最乐意教的却是古典的英诗。一位充实的学者未必是一个动听的讲师：后者不但要了然于心，而且要豁然于口。一位成功的讲师应该是一个巫师，念念有词，在神人之间沟通两个世界。春秋佳日，寂寂无风的上午，面对台下那些年轻的脸庞，娓娓施术，招来济慈羞怯低回的灵魂，附在自己的也是他们的身上。吟诵之际，铿然扬起所谓金石之声，那真是一种最过瘾的经验。一堂课后，如果毫无参加了招魂会（séance）的感觉，该是一种失败。诗，是经验的分享，只宜传染，不宜传授。

诗人而来教诗，好处是以过来人的身份现身说法，种种理论，皆有切身经验作为后盾。缺点至少有二：第一，诗人富于经验，但不尽巧于理论，长于综合，但不尽擅于分析，也就是说，作家未必就是学者。第二，诗人论诗，难免主观：风格相近，则欣然引为同道，风格相远，则怫然斥为异端。知性主义的名诗人奥登在《十九世纪英国次要诗人选集》的引言中曾说，雪莱的诗，他一首也不喜欢，虽然他明知雪莱是大诗人。知道诗人有这种偏见，我在讲授英诗的时候，就竭力避免主观的论断，在时代和派别的选择上，也竭力避免厚此薄彼甚至顾此失彼的倾向。我的任务是把各家各派的代表人物介绍给学生认识，至于进一步的深交，就有待他们的“慧根”和努力了。

文学教授私下交谈，常有一项共同的经验，那就是，无论你多么苦口婆心或者绣口锦心，台下俨然危坐的学生之中，真正心领神会的，永远只有那么三五个人。对于其余的听众，下课的钟声恐怕比史云朋的音韵更为悦耳吧。“但为君故，沉吟至今”：事实上，只要有这么三五个知音，这堂课讲得再累，也不致“咳唾随风”了。

几乎每次演讲，都有人会问我，英诗，或者一般的英国文学，该怎么研读。如果他是外文系的学生，我会为他指出三条途径。如果他志在语文而不在文学，则欣赏欣赏便可。如果他要做一位文学的学者，就必须博览群籍，认真而持续地研究。如果他要做一位作家，则他只要找到能启发他滋润他的先驱大师就行了。对于一位学者，文学的研究便是目的；研究成功了，目的便已达到。对于一位作家，文学的研究只是一项手段；研究的心得，必须用到未来的创作里，而且用得有效，用得脱胎换骨，推陈出新，才算大功告成。要做学者，必须熟悉自己这一行的来龙去脉，行话帮规，必须在纷然杂陈的知识之中，整理出自己独到的见解。要做作家，可以不必理会这些；他只要选择自己需要的养分，善加吸取便可。学者把大师之鸟剥制成可以把玩谛视的标本，作家把大师之蛋孵成自己的鸟。

二十年来，台大外文系出了不少作家，形成了一个可贵的传统。其他大学的外文系，产生的作家虽然少些，可是仍然多于中文系。平均说来，中文系如果出了一位作家，外文系至少要出六七位。中文系面对这个现象，有一个现成的答复：中文系不是作家的培养所。诚然诚然。可是紧接着的一个问题是：难道外文系就是作家的培养所吗？同样都无意培养作家，为什么外文系柳自成荫呢？原因固然很多，我想其一可能是外文系没有所谓道统的包袱，文学就是文学，界限分明，无须向哲学和史学的经典俯首称臣。其二可能是外文系研究的对象，既然是外国文学，则训诂考据等事，天经地义该让外国学者自己去做，我们乐得欣赏辞章，唯美是务。其三可能是研究外国文学，便多了一个立脚点，在比较文学的角度上，回顾本国的文学传统，对于庐山面目较易产生新的认识，截长补短，他山之石也较能用得其所。其四可能是，外文系接受的，既然是“西化”的观念，一切作风理应比较民主、开放，师生之间的关系也就较有弹性，略多沟通吧。

尽管如此，作家仍属可遇难求，我们无法责成外文系供应作家，但至少可以要求外文系多培养一些学者，譬如说，外文系就应该多出一些批评家。至于翻译家的培养，当仁不让，更是外文系的天职。今天文坛的学术水准如要提高，充实这两方面的人才，应该是首要之务。文学批评如果是写给本国人看的，评者的中文，不能文采斐然，至少也应该条理清畅。至于翻译，那就更需要高水准的中文程度了。不幸中文和中国文学的修养，正是外文系学生普遍的弱点。我国批评文体的生硬和翻译文体的别扭，可以说大半起因于外文这一行的食洋不化，和中文不济。这一点，外文系的学生要特别注意。理论上来说，外文系的人凭借的是外文，可是实际上，外文出身而业翻译的人，至少有一半要靠中文。外文系的翻译一课，系方和学生似乎都不够重视，其实它日后对学生的影响非常重大。同时，这一课的教授，绝非仅通英文的泛泛之辈所能胜任。

我国文化的传统，由于崇古和崇拜权威，颇有鼓励人“述而不作”的倾向。目前大专教授升等，规定只能凭借论述，而不得用创作或翻译代替，正是“述而不作”的心理在作祟。事实上，中文、外文、艺术、音乐、戏剧等系的教授，能够不述而作，或是述作俱胜，不也同样可以鼓舞学生吗？中文系如果拥有一位李白或曹雪，岂不比拥有一位许慎或钟嵘更能激发学生的热情？同时，与其要李白缴一篇《舜目重瞳考》式的论文，何不让他多吟几篇《远别离》之类的杰作呢？

外文系和上述的其他各系一样，如果永远守住“述而不作”的阵地，只能算是一种消极的姿态。假设有这么一位狄更斯的权威某某教授，把他生平所学传授给高足某某，这位高足去国外留学，专攻的也是狄更斯，回到国内，成为狄更斯权威二世，二世的高足出国留学，回到国内，成为狄更斯权威三世……师生如此相传，成为外国传统忠诚的守护人，这样当然很高级，也很够学术，问题在于：这样子的“学术轮回制”究竟为中国的小说增加了什么呢？上述其他各系的人也不妨反躬自问：他们为中国的这一种艺术增加了一些什么？以音乐系为例，多年来一直是三 B 的天下，现在可能加上巴尔托克、贝尔克和巴尔伯，可是中国的现代音乐在哪里呢？小市民听的是华语歌曲，知识青年听的是西方的热门音乐，学院里提倡的是西方的古典音乐。少数的作曲家如许常惠等，确是在创造中国的新音乐，可是一般人不要听，而要听的少数却不常听得到，成为济慈所谓的“无声的旋律”。

“我为中国的新文学做了些什么？”各说各话，自说自话的结果，我只能提出这么一个问题，献给同行，也用以质问我自己。

——一九七二年一月三十日

幽默的境界

据说秦始皇有一次想把他的苑囿扩大，大得东到函谷关，西到今天的凤翔和宝鸡。宫中的弄臣优旃说："妙极了！多放些动物在里面吧。要是敌人从东边打过来，只要教麋鹿用角去抵抗，就够了。"秦始皇听了，就把这计划搁了下来。

这么看来，幽默实在是荒谬的解药。委婉的幽默，往往顺着荒谬的逻辑夸张下去，使人领悟荒谬的后果。优旃是这样，淳于髡、优孟是这样，包可华也是这样。西方有一句谚语，大意是说：解释是幽默的致命伤，正如幽默是浪漫的致命伤。虚张声势，故作姿态的浪漫，也是荒谬的一种。凡事过分不合情理，或是过分违背自然，都构成荒谬。荒谬的解药有二：第一是坦白指摘，第二是委婉讽喻，幽默属于后者。什么时候该用前者，什么时候该用后者，要看施者的心情和受者的悟性。心情好，婉说，心情坏，直说。对聪明人，婉说，对笨人只有直说。用幽默感来评人的等级，有三等。第一等有幽默的天赋，能在荒谬里觑见幽默。第二等虽不能创造幽默，却多少能领略别人的幽默。第三等连领略也无能力。第一等是先知先觉，第二等是后知后觉，第三等是不知不觉。如果幽默感是磁性，第一等便是吸铁石，第二等是铁，第三等便是一块木头了。这么看来，秦始皇还勉强可以归入第二等，至少他领略了优旃的幽默感。

第三等人虽然没有幽默感，对于幽默仍然很有贡献，因为他们虽然不能创造幽默，却能创造荒谬。这世界，如果没有妄人的荒谬表演，智者的幽默岂不失去依据？晋惠帝的一句“何不食肉糜？”惹中国人嗤笑了一千多年。晋惠帝的荒谬引发了我们的幽默感：妄人往往在不自知的情况下，牺牲自己，成全别人，成全别人的幽默。

虚妄往往是一种膨胀作用，相当于螳臂当车，蛇欲吞象。幽默则是一种反膨胀（deflationary）作用，好像一帖泻药，把一个胖子泻成一个瘦子那样。可是幽默并不等于尖刻，因为幽默针对的不是荒谬的人，而是荒谬本身。高度的幽默往往源自高度的严肃，不能和杀气、怨气混为一谈。不少人误认尖酸刻薄为幽默，事实上，刀光剑影中只有恨，并无幽默。幽默是一个心热手冷的开刀医生，他要杀的是病，不是病人。

把英文 humour 译成幽默，是神来之笔。幽默而太露骨太嚣张，就失去了“幽”和“默”。高度的幽默是一种讲究含蓄的艺术，暗示性愈强，艺术性也就愈高。不过暗示性强了，对于听者或读者的悟性，要求也自然增高。幽默也是一种天才，说幽默的人灵光一闪，绣口一开，听幽默的人反应也要敏捷，才能接个正着。这种场合，听者的悟性接近禅的“顿悟”；高度的幽默里面，应该隐隐含有禅机一类的东西。如果说者语妙天下，听者一脸茫然，竟要说者加以解释或者再说一遍，岂不是天下最扫兴的事情？所以说，“解释是幽默的致命伤”。世界上有两种话必须一听就懂，因为它们不堪重负：第一是幽默的话，第二是恭维的话。最理想也是最过瘾的配合，是前述“幽默境界”的第二等人围听第一等人的幽默：说的人说得精彩，听的人也听得尽兴，双方都很满足。其他的配合，效果就大不相同。换了第一等人面对第三等人，一定形成冷场，且令说者懊悔自己“枉抛珍珠付群猪”。不然便是第二等人面对第一等人而竟想语娱四座，结果因为自己的“幽默境界”欠高，只赢得几张生硬的笑容。要是说者和听者都是第一等人呢？“顿悟”当然不成问题，只是语锋相对，机心竞起，很容易导致“幽默比赛”的紧张局面。万一自己舌翻谐趣，刚刚赢来一阵非常过瘾的笑声，忽然邻座的一语境界更高，利用你刚才效果的余势，飞腾直上，竟获得更加热烈的反应和更为由衷的赞叹，则留给你的，岂不是一种“第二名”的苦涩之感？

幽默，可以说是一个敏锐的心灵，在精神饱满生趣洋溢时的自然流露。这种境界好像行云流水，不能作假，也不能苦心经营，事先筹备。世界上有的是荒谬的事，虚妄的人；诙谐天成的心灵，自然左右逢源，取用不尽。幽默最忌的便是公式化，譬如说到丈夫便怕太太，说到教授便缺乏常识，提起官吏，就一定要刮地皮。公式化的幽默很容易流入低级趣味，就像公式化的小说中那些人物一样，全是欠缺想象力和观察力的产品。我有一个远房的姨丈，远房的姨丈有几则公式化的笑话，那几则笑话有一个忠实的听众，他的太太。丈夫几十年来翻来覆去说的，总是那几则笑话，包括李鸿章吐痰韩复榘训话等等，可是太太每次听了，都像初听时那样好笑，令丈夫的发表欲得到充分的满足。夫妻两人显然都很健忘，也很快乐。

一个真正幽默的心灵，必定是富足，宽厚，开放，而且圆通的。反过来说，一个真正幽默的心灵，绝对不会固执成见，一味钻牛角尖，或是强词夺理，厉色疾言。幽默，恒在俯仰指顾之间，从从容容，潇潇洒洒，浑不自觉地完成：在一切艺术之中。幽默是距离宣传最远的一种。“舍我其谁？”的英雄气概，和幽默是绝缘的。宁曳尾于涂中，不留骨于堂上；非梧桐之不止，岂腐鼠之必争？庄子的幽默是最清远最高洁的一种境界，和一般弄臣笑匠不能并提。真正幽默的心灵，绝不拘定一个角度去看人或看自己，他不但会幽默人，也会幽默自己，不但嘲笑人，也会释然自嘲，泰然自贬，甚至会在人我不分物我交融的忘我境界中，像钱默存所说的那样，欣然独笑。真具幽默感的高士，往往能损己娱人，参加别人来反躬自笑。创造幽默的人，竟能自备荒谬，岂不可爱？吴炳钟先生的语锋曾经伤人无算。有一次他对我表示，身后当嘱家人在自己的骨灰坛上刻“原谅我的骨灰”（Excuse my dust）一行小字，抱去所有朋友的面前谢罪。这是吴先生二十年前的狂想，不知道他现在还要不要那样做？这种狂想，虽然有资格列入《世说新语》的任诞篇，可是在幽默的境界上，比起那些扬言愿捐骨灰做肥料的利他主义信徒来，毕竟要高一些吧。

其他的东西往往有竞争性，至少幽默是“水流心不竞”的。幽默而要竞争，岂不令人啼笑皆非？幽默不是一门三学分的学问，不能力学，只可自通，所以“幽默专家”或“幽默博士”是荒谬的。幽默不堪公式化，更不堪职业化，所以笑匠是悲哀的。一心一意要逗人发笑，别人的娱乐成了自己的责任，那有多么紧张？自生自发无为而为的一点谐趣，竟像一座发电厂那样日夜供电，天机沦为人工，有多乏味？就算姿势升高，幽默而为大师，也未免太不够幽默了吧。文坛常有论争，唯“谐坛”不可论争。如果有一个“幽默协会”，如果会员为了竞选“幽默理事”而打起架来，那将是世界上最大的荒唐，不，最大的幽默。

——一九七二年六月

自豪与自幸

——我的国文启蒙

每个人的童年未必都像童话，但是至少该像童年。若是在都市的红尘里长大，不得亲近草木虫鱼，且又饱受考试的威胁，就不得纵情于杂学闲书，更不得看云、听雨，发一整个下午的呆。我的中学时代在四川的乡下度过，正是抗战，尽管贫于物质，却富于自然，裕于时光，稚小的我乃得以亲近山水，且涵泳中国的文学。所以每次忆起童年，我都心存感慰。

我相信一个人的中文根底，必须深固于中学时代。若是等到大学才来补救，就太晚了，所以大一国文之类的课程不过虚设。我的幸运在于中学时代是在纯朴的乡间度过，而家庭背景和学校教育也易于学习中文。

一九四〇年秋天，我进入南京青年会中学，成为初一的学生。那家中学在四川江北县（今渝北区）悦来场，靠近嘉陵江边，因为抗战，才从南京迁去了当时所谓的“大后方”。不能算是什么名校，但是教学认真。我的中文跟英文底子，都是在那几年打结实的。尤其是英文老师孙良骥先生，严谨而又关切，对我的教益最多。当初若非他教我英文，日后我是否进外文系，大有问题。

至于国文老师，则前后换了好几位。川大毕业的陈梦家先生，兼授国文和历史，虽然深度近视，戴着厚如酱油瓶底的眼镜，却非目光如豆，学问和口才都颇出众。另有一位国文老师，已忘其名，只记得仪容儒雅，身材高大，不像陈老师那么不修边幅，甚至有点邋遢。更记得他是北师大出身，师承自多名士耆宿，就有些看不起陈先生，甚至溢于言表。

高一那年，一位前清的拔贡来教我们国文。他是戴伯琼先生，年已古稀，十足是川人惯称的“老夫子”。依清制科举，每十二年由各省学政考选品学兼优的生员，保送入京，也就是贡入国子监，谓之拔贡。再经朝考及格，可充京官、知县或教职。如此考选拔贡，每县只取一人，真是高才生了。戴老夫子应该就是巴县（即江北县，今渝北区）的拔贡，旧学之好可以想见。冬天他来上课，步履缓慢，意态从容，常着长衫，戴黑帽，坐着讲书。至今我还记得他教周敦颐的《爱莲说》，如何摇头晃脑，用川腔吟诵，有金石之声。这种老派的吟诵，随情转腔，一咏三叹，无论是当众朗诵或者独自低吟，对于体味古文或诗词的意境，最具感性的功效。现在的学生，甚至主修中文系的，也往往只会默读而不会吟诵，与古典文学不免隔了一层。

为了戴老夫子的耆宿背景，我们交作文时，就试写文言。凭我们这一手稚嫩的文言，怎能入夫子的法眼呢？幸而他颇客气，遇到交文言的，他一律给六十分。后来我们死了心，改写白话，结果反而获得七八十分，真是出人意料。

有一次和同班的吴显恕读了孔稚珪的《北山移文》，佩服其文采之余，对纷繁的典故似懂非懂，乃持以请教戴老夫子，也带点好奇，有意考他一考。不料夫子一瞥题目，便把书阖上，滔滔不绝，不但我们问的典故他如数家珍地详予解答，就连没有问的，他也一并加以讲解，令我们佩服之至。

国文班上，限于课本，所读毕竟有限，课外研修的师承则来自家庭。我的父母都算不上什么学者，但他们出身旧式家庭，文言底子照例不弱，至少文理是晓畅通达的。我一进中学，他们就认为我应该读点古文了，父亲便开始教我魏徵的《谏太宗十思疏》，母亲也在一旁帮腔。我不太喜欢这种文章，但感于双亲的谆谆指点，也就十分认真地学习。接下来是读《留侯论》，虽然也是以知性为主的议论文，却淋漓恣肆，兼具生动而铿锵的感性，令我非常感动。再下来便是《春夜宴桃李园序》《吊古战场文》《与韩荆州书》《陋室铭》等几篇。我领悟渐深，兴趣渐浓，甚至倒过来央求他们多教一些美文。起初他们不很愿意，认为我应该多读一些载道的文章，且见我颇有进步，也真有兴趣，便又教了《为徐敬业讨武曌檄》《滕王阁序》《阿房宫赋》。

父母教我这些，每在讲解之余，各以自己的乡音吟哦给我听。父亲诵的是闽南调，母亲吟的是常州腔，古典的情操从乡音深处召唤着我，对我都异常亲切。就这么，每晚就着摇曳的桐油灯光，一遍又一遍，有时低回，有时高亢，我习诵着这些古文，忘情地赞叹骈文的工整典丽，散文的开阖自如。这样的反复吟咏，潜心体会，对于真正进入古人的感情，去呼吸历史，涵泳文化，最为深刻、委婉。日后我在诗文之中展现的古典风格，正以桐油灯下的夜读为其源头。为此，我永远感激父母当日的启发。

不过那时为我启蒙的，还应该一提二舅父孙有孚先生。那时我们是在悦来场的乡下，住在一座朱氏宗祠里，山下是南去的嘉陵江，涛声日夜不断，入夜尤其撼耳。二舅父家就在附近的另一个山头，和朱家祠堂隔谷相望。父亲经常在重庆城里办公，只有母亲带我住在乡下，教授古文这件事就由二舅父来接手。他比父亲要闲，旧学造诣也似较高，而且更加喜欢美文，正合我的抒情倾向。

他为我讲了前后《赤壁赋》和《秋声赋》，一面捧着水烟筒，不时滋滋地抽吸，一面为我娓娓释义，哦哦诵读。他的乡音同于母亲，近于吴侬软语，纤秀之中透出儒雅。他家中藏书不少，最吸引我的是一部插图动人的线装《聊斋志异》。二舅父和父亲那一代，认为这种书轻佻侧艳，只宜偶尔消遣，当然不会鼓励子弟去读。好在二舅父也不怎么反对，课余任我取阅，纵容我神游于人鬼之间。

后来父亲又找来《古文笔法百篇》和《幼学琼林》《东莱博议》之类，

抽教了一些。长夏的午后，吃罢绿豆汤，父亲便躺在竹睡椅上，一卷接一卷地细览他的《纲鉴易知录》，一面叹息盛衰之理，我则畅读旧小说，尤其耽看《三国演义》。《西游记》《水浒传》，甚至《封神榜》《东周列国志》《七侠五义》《包公案》《平山冷燕》等等也在闲观之列，但看得最入神也最仔细的，是《三国演义》，连草船借箭那一段的《大雾垂江赋》也读了好几遍。至于《儒林外史》和《红楼梦》，则要到进了大学才认真阅读。当时初看《红楼梦》，只觉其婆婆妈妈，很不耐烦，竟半途而废。早在高中时代，我的英文已经颇有进境，可以自修《莎氏乐府本事》（*Tales from Shakespeare, by Charles Lamb*），甚至试译拜伦《海罗德公子游记》（*Childe Harold' s Pilgrimage*）的片段。只怪我野心太大，头绪太多，所以读中国作品也未能全力以赴。

我一直认为，不读旧小说难谓中国的读书人。“高眉”（high-brow）的古典文学固然是在诗文与史哲，但“低眉”（low-brow）的旧小说与民谣、地方戏之类，却为市井与江湖的文化所寄，上至骚人墨客，下至走卒贩夫，广为雅俗共赏。身为中国人而不识关公、包公、武松、薛仁贵、孙悟空、林黛玉，是不可思议的。如果说庄、骚、李、杜、韩、柳、欧、苏是古典之葩，则西游、水浒、三国、红楼正是民俗之根，有如圆规，缺其一脚必难成其圆。

读中国的旧小说，至少有两大好处。一是可以认识旧社会的民情风土、市井江湖，为儒道释俗化的三教文化作一注脚；另一则是在文言与白话之间搭一桥梁，俾在两岸自由来往。当代学者慨叹学子中文程度日低，开出来的药方常是“多读古书”。其实目前学生中文之病已近膏肓，勉强吞咽几丸孟子或史记，实在是杯水车薪，无济于事，根底太弱，虚不受补。倒是旧小说融贯文白，不但语言生动，句法自然，而且平仄妥帖，词汇丰富；用白话写的，有口语的流畅，无西化之夹生，可谓旧社会白语文的“原汤正味”，而用文话写的，如《三国演义》《聊斋志异》与唐人传奇之类，亦属浅近文言，便于白话过渡。加以故事引人入胜，这些小说最能使青年读者潜化于无形，耽读之余，不知不觉就把中文摸熟弄通，虽不足从事什么声韵训诂，至少可以做到文从字顺，达意通情。

我那一代的中学生，非但没有电视，也难得看到电影，甚至广播也不普及。声色之娱，恐怕只有靠话剧了，所以那是话剧的黄金时代。一位穷乡僻壤的少年要享受故事，最方便的方式就是读旧小说。加以考试压力不大，都市娱乐的诱惑不多而且太远，而长夏午寐之余，隆冬雪窗之内，常与诸葛亮、秦叔宝为伍，其乐何输今日的磁碟、录影带、卡拉 OK？而更幸运的，是在“且听下回分解”之余，我们那一代的小“看官”们竟把中文读通了。

同学之间互勉的风气也很重要。巴蜀文风颇盛，民间素来重视旧学，可谓弦歌不辍。我的四川同学家里常见线装藏书，有的可能还是珍本，不免拿来校中炫耀，乃得奇书共赏。当时中学生之间，流行的课外读物分为三类，即：古典文学，尤其是旧小说；新文学，尤其是三十年代白话小说；翻译文学，尤其是帝俄与苏联的小说。三类之中，我对后面两类并不太热衷，一来因为我勤读英文，进步很快，准备日后直接欣赏原文，至少可读英译本，二来我对当时西化而生硬的新文学文体，多无好感，对一般新诗，尤其是普罗八股，实在看不上眼。同班的吴显恕是蜀人，家多古典藏书，常携来与我共赏，每遇奇文妙句，辄同声啧啧。有一次我们迷上了《西厢记》，爱不释手，甚至会趁下课的十分钟展卷共读，碰上空堂，更并坐在校园的石阶上，膝头摊开张生的苦恋，你一节，我一段，吟咏什么“颠不剌的见了万千，似这般可喜娘的庞儿罕曾见”。后来发现了苏曼殊的《断鸿零雁记》，也激赏了一阵，并传观彼此抄下的佳句。

至于诗词，则除了课本里的少量作品以外，老师和长辈并未着意为我启蒙，倒是性之相近，习以为常，可谓无师自通。当然起初不是真通，只是感性上觉得美，觉得亲切而已。遇到典故多而背景曲折的作品，就感到隔了一层，纷繁的附注也不暇细读。不过热爱却是真的，从初中起就喜欢唐诗，到了高中更兼好五代与宋之词，历大学时代而不衰。

最奇怪的，是我吟咏古诗的方式，虽得闽腔吴调的口授启蒙，兼采二舅父哦叹之音，日后竟然发展成唯我独有的曼吟回唱，一波三折，余韵不绝，跟长辈比较单调的诵法全然相异。五十年来，每逢独处寂寞，例如异国的风朝雪夜，或是高速长途独自驾车，便纵情朗吟“弃我去者昨日之日不可留，乱我心者今日之日多烦忧！”或是“长洪斗落生跳波，轻舟南下如投梭，水师绝叫凫雁起，乱石一线争磋磨！”顿觉太白、东坡就在肘边，一股豪气上通唐宋。若是吟起更高古的“老骥伏枥，志在千里。烈士暮年，壮心不已”，意兴就更加苍凉了。

《晋书·王敦传》说王敦酒后，辄咏曹操这四句古诗，一边用玉如意敲打唾壶作节拍，壶边尽缺。清朝的名诗人龚自珍有这么一首七绝：“回肠荡气感精灵，座客苍凉酒半醒。自别吴郎高咏减，珊瑚击碎有谁听？”说的正是这种酒酣耳热，纵情朗吟，而四座共鸣的豪兴。这也正是中国古典诗感性的生命所在。只用今日的语言来读古诗或者默念，只恐永远难以和李杜呼吸相通，太可惜了。

前年十月，我在英国六个城市巡回诵诗。每次在朗诵自己作品六七首的英译之后，我一定选一两首中国古诗，先读其英译，然后朗吟原文。吟声一断，掌声立起，反应之热烈，从无例外。足见诗之朗诵具有超乎意义的感染性，不幸这种感性教育今已荡然无存，与书法同一式微。

去年十二月，我在“第二届中国文学翻译国际研讨会”上，对各国的汉学家报告我中译王尔德喜剧《温夫人的扇子》的经验，说王尔德的文字好炫才气，每令译者“望洋兴叹”而难以下笔，但是有些地方碰巧，我的译文也会胜过他的原文。众多学者吃了一惊，一起抬头等待下文。

我说：“有些地方，例如对仗，英文根本比不上中文。在这种地方，原文不如译文，不是王尔德不如我，而是他捞过了界，竟以英文的弱点来碰中文的强势。”

我以身为中国人自豪，更以能使用中文为幸。

——一九九三年一月

老得好漂亮

——向大器晚成的叶芝致敬

经过历史无数次的选择，叶芝和艾略特已经被批评家、文学史家和同行的诗人公认为二十世纪前半期的两位大诗人。许多批评家甚至认为前者是现代英语诗坛最伟大的作家。这种荣誉，这种崇高的地位，不是侥幸获致的。艾略特的声誉，至少有一半建筑在他的批评和诗剧上；叶芝的，绝大部分要靠他的诗，虽然他在戏剧、散文和故事方面也相当多产。

在诗创作的过程上，两位大诗人形成有趣的对照。艾略特的发展比较平稳，他的天才是早熟的，但并未早衰；叶芝的发展迂回而多突变，他的天才成熟得很缓慢，整个过程，像他诗中的回旋梯一样，呈现自我超越的渐次上升之势，而抵达最后的高潮。早熟的艾略特，一出手便是一个高手。他在二十二岁那年写的处女作，《普鲁夫洛克的恋歌》，在感受和手法上，已经纯粹而成熟，且比同时代的作者高明得多。叶芝则不然。一九〇八年，四十三岁的叶芝已经是爱尔兰最有名的诗人，且已出版了六卷诗集，但是他的较重要的作品，那些坚实有力的杰作，根本尚未动笔。如果当时叶芝便停止创作，则他充其量只能算是一个次要诗人（minor poet），甚至只是一个二三流的作者。

最难能可贵的是：从那时起一直到七十三岁逝世（一九三九年一月

二十八日）为止，他的诗，无论在深度和浓度上，一直在增进，他的创作生命愈益旺盛，他的风格愈益多变。以一位已然成名的前辈，叶芝转过身来接受年轻一代的新诗——当时崛起于英美诗坛的意象主义，且吸收比他小二十岁的庞德的影响。当时，庞德去伦敦，原意是要向叶芝学习，但是结果他给叶芝的影响似乎更多。尤其可贵的是：叶芝的好几篇重要作品，都完成于七十岁以后，死前四个多月写的《班伯本山下》（Under Ben Bulben），仍是那么苍劲有力，比起丁尼生那首压卷作《出海》宏大得多了。

这种现象，在英国文学史上，是罕见的。华兹华斯的代表作，几乎在三十七岁以前就写完了；从四十五岁起，虽然写作不辍，但他的创作力迅速地衰退，形成一种“反高潮”（anticlimax）的现象。这种过程，和叶芝的恰恰相反。华兹华斯虽多产，但由于他欠缺自我批评的能力，作品良莠不齐，劣作甚多。华兹华斯的诗来自“沉静中回忆所得的情感”，但他自中年以后，生活孤立而刻板，沉静日多，情感日少，愈来愈没有什么好回忆的了。此外，柯勒律治对他的健康影响，正如庞德对叶芝和艾略特的健康影响一样，几乎具有决定性；中年以后，华兹华斯和柯勒律治的友情分裂，他就不能再依凭柯勒律治的鼓舞和批评了。

在弥尔顿的身上，我们似乎找到和叶芝相近的例子。弥尔顿的杰作，例如《失乐园》和《桑孙力士》《力士参孙》，都是晚年的作品；但是弥尔顿六十六岁便死了，比叶芝要早七年，而他的较早佳作，如《里西达斯》《沉思者》《欢笑者》，及十四行多首，均在三十岁以前完成。叶芝早期的代表作，如《当你年老》及《湖心的茵岛》等等，和晚期的作品比较起来，非但风格大异，而且诗质较低。《湖心的茵岛》一首，除第二段颇具柔美意象外，通篇皆甚平庸。而第二段的所谓柔美，也不过具有十九世纪中叶“前拉菲尔（拉菲尔）主义”（Pre-Raphaelitism）那种恍惚迷离，带烟笼雾的感伤色调罢了。

叶芝的可贵处就在这里。他能够大彻大悟，打破自己的双重束缚，奋力超越自己。叶芝是爱尔兰人，而爱尔兰在他五十七岁以前一直是英国的一个藩邦，在文化上是一种弱小民族的小局面。在另一方面，即以整个英国而言，叶芝开始写作时，正是维多利亚时代的末期，也正是浪漫主义之末流而又末流，大诗人几已绝迹。可以说，除了哈代以外，叶芝年轻时的九十年代英国诗坛，仅拥有一批蹇促不申的歇斯底里的小诗人如道孙之流，而当时的哈代方弃诗而就小说，以小说闻于文坛，而不以诗闻。这双重限制，地域上也是时间上的，构成他早期不利的条件。叶芝终于能将它摆脱，且成为超越时空的国际性大诗人，实在不能不说是一个奇迹。

最初，叶芝也不过幻想自己要做一个爱国的作家罢了。在这双重限制下，他自然而然地步“前拉菲尔主义”和唯美运动的后尘，写一些浪漫而朦胧的次等货色。像《旧歌新唱》（An Old Song Re-sung）一类作品，其低回于自怜的情境，置之九十年代任何小诗人的诗集中，恐怕都没有什么分别。为了提倡爱尔兰的文艺复兴运动，叶芝更进一步，把这种浪漫的余风带进爱尔兰的民俗、传说和神话。结果，是朦胧的表现手法加上模糊的主题。这种作品，和现实的把握，个性的表现，距离得太远太远了。伟大的作品，在这样的情形下，绝对无法产生。

那么，究竟是什么力量使叶芝中年以后的作品变得那么坚实、充沛、繁富、新鲜且具活力呢？论者总不免要提出他如何效法布雷克，如何从东方哲学和招魂术、神秘主义等等之中，提炼出一套个人的神话和象征系统，作自己写诗的间架；所谓“个人的神话”（private mythology），在叶芝夫人的沟通下，竟形成叶芝的宗教观和历史观，更导致叶芝的艺术信仰，决定了他的美感形态。例如，在他的系统之中，月象征主观的人，日象征客观的人。例如生命和文化的过程都是回旋式的；灵魂的经验有如上升的回旋梯，似乎恒在重复，但实际上是层次的提高；而文化的过程有如线卷之转动，上一型的文化逐渐在放线，下一型的文化便逐渐在收线。例如文化的生发、全盛和式微皆有周期，所以两千年的异教文化之后有两千年的基督文化；而二十世纪正面临另一型文化的生发，但暴力和毁灭必然笼罩这过渡时期。这种种耐人寻味且激发想象的信念，已是学者们一再强调而我们耳熟能详的“叶学”要义了。我愈来愈感觉：叶芝诗中屡次暗示的正反力量相克相生互为消长的信念，相当接近中国哲学的阴阳之说，而他所谓历史与文化的周期性运动，也令中国的读者想起，《前汉书》中所谓周德木汉德火的朝代递换原理。二十世纪的两位大诗人，叶芝和艾略特，都弃科学而取玄学，是一件很耐人玩味的事情。叶芝非但敌视科学，将二十世纪贬成“我们这科学的，民主的，实事求是的，混杂而成的文明”，而且谈空说有，到了迷信的程度。

我们所关心的，不是他的迷信，也不是他那神话或象征系统的枝枝节节，而是他这种基本的信念，如何因他诗中强烈丰盛的感受而经验化起来。原则上说来，一种诗的高下，不能以它所蕴含的哲学来做标准，至少，哲学家桑塔耶那的诗，就诗而言，不会比非哲学家的欧文的诗高明。最重要的，是那种哲学对那位诗人是否适合，是否能激发他的想象，以完成他的新世界的秩序。叶芝的个人神话，有他自己的书《心景》（*A Vision*）和无数的学者详加诠释，我们在此不必赘述。在此我只想指出叶芝诗中的一项基本观念，那便是：一切相对甚至相反的力量，似相对而实相依，似相反而实相成；是以小而个人，大而文化的生命，皆应接受而且超越这种无所不在的相反性。这种观念，和我国道家的哲学似乎颇为接近，但叶芝虽然窥见了这种真理，他却不能像老庄那样，以退为进而夷然坦然加以接受。例如他虽然悟于心智日益而形体日损之理，但对于老之将至老之已至仍不能不既怒且惊。可贵的是，他并不畏缩或逃避；相反地，他转身向老耋向死亡挑战，可以说，一直到死他都是不服老不认输的。这种表现，这种“虽九死其犹未悔”的勇气，毋宁更接近儒家，接近儒家的孟子。在《自我与灵魂的对话》（A Dialogue of Self and Soul）一诗中，叶芝透过自我说：

我愿意从头再生活一次
又一次，如果生活要我跳纵
到青蛙生卵的盲者的沟中，
一个瞎子捶打一群瞎子。

这种无所畏惧的正视现实而又乐于生活的精神，正是一个大诗人应有的表现。将浩司曼（A.E.Housman）和叶芝做一个比较，我们不难发现，浩司曼对生活的态度是逃避的，甚至是否定的，他对人生的认识是狭窄的，片面的，他的局格比较蹇促，意象比较单纯，而节奏比较薄弱。浩司曼第一卷诗集和第二卷诗集，在出版的日期上，竟相距二十六年之久，但两书在主题和形式上，实在找不到多少差异。叶芝对生活的态度，与他恰恰相反；叶芝的洋溢的生命力，使他的作品永远在寻求，永远在变，使三十岁的他和七十岁的他前后判若两人，而后者比前者对生活更为执着，更为热爱。这位“愤怒的老年”在一首短诗中说：

你以为真可怕：怎么情欲和愤怒
竟然为我的暮年殷勤起舞；
年轻时它们并不像这样磨人。
我还有什么能激发自己的歌声？

真的，叶芝不但老而能狂，抑且愈老愈狂，抑且狂得漂亮。然而叶芝是一个奇妙的结晶体，他不但能狂抑且能静，不但能热，抑且能冷，抑且能同时既狂且静，既热且冷。暮年的叶芝，确实能做到“冷眼观世，热心写诗”。唯其冷眼，所以能超然，能客观；唯其热心，所以能将他的时代变成有血有肉的个人经验。

由于叶芝的《心景》（A Vision）恒呈现这种“似反实正”（paradoxical）

的相对观，他的诗乃予读者一种“戏剧的紧张性”（dramatic tension）。这里所说的戏剧的紧张性，不是指叙述的生动，而是指他的诗，在构思上，往往始于矛盾，而终于调和。虽然他在《丽达与天鹅》那一首诗中，叙述逼真而富动感，他的一般作品往往在象征的焦点上集中，而不在叙述的展现中着力。艾略特尝谓，好的抒情诗往往是戏剧性的。反过来说，仅仅止于抒情的抒情诗，往往不是伟大的诗，因为那样将失之平面化，而不够立体感。有矛盾与冲突等待解决的诗，常常富于立体感，因为矛盾必有两面，加上调和与综合后的一面，乃构成三度，成为一个三度空间。止于抒情的诗，往往是“一曲”之见，虽然写得长，思想和感受的空间不见得就相对地扩大。叶芝的诗，往往以矛盾的对立开始，而以矛盾的解决终篇。例如《航向拜占庭》（Sailing to Byzantium）便以旺盛的青年和衰朽的老年对立开始，而以艺术的不朽终篇。《自我与灵魂的对话》（A Dialogue of Self and Soul）之中，矛盾存在于向往涅槃的灵魂与拥抱生活的自我，结果是自我的选择获胜。《再度降临》（The Second Coming）则因旧文化已崩溃而新文化蠢蠢欲生而形成一种等待的焦灼与悬宕，暗示的力量可以说发挥到极限了。《学童之间》（Among School Children）因灵魂的美好与肉体的残败之间的悬殊而感叹，结论是“折磨肉体以迁就灵魂是不自然的”。《为吾女祈祷》（A Prayer for My Daughter ）的对照，则是谦逊与傲慢，秩序与混乱，仁与暴，德与容之间的选择。而对立得最鲜明，冲突得最尖锐，而统一得也最完整的一首，要推《狂简茵和主教的谈话》（Crazy Jane Talks with the Bishop）：

我在路上遇见那主教，
他和我有一次畅谈。
“看你的乳房平而陷，
看血管很快要枯干；

要住该住在天堂上，
莫住丑恶的猪栏。”
“美和丑都是近亲，
美也需要丑。”我叫。
“我的伴已散，但这种道理
坟和床都不能推倒，
悟出这道理要身体下贱，
同时要心灵孤高。”
“女人能够孤高而强硬，
当她对爱情关切；
但爱情的殿堂建立在
排污泄秽的区域；
没有什么独一或完整，
如果它未经撕裂。”

这是叶芝最直率而大胆的短诗之一。它发表于一九三二年，当时叶芝已经六十七岁，而思想仍如此突出，语法仍如此遒劲，正视现实接受人生的态度仍如此坚定不移。最为奇妙的是：他竟然愈老愈正视现实，把握现实，而并不丧失鲜活的想象；在另一方面，他竟然愈老愈活用口语，但并不流于俗或白，也并不丧失驾驭宏美壮大的修辞体的能力。他的口语句法，矫健如龙，能迅疾地直攫思想之珠。他曾经强调说：写诗要思考如智士，但谈吐如俗人。这种综合的诗观，后来同样见之于佛洛斯特的创作。叶芝和佛洛斯特二老，都善于用一个回旋有力的长句组织一首独立的短诗，寥寥七八行，首尾呼应得异常紧密。那种一气呵成的气魄，有如我国一笔挥就而力贯全字的草书，说过瘾真是再过瘾不过了。叶芝晚年的短诗，如《长久缄口之后》（After Long Silence）等等，都是这样的一句一诗之作。后来，狄伦·汤默斯（Dylan Thomas）的某些作品，如《我阴郁的艺术》（My gloomg Art），似乎也受了叶芝的影响。

现代英诗的两大宗师，叶芝和艾略特，后者主张诗要“无我”（impersonal），而前者的诗中几乎处处“有我”（personal）。两者孰优孰劣，此地不拟讨论。但“有我”的叶芝给我们的感觉是如此亲切，可敬。生命的一切，从形而下的到形而上的，从卑贱的到高贵的，他全部接受，且吞吐于他的诗中。然而无论他怎么谈玄，怎么招魂，怎么寻求超越与解脱，叶芝仍然是一个人，一个元气淋漓心肠鼎沸的人。他对于人生，知其然而仍无法安其所然。老子所说：“吾所以有大患者，为吾有身。及吾无身，吾有何患？”似乎可以作叶芝老而更狂的注脚。叶芝尝期不朽于无身（《航向拜占庭》中所云 once out of nature），但他也很明白，无身之不朽只有在有生之年始能完成。正如我在《逍遥游》一文中指出的：“敢在时间里自焚，必在永恒里结晶。”叶芝真是一个敢在时间里纵火自焚的愤怒的老年。对于这场永不熄灭的美丽的火灾，我们不禁赞叹：老得好漂亮！

——一九六七年一月二十八日
叶芝逝世二十八周年纪念

何曾千里共婵娟

中秋前夕，善写月色的小说家张爱玲被人发现死于洛杉矶的寓所，死状安详，享年七十五岁。消息传来，震惊台港文坛，哀悼的文章不断见于报刊，盛况令人想起高阳之殁。张爱玲的小说世界哀艳苍凉，她自己则以迟暮之年客死他乡，不但身边没有一个亲友，甚至殁后数日才经人发现，也够苍凉的了。这一切，我觉得引人哀思则有之，却不必遗憾。因为张爱玲的杰作早在年轻时就已完成，就连后来的《秧歌》，也出版于三十四岁，她在有生之年已经将自己的上海经验从容写出。时间，对她的后半生并不那么重要，而她的美国经验，正如对不少旅美的华人作家一样，对她也没有多大意义。反之，沈从文不到五十岁就因为政治压力而封笔，徐志摩、梁遇春、陆蠡更因为夭亡而未竟全功，才真是令人遗憾。

张爱玲活跃于抗战末期沦为孤岛的上海，既不相信左翼作家的“进步”思想，也不热衷现代文学的“前卫”技巧，却能兼采中国旧小说的家庭伦理、市井风味，和西方小说的道德关怀、心理探讨，用富于感性的精确语言娓娓道来，将小说的艺术提高到纯熟而微妙的境地。但是在当时的文坛上，她既不进步，也不前卫，只被当成“不入流”的言情小说作家，亦即所谓“鸳鸯蝴蝶派”。另一方面，钱锺书也是既不进步，也不前卫，却兼采中西讽刺文学之长，以散文家之笔写新儒林的百态，嬉笑怒骂皆成妙文。当代文坛各家在《人·兽·鬼》与《围城》里，几被一网打尽，所以文坛的“主流派”当然也容不得他。此二人上不了文学史，尤其是当年大陆的文学史，乃理所当然。

直到夏志清写《中国现代小说史》，才为二人各辟一章，把他们和鲁迅、茅盾等量齐观，视为小说艺术之重镇。今日张爱玲之遍受推崇，已经似乎理所当然，但其地位之超凡入圣，其“经典化”（canonization）之历程却从夏志清开始。《中国现代小说史》出版于一九六一年，但早在一九四八年，我还在金陵大学读书，就已看过《围城》，十分倾倒，视为奇书妙文。倒是张爱玲的小说我只有道听途说，印象却是言情之作，直到读了夏志清的巨著，方才正视这件事情。早在三十多年前，夏志清就毫不含糊地告诉这世界：“张爱玲该是今日中国最优秀最重要的作家。仅以短篇小说而论，她的成就堪与英美现代女文豪如曼殊菲儿（Mansfield）、安泡特（Anne Porter）、韦尔蒂、麦克勒斯之流相比，有些地方，她恐怕还要高明一筹……《金锁记》长达五十页，据我看来，这是中国从古以来最伟大的中篇小说。”

一位杰出的评论家不但要有学问，还要有见解，才能慧眼独具，识天才于未显。更可贵的是在识才之余，还有胆识把他的发现昭告天下：这就是道德的勇气、艺术的良心了。所以杰出的评论家不但是智者，还应是勇者。今日而来推崇张爱玲，似乎理所当然，但是三十多年前在“左倾”成风的美国评论界，要斩钉截铁，肯定张爱玲、钱锺书、沈从文等的成就，到与鲁迅相提并论的地步，却需要智勇兼备的真正学者。一部文学史是由这样的学者写出来的。英国小说家班乃特（Arnold Bennett）在《经典如何产生》一文中就指出，一部作品所以能成为经典，全是因为最初有三两智勇之士发现了一部杰作，不但看得准确，而且说得坚决，一口咬定就是此书；世俗之人将信将疑，无可无不可，却因意志薄弱，自信动摇，禁不起时光再从旁助阵，终于也就人云亦云，渐成“共识”了。在夏志清之前，上海文坛也有三五慧眼识张于流俗之间，但是没有人像夏志清那样在正式的学术论著之中把她“经典化”。夏志清不但写了一部《中国现代小说史》，也只手改写了中国的新文学史。

杰出的小说家必须有散文高手的功力，舍此，则人物刻画、心理探索、场景描写、对话经营等等都无所附丽。张爱玲的文字，无论是在小说或散文里，都不同凡响，但是她无意追求“前卫”，不像某些现代小说名家那样在文字的经营上刻意求工、锐意求奇。她的文字往往用得恰如其分，并不铺张逞能，这正是她聪明之处。夏志清以她的散文《谈音乐》为例，印证她捕捉感性的功夫。“火腿咸肉花生油搁得日子久，变了味，有一种‘油哈’气，那个我也喜欢，使油更油得厉害，烂熟，丰盈，如同古时候的‘米烂陈仓’。”如此真切的感性，在张爱玲笔下娓娓道来，浑成而又自然，才是真正大家的国色天香。

张爱玲不但是散文家，也兼擅编剧与翻译。她常把自己的小说译成英文或中文，也译过《老人与海》《鹿苑长春》《浪子与善女人》《海上花列传》，甚至陈纪滢的《荻村传》，也译过一点诗。林以亮（宋淇笔名）为今日世界出版社编选的《美国诗选》出版于一九六一年，由梁实秋、张爱玲、邢光祖、林以亮、夏菁和我六人合译，我译得最多，几近此书之半，张爱玲译得很少，只有爱默森五首，梭罗三首。宋淇是她的好友，又欣赏她的译笔，所以邀她合译，以壮阵容。

宋淇和张爱玲都熟悉上海生活，习说沪语，在上海时已经认识。五十年代初，他们在香港美新处同过事，后来宋淇在电懋影业公司工作，张爱玲又为电懋编写剧本《南北一家亲》及《人财两得》。经过多年的交往，宋淇及其夫人邝文美已成张爱玲的知己；由于张爱玲晚年鲜与外界往来，许多出版界的人士要与她联络，往往经过宋淇，皇冠出版她的作品，即由宋淇安排开始。张爱玲与宋淇的深交由此可见，所以她在遗嘱中交代，所有遗物与作品委托宋淇全权处理。宋淇知她既深，才学又高，更难得的是处事井然有序，当然是托对了人。如果是在十年前，宋淇处理她的遗嘱，必然胜任愉快，有宋夫人相助，更不成问题。但是张爱玲似乎忘了，宋淇比她还长一岁，也垂垂老矣，近年病情转重，甚至一步也离不了氧气罩。最近逢年过节，我打电话去香港问候宋淇，都由宋夫人代接代答了，令我不胜怅惘，深为故人担忧。其实宋夫人自己也有病在身，几年前甚至克服了癌症。两位老人如今真是相依为命，遗嘱之托，除了徒增他们的伤感之外，实在无法完成。这件事当然是一副重担，不如由宋淇授权给皇冠的平鑫涛去处理，或是就近由白先勇主持一个委员会来商讨。

——一九九五年九月

辑六

心有猛虎，细嗅蔷薇

人生原是战场，有猛虎才能在逆流里立定脚跟，在逆风里把握方向，做暴风雨中的海燕，做不改颜色的孤星。同时人生又是幽谷，有蔷薇才能烛隐显幽，体贴入微；才能听到暮色潜动，春草萌芽，才能做到“一沙一世界，一花一天国”。

猛虎和蔷薇

英国当代诗人西格夫里·萨松（Siegfried Sassoon，1886-1967）曾写过一行不朽的警句："In me the tiger sniffs the rose."勉强把这译成中文，便是："我心里有猛虎在细嗅蔷薇。"

如果一行诗句可以代表一种诗派(有一本英国文学史曾举柯勒律治《忽必烈汗》中的三行诗句："好一处蛮荒的所在！如此的圣洁、鬼怪，像在那残月之下，有一个女人在哭她幽冥的欢爱！"作为浪漫诗派的代表)，我就愿举这行诗为象征诗派艺术的代表。每次念及，我不禁想起法国现代画家昂利·卢梭(Henri Rousseau，1844-1910)的杰作《沉睡的吉卜赛人》。假使卢梭当日所画的不是雄狮逼视着梦中的浪子，而是猛虎在细嗅含苞的蔷薇，我相信，这幅画同样会成为杰作。惜乎卢梭逝世，而萨松尚未成名。

我说这行诗是象征诗派的代表，因为它具体而又微妙地表现出许多哲学家所无法说清的话；它表现出人性里两种相对的本质，但同时更表现出那两种相对的本质的调和。假使他把原诗写成了"我心里有猛虎雄踞在花旁"，那就会显得呆笨，死板，徒然加强了人性的内在矛盾。只有原诗才算恰到好处，因为猛虎象征人性的一方面，蔷薇象征人性的另一面，而"细嗅"刚刚象征着两者的关系，两者的调和与统一。

原来人性含有两面：其一是男性的，其一是女性的；其一如苍鹰，如飞瀑，如怒马；其一如夜莺，如静池，如驯羊。所谓雄伟和秀美，所谓外向和内向，所谓戏剧型的和图画型的，所谓戴奥耐塞斯（Dionysus，狄俄尼索斯）艺术和阿波罗艺术，所谓“金刚怒目，菩萨低眉”，所谓“静如处女，动如脱兔”，所谓“骏马秋风冀北，杏花春雨江南”，所谓“杨柳岸，晓风残月”和“大江东去”，一句话，姚姬传所谓的阳刚和阴柔，都无非是这两种气质的注脚。两者粗看若相反，实则乃相成。实际上每个人多多少少都兼有这两种气质，只是比例不同而已。

东坡有幕士，尝谓柳永词只合十七八女郎，执红牙板，歌“杨柳岸，晓风残月”；东坡词须关西大汉，铜琵琶，铁绰板，唱“大江东去”。东坡为之“绝倒”。

他显然因此种阳刚和阴柔之分而感到自豪。其实东坡之词何尝都是“大江东去”？“笑渐不闻声渐悄，多情却被无情恼”；“绣帘开，一点明月窥人”，这些词句，恐怕也只合十七八女郎曼声低唱吧？而柳永的词句：“长安古道马迟迟，高柳乱蝉嘶”，以及“渡万壑千岩，越溪深处。怒涛渐息，樵风乍起；更闻商旅相呼，片帆高举”，又是何等境界！就是晓风残月的上半阕那一句“暮霭沉沉楚天阔”，谁能说它竟是阴柔？他如王维以清淡胜，却写过“一身转战三千里，一剑曾当百万师”的诗句；辛弃疾以沉雄胜，却写过“罗帐灯昏，哽咽梦中语”的词句。再如浪漫诗人济慈和雪莱，无疑地都是阴柔的了，可是清啭的夜莺也曾唱过：“或是像精壮的科德慈，怒着鹰眼，凝视在太平洋上。”就是在那阴柔到了极点的《夜莺曲》里，也还有这样的句子：“同样的歌声时常——迷住了神怪的长窗——那荒僻沃土的长窗——俯临在惊险的海上。”至于那只云雀，他那《西风歌》里所蕴藏的力量，简直是排山倒海，雷霆万钧！还有那一首十四行诗《阿西曼地亚斯》（Ozymandias），除了表现艺术不朽的思想不说，只其气象之伟大，魄力之雄浑，已可匹敌太白的“西风残照，汉家陵阙”。

也就是因为人性里面，多多少少地含有这相对的两种气质，许多人才能够欣赏和自己气质不尽相同，甚至大不相同的人。例如在英国，华兹华斯欣赏弥尔顿；拜伦欣赏颇普；夏洛蒂·勃朗特欣赏萨克瑞；史哥德欣赏简·奥斯丁；史云朋欣赏兰道；兰道欣赏白朗宁。在我国，辛弃疾欣赏李清照也是一个最好的例子。

但是平时为什么我们提起一个人，就觉得他是阳刚，而提起另一个人，又觉得他是阴柔呢？这是因为各人心里的猛虎和蔷薇所成的形势不同。有人的心原是虎穴，穴口的几朵蔷薇免不了猛虎的践踏；有人的心原是花园，园中的猛虎不免给那一片香潮醉倒。所以前者气质近于阳刚，而后者气质近于阴柔。然而踏碎了的蔷薇犹能盛开，醉倒了的猛虎有时醒来。所以霸王有时悲歌，弱女有时杀贼，梅村、子山晚作悲凉，萨松在第一次大战后出版了低调的《心旅》（The Heart' s Journey）。

“我心里有猛虎在细嗅蔷薇。”人生原是战场，有猛虎才能在逆流里立定脚跟，在逆风里把握方向，做暴风雨中的海燕，做不改颜色的孤星。有猛虎，才能创造慷慨悲歌的英雄事业；涵蕴耿介拔俗的志士胸怀，才能做到孟郊所谓的“镜破不改光，兰死不改香”！同时人生又是幽谷，有蔷薇才能烛隐显幽，体贴入微；有蔷薇才能看到苍蝇搓脚，蜘蛛吐丝，才能听到暮色潜动，春草萌芽，才能做到“一沙一世界，一花一天国”。在人性的国度里，一只真正的猛虎应该能充分地欣赏蔷薇，而一朵真正的蔷薇也应该能充分地尊敬猛虎；微蔷薇，猛虎变成了菲力斯丁（Philistine），微猛虎，蔷薇变成了懦夫。韩黎诗：“受尽了命运那巨棒的痛打，我的头在流血，但不曾垂下！”华兹华斯诗：“最微小的花朵对于我，能激起非泪水所能表现的深思。”完整的人生应该兼有这两种至高的境界。一个人到了这种境界，他能动也能静，能屈也能伸，能微笑也能痛哭，能像二十世纪人一样的复杂，也能像亚当夏娃一样的纯真，一句话，他心里已有猛虎在细嗅蔷薇。

——一九五二年十月

盖棺不定论

千秋万岁名，寂寞身后事。一位作家，生前蹭蹬潦倒，或遭人误解，或受人冷落，眼看曲士得意，竖子成名，往往只有寄望于历史的评价。丹麦思想家齐克果生前看尽世人的白眼，且以瘦胫的星象家与戴礼帽的公鸡之姿态，出现在哥本哈根报纸的漫画之中。死前不久，他说："我死后，世人将同声赞美我，而赞美的语气，将使青年误会我生前曾受人尊崇。这，也是真理在现实中蒙受的歪曲之一部分。以卑劣相向的时人，一旦我死了，将一反昨日的议论，而一切陷于混乱。"

一位作家的价值，很难获得定评，生前如此，身后亦然。生前，他容易招人曲解，致天下之恶皆归之；身后，他既已成为偶像，世人对他的溢美，也每每邻于迷信。相反地，也有生前享尽声誉，死后光芒毕敛或恶名横加的例子。而无论是低估（underestimate）或者过誉（overestimate），都不是一位作家应得的报酬，也会导致文学史的混乱。一般说来，我们对一位作家的恶评往往发自内心，但对于一位大师的称扬则往往出于附和，因为无论你如何诟骂莎士比亚，都不能稍减莎翁的权威，相对地，这样做，只能自绝于风雅。因此，在梁译莎士比亚戏剧全集的庆祝会上，社会名流，数以百计。其中究有几位能欣赏原文的佳妙，又有几位曾经认真读过中文译本？如果当场举行一次临时考试，恐怕将会证实，大半的来宾仅仅具有看银幕上的《王子复仇记》的资格吧。王彦章所说“豹死留皮，人死留名”，是另有用意的。对于附庸风雅之辈而言，一位大作家死后，除了名字之外，还留下了什么呢？

盖棺而论不定，于莎士比亚尤然。莎士比亚死后七年，班江生即写了一首长诗赞美他，称他为大师，并说他“不属于一代，属于千秋”。又七年之后，年轻的弥尔顿写了一首短诗献给他，说他的盛名何需金字塔的见证。但三十多年后，进入复辟时期，在法国文学批评，尤其是布瓦罗（Boileau）的影响下，一些平庸的作家，对于不屑遵守古典戏剧格律的莎士比亚，表示不满，甚至视为“野蛮”。日记家皮普斯（Samuel Pepys）对莎翁戏剧的反应，可以代表十七世纪后期的一般态度。他在日记里这样记载：“今日同去看了《仲夏夜之梦》，生平看过的戏里，没有比这更乏味更可笑的了，我决不要看第二遍。”十八世纪的英国文坛，对于莎士比亚不能说不够重视，但是一个弥漫着理性主义的时代，是无法了解浪漫的莎士比亚的。当时的诗坛泰斗颇普，曾不自量力，编了一套《莎士比亚全集》，结果是谬误百出，为专家萧博德所笑。对莎士比亚的崇拜，始于十九世纪初的浪漫主义；在柯勒律治、兰姆、哈斯立特、德昆西的批评之中，崇莎热（Shakespeare idolatry）臻于高峰，迄二十世纪而不衰。可是在外国，莎士比亚的股票亦时涨时跌。法国浪漫派的大师们，如雨果、缪塞、德拉克洛瓦和柏辽兹，固然将莎士比亚奉为神明，但是在十八世纪，伏尔泰曾经对莎翁大肆攻击。伏尔泰曾经留英三年，回国后屡在作品中介绍莎翁，但等到法国的文艺界显示崇莎的倾向且将莎士比亚与法国悲剧大家高乃伊相提并论的时候，伏尔泰竟因妒生嗔，讥莎翁粗鄙不文，说“莎士比亚是一个野人，只有几星天才的火花，在可怖的夜里闪现而已”。

马克思主义的文学批评，常从唯物史观的角度，评论莎士比亚。十九年前，我念厦门大学外文系二年级的时候，有一位患“左”倾幼稚病的同学，在报上发表了一篇这样的文章，指控莎士比亚为贵族阶级的御用文人，戏院的股东，女皇的佞伶。愤怒的我，立刻和他展开论战，为莎翁洗刷莫须有的罪名。事实上，当时我对于莎剧的种种，并无深切了解。

在“左”倾的浪潮中，我国的古典大师往往成为罪人，被拖出来鞭尸。中年以后的闻一多，生活困苦，情绪紧张，在同情郊寒岛瘦之余，竟然诬苏轼作帮闲文人，充倜傥才子。陶潜的命运，似乎也飘摇不定。台湾诗人邮票四种，有白居易而无陶潜，拥陶派情何以堪？以陶潜在中国文学史上的崇高地位而言，在诗宗词曹之中，难道连四名以内都考不上？白居易固然成就可观，但他那种忧时爱国的写实风格，标出杜甫一人已可概括其余，何必于此风格亮瑜并列，而于高士襟怀则独付阙如？白居易在《与元九书》中曾自谦说：“古人云：‘名者公器，不可多取。’仆是何者，窃时之名已多。既窃时名，又欲窃时之富贵，使己为造物者，肯兼与之乎？”白居易可以说是诗人之中最为幸运的一位，不但及身而享盛名，眼见自己的大作，题于“乡校佛寺，游旅行舟之中”，咏于“士庶僧徒孀妇处女之口”，即在千载之后，无论海内海外，亦皆香火不绝。在岛内，他已经上了最高额的三元邮票。在国外，经亚瑟·魏利（Arthur Waley）等人的再三译介，Po Chu-i 的大名，久已凌驾杜甫，媲美李白。

古人棺木已朽，议论尚犹未定。今人坟土未干，评价自然更难一致。胡适去世已经六年，倒胡的遗老宿儒迄今仍喋喋不休，咬定白话文断送了中国的固有文化，而西化思想是中国一切乱源。拥胡人士则趋向另一极端，犹津津乐道他牙牙学语的白话诗和已经落伍的美学思想。在动荡的现代中国，大多数的名作家，恐怕都要暂时悬在棺已盖而论未定的虚空中，等待尘土落定，历史来为他们从容画像。例如周氏兄弟，今日棺已皆盖，而时论纷纷，就是现代文学史典型的问题人物。

现已八旬有三的美国诗人庞德，也是这样的一个问题人物。但有时，那“问题”不是政治的或道德的，而是美学的。从文学史的观点看来，后者毋宁是更为严重。例如五四人物中，徐志摩的诗和朱自清的散文，素为新文学的读者所称道，迄今仍有不少人，言新诗必举《再别康桥》，言散文则必推《背影》，好像自二十年代迄今的四十年中，我国的新文学贫乏得只留下这么两篇小品。事实上，从现代文学的标准看来，徐志摩只能算是一个次要诗人（minor poet）。以浪漫诗人为喻，他的地位大约相当于汤默斯·莫尔（Thomas Moore）或者兰尼尔（Sidney Lanier）。拿徐志摩来比拟拜伦或雪莱，是外行人语，因为他既无《唐璜》那样丰富的巨著，也没有《西风颂》《致云雀》《云》那样精纯的力作。至于朱自清的散文，清畅平易而已；这种只求无过不望有功的文体，比起前贤的前后《赤壁赋》一类杰作，直如淡茗之于醇醪。

文学批评，常有影响力（influence）一说。传统的观念，以为所谓影响，只是前人施之后人，呈单行（one way）状态。事实上，后人对前人，今人对古人，也是有影响力的。文学史的透视，往往因为加入了新的因素，而呈现新的全景。某一时期的文学，谁是主角，谁是配角，原来秩序井然，尊卑有别，成为一个所谓 hierarchy；可是到了下一个时期，由于美学思想变了，或者发现了新的史料，前一时期的文学原有的秩序，便必须加以修正了。例如唐人的文学批评，并尊李杜，到了宋人笔下，便尊杜而抑李；更有以老杜、山谷、后山、简斋为一祖三宗之说。又例如在十九世纪后期，丁尼生几有独步诗坛之概，到了二十世纪，反浪漫运动兴起，便有人将白朗宁置于丁尼生之上，等到霍普金斯的诗集出版，丁尼生在维多利亚时期的压倒性优势，更是摇摇欲坠了。

因此盖棺不定论，可作三解。第一，伟大并无绝对可靠的标准。文学风气多变，批评思想日新，今日的巨人可能变成明日的侏儒，因为明日的尺寸将异于今日，或因一位新巨人之发现而使旧巨人“矮了半截”。一位名作家，常以另一名作家为“假想敌”，念兹在兹，以为身后与争千秋之名者，当为斯人无疑。结果可能两人都假想错了：从一个不知名的角落里，忽然闪出一个无名的角色，把桂冠摘去。拜伦一生妒忌湖畔诗人，尝谓诗坛非一家禁地，班主宝座，当有史考特、罗吉士、甘宝、莫尔、克拉布相与竞逐，不料上述五人皆属配角，而真正的主角却是他所忽略的雪莱和济慈。第二，同行相妒，文人相轻。一位作家常会幻想，百年后，历史当是我所是，而非我所非。事实上，历史的演变常由相对甚或相反的力量所促成；在某一时期之内，基督固然取代了恺撒，但从整个历史着眼，则恺撒仍是恺撒，不容抹杀。当时曾是敌人的作家们，在文学史上往往是香火共事，秋色平分的。冤家果然路窄。“愧在卢前，耻居王后”，结果仍是王杨卢骆，挤在一间小庙里。革命党的弥尔顿和保皇党的骑士诗人们，不但是文敌，甚至是政敌，而事过境迁，同登十七世纪诗史。伏尔泰和卢梭，一个是古典大师，一个是浪漫鼻祖，生前是死敌，殁后同葬伟人祠中，成为近邻。第三，大众习于权威，安于攀附。除了少数例外，一位大作家，一个新天才的出现，通常皆有赖一小撮先知式的读者，所谓 élite 者的发掘与拥护。这种情形，不独在作家的生前如此，即在身后也往往会持续一段时期。甚至于，在那位作家的伟大性已获公认之后，真正能欣赏他的，恐怕还只是那一小撮知音。唐朝的李贺、李商隐，宋朝的陈师道、陈与义，英国诗中的邓约翰、白朗宁、霍普金斯等等，都是这种例子。在所谓“大众传播”日趋发达的今天，电视、电影、广播、报纸、流行的杂志等等几乎垄断了国民的美感生活，成为文艺鉴赏的掮客集团。“报上说那本小说已经在拍电影了！”便是小市民最现成最有力的引证。把一个民族的精神价值，交给这些文艺买卖的掮客去决定，是一件非常危险的事情。现代作家的孤绝感，一部分因此形成。不过，盖棺虽难定论，得失存乎寸心，文运不绝如缕，一半有赖作家的自知与自信，另一半则有赖那些先知先觉的读者。至于那些掮客，无论喊的是古董或是时装，呼声再响，历史的耳朵是听不进去的。

——一九六八年二月十九日

论二房东批评家

相对于“半票读者”，我们的文学界有论斤出卖的“半票作者”。这两种现象相辅相成；最早，究竟是鸡生蛋，还是蛋生鸡，再也分不清了。夹在蛋与鸡之间，还有一种“半票批评家”，欲以己之蒙蒙发人之昭昭，而使已经混乱的场面，显得更加迷失。在这样的氤氲气氛里，不少侏儒俨若大师，某些赝币流通于市场，而真正优异的作品，往往缺乏鼓励，甚至默默无闻。我们的时代没有文学批评，没有独排众议自成一家的文学批评。

这种现象，比它表面所显示的，要严重得多。因为一个民族在文学批评上所表现的没落或沉寂，说明了该民族对于美的判断，若非欠缺真知灼见，便是没有责任感。结果真正的判断，只有转入地下，以口碑或腹诽的形态，存在于少数心灵之间。这种迟钝的感受和怯懦的心理，在某种层次上，间接反映出该民族心灵的衰退。

此地所谓的“美”，不是“漂亮”或者不漂亮的问题。所谓“美”，是指一件作品，对人生的处理够真实，对文字的处理够成熟，而内容和形式又融和无间。反之，就是“丑”。在这样的了解下，文学不再是舞文弄墨的消遣，而是一个民族心灵的晴雨表；它关系一个民族的最佳心灵对于生活的态度和运用语文的能力。文学批评家的工作，便是观察这晴雨表是否有效，是否准确，是否真能反映民族心灵的气候。

美国现代文学之所以发达，文学批评的繁荣，是原因之一。所谓“新批评”，在兰色姆、泰特、华伦、布鲁克司等大师的领导下，雄踞美国文坛，并垄断学府的讲台，垂二十余年。直到近年才有沙比洛（Karl Shapiro）、费德勒（Leslie Fiedler）等人起来，向他们的权威挑战。而无论何家何派的批评家，至少有一点相同：那就是勇于批评，尤其是批评当代的作家。而所谓批评，并不仅限于应景捧场的书评，更非浅尝即止三五千字的玩意，而是对于一位作家的长篇专论。大师如艾略特、福克纳者，生前即已成为卷帙浩繁的批评的对象，自不在话下。即如年事尚轻的萨林杰、罗威尔等，也莫不有专文专书加以评介。相反地，不要说今日在台湾的杰出作家无人批评，即使五四早期的作家亦何尝有专书研究？反而在台的美国留学生之中，有人以徐志摩或闻一多为论文对象。我们没有文学批评，没有精当而坚实的文学批评，应该是无可置辩的事实。

这并不是说，没有人在写批评，也不是说，绝对没有够格的批评。有是有的，但是不多，而在这已经极不繁荣的情形之下，多数的执笔者，都是面目模糊，言语支吾之辈。为了称呼方便起见，我为他们铸了一个名词——“二房东批评家”（sublessee critics）。

顾名思义，所谓二房东，是左手取之，右手予之，但自身也难保的一种人。他们介于大房东和小房客之间，顾盼自雄，俨然举足轻重。这种批评家，分来分去，最多分出大贫小贫两种，而无论是大贫或小贫，都贫于思想，贫于文字，尤其贫于个性，可是落笔写评之际，莫不善于买空卖空，以无为有，以虚充实。他们的所谓批评，大抵道听途说，以讹传讹，不是作家的点名簿，就是旁人的意见箱，不是海盗版的谣言，就是怔忡症的口吃。这种二房东批评家，真需要《愚公列传》的作者颇普，挥动他寒芒四射的双刃剑，作一次“平庸的大屠杀”，为文坛清出一片净土。

在颇普再世之前，我们不妨把二房东批评家们拼起队来，用X光拍一张团体照，分析分析他们的通病。首先我们发现，二房东批评家们没有自已的见解。他们是一批惯窃，也是盗墓贼，因为他们同样不放过时人和古人，盗罢朱光潜再偷萨特，偷完王国维再盗克罗齐。他们最讲究“根据”，要做到“无字无来历”的地步。即使一个真正的批评家，也必须附丽于一位大诗人或大小说家。二房东批评家们，大概只能视为“寄生虫的寄生虫”，因为他们必须仰赖其他的批评家。但是，如果要说他们全无学问，那是不公平的。与其说他们没有学问，还不如说他们不知如何运用学问。面对纷然杂陈的资料，面对各家各派的理论，他们眼花缭乱，茫然失措，不知该如何选择，整理，组织，因而后语不对前言，矛盾百出，重心全无。事实上，一个批评家不但需要知识，更需要观点和立场：观点所以组织知识，有了观点，乃有井然的透视；立场所以决定批评家对作家与读者的关系，有了立场，乃有明确的责任。有些批评家的成为二房东，不但是因为他们在学问上隔靴搔痒，更重要的，是因为他们观点模糊，立场暧昧，对于某些新兴的文学，如现代诗及现代小说，又像支持，又像反对，始终拿不定主意，结果我们有了一批“现代掮客”。观点属于智慧，立场则本乎良心。就立场而言，“现代掮客”还不如“古典忠臣”。

其次，有些批评家的所以成为二房东，是由于不精，甚至全然不解外文。在这样的情形下，他们对于西洋文学的了解，是相当二房东，也就是说，相当二手货的（second-hand）道听途说，以讹传讹，因此而起。中国的新文学受西洋文学的影响已深。一个批评家的看家本领，已无法局限于《诗品》或《文心雕龙》，然则，至少精通一种外文，已经是现代批评家的必要条件了。有些二房东，把大房东的理论或译述东抄西袭，改头换面，编进自己的大论之中，俨然亦大房东焉。有时他们竟会一字不易地引用大房东的文字或翻译，全不声明出处，脸都不红一下。我不敢以大房东自命，但我的译述，也屡为这批惯窃光顾。不过他们是逃不过苏格兰警场的明眼的。周弃子先生曾自谦不解西洋文学，但不认为次等货色的西洋文学通能轻易将他骗过，因为隔靴搔痒而以靴代足之辈，一举手一投足之间，都会暴露自己的二房东真相的，至于不通德文而畅谈歌德，未谙法文而介绍波德莱尔，连一首十四行都弄不清而要攻击莎士比亚或弥尔顿，那简直是亵渎神明了。

最后，我要指出，二房东之所以成为二房东，是由于他们贫于个性，表现在文字上，便是毫无风格。大批评家的文字，莫不呈现个人独特的风格，行文遣词之际，才华焕发，机智闪烁。譬如一支红烛，蜡油本身是学问，光焰是才情，而四周的红氛便是不可分析的风格了。最高级的批评，本身也是一种创作；它不但烛隐显幽，目光炯炯，抑且文字犀利，警语和佳句俯拾即是，令你感到，你接触的不是一堆冷资料，死教条，不是一个面无表情的验尸官，而是一个清晰的头脑加上一颗有灵气富情趣的心。二房东的笔，千篇一律，刻板，枯槁，而且迟钝。他们把批评当作功课一样去做，做得自己和读者都昏昏欲睡。或者把批评当作实验室的工作，一五一十，搬运主义、派别、理论、宣言等等如使用仪器，结果读者得到的是一份报告。或者左顾右盼，心猿意马，与问题的核心保持安全的距离，务求达到充篇幅，杀时间之目的；文章可以某日赴文友某人家吃饺子在街头书摊上偶然翻阅到该书开始，而于褒五分贬五分，又赞扬五分低抑五分结果仍立在原地不动之后，以一种和事佬或证婚人的语气终篇。这种妙手空空的文章，作者写得半死不活，读者却气得沸血生烟。如果要这种没有风格的批评去介绍以风格见称的作品，岂不是奢望？一支钝笔，怎能挑得起沉厚的福克纳或是锋利的萧伯纳？一篇批评，至少要达到一篇好散文的标准。如果散文都写不精彩甚至写不通顺，怎么能取到批评家的行业执照？

所谓二房东批评家，并非我们这时代或地域的特产。我完全明白，任何时代，任何国家，都不能完全免于这种现象。本文所要分析的，也只是这种现象，并无意针对某一位二房东。我要攻击的，是整个夜，不是某一只老鼠。今日中国文坛的杂乱纷纭，良莠莫辨，真伪不分，必待真正的大批评家君临一代之后，始能云开见日，而照见伟人与侏儒原有的体魄与面貌。

但是在那样的大批评家出现之前，有志于建立文学标准的批评家不妨相互以二房东为诫，朝大房东的气象和规模前进。“二房东批评家”一名既立，或将有助于前述混乱局面之廓清。中国的现代文学，已有渐趋成熟的现象。我们急切需要的批评家，也许在扫荡伪作与劣作方面感到人情茧缚，不便下手，但他可以忘记那些朝生夕死的白纸黑字，却不可以推卸相马伯乐的正面责任。当他发现真正的千里驹，当他发现缪斯的行空天马（Pegasus）之时，他应该毫不犹豫地指认神驹于凡马之间，卸其鞍，解其缰，任其飞驰云表，进入不朽与历史。毫无疑问，未来的文学史必然记载这样的批评家的功绩，记载他如何独具慧眼，独排众议，率先向世界宣布一个天才的诞生；也必然遗忘那一群嗫嚅其言，反复其辞，没有头脑，没有灵魂，没有肩膀，甚至连一支笔也没有的二房东们。

——一九六六年十二月二十三日

艺术创作与间接经验

1

一切艺术的创作，包括文学创作在内，在心智上的活动大致需要三个条件：知识、经验、想象。且以一篇描写登山的作品为例。山有多高，地理与地质如何，生态有何特色，山名从何而来，有何历史与传说，诸如此类资料，皆属知识范围，最好能够尽量掌握。这些知识不一定全派得上用场，但是知道了总令人放心，不知道却易犯错；同时，知道了，可以印证经验，更可以引导想象。例如山名龙山或僧帽山，相传明末有高士隐居，或者清初有志士逃亡，立刻，想象就有所依附，遐想乃找到空间。至于经验，就是实际去登山，去体会峰回路转的山势，俯仰古木寒泉的风景，为游记取得踏实的亲身感受。没有经验，当然一切都是空的。但是仅有经验，却未仔细观察，深切体会，和事后的回味咀嚼，则仍嫌不足。其结果，也许是一篇平实甚至周详的报道，也许是地方志、新闻稿、调查报告，却未必是艺术作品。因为若要生动有趣而令人难忘，往往还需要想象。

所谓想象，不是胡思乱想，而是顺着人情、事态、物理，对于现实有所取舍，有所强调，终于超越时空，突破常识的限制，重组自然，做更自由而巧妙的安排。法国作家夏萨尔（Malcolm de Chazal）说得好：“艺术是造化加速，神明放缓。”意思就是，艺术可以下握自然而上窥天机，乃是超凡入圣的途径。艺术能够如此，正有赖于想象。

以柳宗元的《钴鉧潭西小丘记》为例。他说：“其石之突怒偃蹇，负土而出，争为奇状者，殆不可数。其嵚然相累而下者，若牛马之饮于溪；其冲然角列而上者，若熊罴之登于山。”第一句写石虽然也有相当的拟人化，但是大致上还停留在写实的层次。第二句经过想象的作用，便完全跳出了现实的秩序，赢得了自由，正是超越了造化而逼近了神明。

同样，王质的《游东林山水记》有这么一句：“天无一点云，星斗张明，错落水中，如珠走镜，不可收拾。”前面的大半句只是写实，到了后面八个字，虚实之门忽然洞开，乃借想象之力而入自由之境。

想象，可以视为艺术的特权，真理的捷径。诗艺之中，诸如明喻、隐喻、换喻、夸张、拟人、象征等等手法，皆可视为创造性想象的锻炼，因为综而观之，这些手法都使用“同情的模仿”（Sympathetic imitation），使两件原不相涉的东西发生关系。前引柳宗元句“其嵚然相累而下者，若牛马之饮于溪；其冲然角列而上者，若熊罴之登于山”，正是用明喻把奇石与家畜野兽组合在一起。我写过一首小诗叫《山中传奇》，起头四句如下：

落日说黑蟠蟠的松树林背后
那一截断霞是他的签名
从焰红到烬紫
有效期间是黄昏

断霞是落日的返照所形成，正如名是人所签成，而晚霞如果横曳半空，也真有落日挥笔签名之势，挥的还是彩笔。但是这半空断霞不能持久，只绚烂一个黄昏而已，正如签了名的支票，过期就失效一样。就这么，自然的变化用人事来表现，天南地北的晚霞和签名便发生了关系，而落日和晚霞之间也建立了新的秩序。

雪莱在他宏丽的论文《诗辩》里就指出："想象所行者乃综合之道；理性重万物之异，想象重万物之同。"想象，正是一股莫之能御的亲和力，能将冷漠的荒原凝结成有情的世界。现实赖它重组，新的秩序赖它建立。

鲁克斯（Joseph Roux）说："我们所知者有限，而所预感者无穷；在这方面诗人远超过学者。"比彻（Henry Ward Beecher）更直截了当，径说"想象乃文明之天机与神髓，诚为真理之不二法眼"。诗人的知识不如学者、专家，而其经验也不如各行各业的行家、业者，但是诗人善于运用知识，使它充满感性，而且敏于诠释经验，使它富于意义。凭了这种同情的想象力，诗人才能突破物我之异，进入生命之同。

且回到前文所述描写登山的作品。有了知识，掌握了山的资料，还是不够，得实地去登山。实地登山，流汗之余，在峰顶饱览野景，但若神魂未能完全投入，未能如柳宗元登西山那样，"心凝形释，与万化冥合"，仍然是不够的。如果登山者徒有登山的经验，却无兴会淋漓的想象，对万物缺乏同情，无由交感，则虽然上山，却未见山，仍不足以成作品。李白说他"相看两不厌，只有敬亭山"。辛弃疾说他"我见青山多妩媚，料青山见我应如是"。麻革说他既入龙山，"月出寒阴，微明散布石上，松声翛然自万壑来，客皆悚视寂听，觉境愈清，思愈远"。这才算是想象起了作用，真见了山，真动了心。

2

自从十九世纪以来，批评家往往强调所谓写实主义，并且主张吸收生活经验。这当然是一条创作的大道，但并非唯一的出路。一个人的生活经验毕竟有限，如果作家取材的对象只能限于亲身的所经所历，限于他个人直接介入的时空，那他的创作天地就无法拓广。前面我指出，创作所赖的三个条件是知识、经验、想象。一位作家如果拙于运用知识，又不善于发挥想象，凡事只能凭借自己赤裸裸的经验，那他的作品就不免近于报告文学。何况有许多题材，作家根本无法直接体验，只能多加观察，并佐以知识与想象。例如男作家写女子，无论如何强调写实，总不能真的变成女子去直接体会，最多只能就近观察，并且设身处地，将心比心，也就是运用同情的想象，以补不足。中国古典文学里许多入情入理的闺怨诗与宫词，十分动人，却是男人所写，正是此理。

直接经验的天地虽然比较真实，却也比较狭窄。一个人到底不能事必躬亲，不少敏捷的作家因此乞援于间接经验。我所谓的间接经验，往往得之于他人的直接经验。例如要将某一历史事件写成小说或叙事诗，我们不能躬逢其盛，只能尽量搜集他人的口述与笔述，包括录音、访问、日记、书信，甚至针对同一事而写的其他作品。这些间接经验对我们来说只是一堆资料，但是经过我们想象的重组与催化，可以点铁成金，令死资料活起来。

我所谓的间接经验，还有另一个来源，具有另一层意义，那就是他人凭借自己的直接经验所创造的作品。杜甫、苏轼等诗人常有题画之作。苏轼的七绝：“竹外桃花三两枝，春江水暖鸭先知。蒌蒿满地芦芽短，正是河豚欲上时。”咏的乃是惠崇所绘的春江晚景。此一画面对惠崇而言，无疑是直接经验，但是对于观画的东坡，毕竟隔了一层，是间接经验了。当然，此情此景，东坡在自己的生活里，也就是自己的直接经验里，或许也曾见过，但是未曾明确把握，发为文字，要等惠崇以画家的眼光手到擒来，焦点对准，境界全出，东坡的诗心才有所依附，而把它“转化”为诗。

各种艺术形式之间的转化，正是艺术创作的一大取材，其意义，不外乎借他人的眼光来充实并变化自己的主题与手法。东坡化他人之画为自己之诗，而他自己的《赤壁赋》，自宋以来，也不知有多少画家怀着仰慕之情以它入画。同样，曹操《观沧海》名句“日月之行，若出其中；星汉灿烂，若出其里”，也变成了溥儒的画境。

西洋的绘画在印象派出现以前，虽也取材于现实生活，例如宫廷画师为贵人画像，一般画家写乡野节庆或市井众生，但是神话、宗教、历史等题材，却占了大宗。处理这些题材，难以乞援于实际的经验，只能凭借一些文献或传说，用超凡的想象来发挥。

达·芬奇的《蒙娜丽莎》画的是佛罗伦萨的贵妇，真正含笑坐在他眼前的世间女子；可是《最后的晚餐》要处理的，却是无法亲身经验、更无所谓写实的宗教场面。根据新约《马可福音》第十四章第十三节至第二十节所载，耶稣在逾越节的餐桌上对众徒说：“你们之中，与我共餐的一人会将我出卖。”此语一出，举座愕然，十二门徒逐一问耶稣说：“是讲我吗？”耶稣答道：“是十二人中，与我共蘸一盘的那位。”在达·芬奇的画中，“举座”是一张长桌，耶稣端坐中央，众徒分坐两旁，左右各为六人，一律朝向观画的我们。这当然只是达·芬奇的布局，因为当日那一餐师徒十三人究竟是怎么一个坐法，谁也没有见过。《马可福音》里只说那房间是一间“客房”（guest chamber），宽大而在楼上（a large upper room）。达·芬奇这样的画法颇有专家不以为然。例如耶路撒冷圣经研究中心的神学家伏雷明，就指出当时的桌面应该较矮，众人应该是依罗马统治者的习俗，坐在地上，同时餐桌也不会排成长条，耶稣与众徒更不会朝着同一方向并排而坐。

其实，不但后人不以为然，前人也有相异的想法。比达·芬奇早生约四十年的荷兰画家鲍茨（Dierick Bouts，1410-1475）也画过一幅《最后的晚餐》，布局却大不相同：餐桌要短许多，耶稣与四位使徒坐里朝外，左右两旁各坐二徒；打横而坐在桌之两侧者各为三人；余下的二人则坐外朝里，背对着观画者，面对着耶稣。耶稣举起右手，讲的也是那一句话，但众徒的反应要淡得多，整个画面远不如达·芬奇那一幅生动。鲍茨的《最后的晚餐》高仅七十二厘米，宽五十八厘米；达·芬奇的《最后的晚餐》宽达九百一十厘米，高四百二十厘米，形态完全不同。两幅画有一点却是相同的，即餐桌都颇高，坐者也都有椅子。达·芬奇的名画也许有违常情，不够“写实”，可是人物的表情与姿势热烈得多，十二使徒分成四组，每组三人，自成格局，而四组之间又互相呼应，造成律动不绝的气势，令人震慑。

用同一题材来创作，而结构与风格迥异，正是作家的想象有别之故。同样地，根据同一普遍的宗教题材，例如“圣母与圣婴”或“圣乔治屠龙”，各家画出来的作品也有很大出入。拉菲尔（拉斐尔）的“圣母与圣婴”体态丰满，艾尔·格瑞科的同题作品则体态清瘦。拉菲尔（拉斐尔）的《圣乔治屠龙》名作里，白马痴肥，妖龙猥小，背景的风光明媚安详，宜于郊游；德拉克洛瓦的同题绘画里，则将白马改为剽悍的赤骏，猥小的妖物改成庞然的猛兽，背景则放在峭壁之间，风云变幻，战况惊险。同一题材，在拉菲尔手下具古典的静趣，到了德拉克洛瓦手下，就激起浪漫的动态，正由于想象留下了广阔的空间，足供艺术家回旋。

在西洋的古典时代，诗、画、雕塑、音乐等艺术，往往交感呼应，彼此转化，将他人的直接经验变成自己的间接经验，透过同情的想象换胎重生，成新的艺术。正如在现代文苑，小说与戏剧也往往换胎重生，变成了电影。

3

回顾自己写诗四十年，从前述的间接经验取材而成的作品，亦复不少。一位作家如果不甘于写实主义的束缚而有心追求主题的多般性，这样的取材法该有相当的效益。以下容我就这种多元的取材法略加分析，或可提供同道参考。

历史不能经验，却可以靠知性来认识，靠想象来重现，并加以新的诠释。我国的古典诗人原就习于咏史，甚至为历史翻案。我写《刺秦王》与《飞将军》，灵感来自《史记》的列传。《梅花岭》一诗，来自清人全祖望述史可法成仁始末的《梅花岭记》；他如《昭君》《黄河》《秦俑》等也都取材于我国历史。

古典文学更是一大宝库，若能活用，可谓取之不竭。理想的结果，是主题与语言经过蜕变，应有现代感，不能沦为旧诗的白话翻译，或是刍言警句的集锦。若是徒知死参，古典的遗产就成了一把冥钞，必须活用，才会变成现款。从李白的诗与生平，我曾经企图转化出《戏李白》《寻李白》《念李白》《与李白同游高速公路》等作。杜甫感召了《湘逝》与《不忍开灯的缘故》。屈原附灵于《水仙操》《漂给屈原》与《招魂》。其实，早在四十年前，爱读楚辞的我就已在“中央副刊”发表《淡水河边吊屈原》了。在香港教书的时候，曾经耽读苏轼作品，并企图在《夜读东坡》与《橄榄核舟》里重现坡公的风神。和陈子昂抬杠，则抬出了《诗人》。前述诸诗大半成于香港，说明了我在中文大学中文系的那十年，耳濡目染，受了古典芬芳多大的启示。

传说也提供了《夸父》《羿射九日》《公无渡河》等诗的酵母。

绘画一直令我神往：《我梦见一个王》《发神》《飞碟之夜》诸诗，分别取自王蓝、席慕蓉、罗青的画境。《寄给画家》及《你仍在岛上》两首都从席德进的水墨脱胎：前一首写于他临终之前，说他将有远游，“去看梵·高或者徐悲鸿”，许多朋友担心他看到会不悦，不料他看了却很高兴。迄今我写过三首《向日葵》，都起意于梵·高的名画。最近的这一首是梵·高百年祭三篇之一，其他两篇：《星光夜》与《荷兰吊桥》也是以梵·高名画命名。《造山运动》一首，则是观赏了江明贤、李义弘、陈牧雨、黄才松、蔡友五位画家当众联手挥毫，再造黄山，兴起而作。

音乐亦然。我早年的诗集《万圣节》，几乎整本都有西洋古典音乐的回音。《月光曲》里有德彪西幽冷的琴韵。《江湖上》里有巴布·狄伦（Bob Dylan）苦涩的鼻音。《白玉苦瓜》一集里，包括《民歌》《乡愁》《乡愁四韵》《摇摇民谣》在内，至少有半打作品是仿民谣；《歌赠汤姆》则是汤姆·琼斯的反响。早年我很迷格希文（George Gershwin）忧郁而潇洒的古典爵士，有意在《越洋电话》一诗中学习切分法，恐怕并未奏功，字里行间也听不出来吧。国乐也往往令我有写入诗中的清兴，例如《炊烟》一首，便是聆赏了古筝伴奏舞蹈的结果。另外一例，便是在六龟的龙眼树下“听容天圻弹古琴”。

电影也令我感发兴奋，例如《海妻》一诗，便是有感于李察·波顿与琼·考琳丝合演的影片《Sea Wife》，《史前鱼》则是纪念《阿拉伯的劳伦斯》，《甘地之死》《甘地纺纱》《甘地朝海》三首，则是在香港看了艾登布罗（Richard Attenborough）导演的影片《甘地》，感动之余，一口气完成的。但愿中国人拍的片子也能令我有入诗的冲动。

摄影越来越普遍，水准也越见提高，更是写诗的上佳触媒。摄影是静态的艺术，但可以满含动感，而且暗示某种意义。在时间之流里摄影机攫住了奇妙的一瞬，只有诗人能把那一瞬接通其上下文，使静态解冻为事件，而流动起来。摄影可以听其自然，不落言诠，诗却必须言诠自然，抉出自然怨言的含义。我曾前后两年，为柯达公司所制的照片月历配合廿四首小品，后来保留了六首，辑成《戏为六绝句》，收入了《白玉苦瓜》。在《垦丁公园诗文摄影集》的巨册里，我也为王庆华的照片写了十九首短诗，后来辑为一组，纳入《梦与地理》。他所拍摄的“兰屿颂”里，也有我题诗六首。近年我存摄影有得，《妇女杂志》曾经按月选刊，免不了又要我配上小诗，就这么，又写了一年。摄影家徐清波的摄影集《玻璃·窗的世界》专拍纽约的摩天楼群，也有我的六首诗对照印证。

新闻报道也可以提供题材，尤其是富于感性配有图片的一类。《进出》一首虽有我抗战的经验为本，却是日本政府粉饰侵略的新闻所触发。《哀鸽》是有感于苏联军机击落民航客机之残暴。纽约大停电，秩序大乱，却有古道热肠的人在广场分赠白烛，消息见报，入了我的《大停电》。《慰一位落选人》是写福特竞选失败。《紫荆劫》则是闻香港修订公安条例，而为香港的言论自由担忧。全斗焕寂寞而屈辱的下场，令我慨叹权柄之不足恃，而写了《百潭寺之囚》。一九八九年夏天我一共写了七首诗，取材的来源除了新闻报道外，更有赖静态的图片与动态的电视。后来，戈尔巴乔夫遭遇政变，奥黛丽·赫本死于结肠癌，消息见报，佐以照片，我也各写一首以记。

电视在当代生活中日见重要，带来的讯息又快又生动，百闻不如一见，最能动人感性。蒋经国先生逝世，那一连串感性的形象，半旗、黑纱、黄菊、人群、灵车，都逼到家家的荧光幕前，令人过目难忘。所以，等到高雄市的追思大会邀我写诗，那些镜头不禁逼人而来，在视神经上还感到痛楚隐隐，自然就成了诗。冬季奥运会上，东德溜冰选手薇特在冰上踢蹈卡门舞曲，天衣无缝，叹为观止，乃成诗二首，一名《冰上舞者》，一名《冰上卡门》。我不用去奥运现场，仅凭电视转播的间接经验——多强烈的视觉经验啊——亦可得诗。足见写实主义的框框囚不住艺术创作的想象，至少于诗为然。

我们已经进入资讯的时代，在地球村里，实际生活经验之不足，可由各种媒体来补充，无须事必躬亲。要寻找题材，途径很多，无须效古人“骑驴觅句”。为免误会，我得郑重指出，实际生活当然仍是我们主要的经验，其理至明，但是各种媒体既已延伸了我们的耳目，各种学问、各种艺术既已启迪了我们的心灵，只要我们能善用这些间接经验来开展自己的天地，创作的题材当不至于迅趋枯竭。

——一九九〇年十一月

诗魂在南方

屈原一死，诗人有节。诗人无节，愧对灵均。滔滔孟夏，汩徂南土，今日在台湾、香港一带的中国诗人，即便处境不尽相同，至少在情绪上与当日远放的屈原是相通的。《大招》说："魂乎无南。"《招魂》说："魂兮归来，南方不可以止些。"当日的诗人，沅湘已恨其远，今日的我们，更在苍梧以南，则又情何以堪？

若问中国的诗魂今日何在，曰在南方。二十多年来，现代诗在台湾历经变化，迂回成长，虽距大成之日尚远，却能突破文化的僵局，带动文艺的生机，发出一点新的声音，证明诗魂未全死去。论者有诬台湾的现代诗为全盘西化，其实"横的移植"之说只是五十年代某些诗人的主张，而超现实主义云云也只是六十年代部分作者的道路。今日台湾文坛反西化运动之势，早已超过了往日的反传统运动。诸如诗集、诗刊、诗选的出版，诗的演讲会、座谈会、朗诵会甚至写作班等等活动，早已形成了一个活的传统，吸引的读者和听众愈来愈多。只要翻翻"书评书目"出版的林焕彰所编厚达二百四十二页的《近三十年新诗书目》，就可以知道现代诗在台湾已经打开了怎样一个局面。无可讳言，现代诗还有不少毛病，例如主题仍须开拓，形式尚待改进，语言犹欠成熟，可是比起早期的新诗来，确已朝前跨出了好几大步。二十多年后，现代诗人不但在文坛上有所建树，而且在学府中也奠定了基础。在台湾各大学担任讲师、教授、系主任等的现代诗人愈来愈多，现代诗人在台湾，早已不是文艺青年的代名词了。

六月初应香港“诗风社”之请由台北来港演讲的杨牧，正是这么一位诗人兼学者的代表人物。杨牧是王靖献的新笔名，叶珊是他的旧笔名，知者更众。他是台湾花莲人，东海大学外文系毕业后赴美，先后获得爱荷华大学艺术硕士、柏克莱加州大学文学硕士及比较文学博士等学位，现任华盛顿大学副教授，并在台湾大学外文系担任客座教授。杨牧在文学批评方面颇有成就，用中文写的《传统的与现代的》在台湾出版，用英文写的 *The Bell and the Drum* 在美国出版，都饶有比较文学的见地。

台港星马的读者心目中的杨牧，却是一位风格雅丽才思清妙的作家，在文坛上的形象是年轻而耽美的。无论是诗或散文，杨牧的表现都是第一流的。他的诗集，从最早的《水之湄》到最近的《瓶中稿》，已经出版了六种，风格的变化颇大。少年的时代，他的声音从花莲传来，和郑愁予、敻虹、林泠等并称婉约派，一唱三叹，很有点现代词的味道。目前他的诗风早已自成一家，不但在短篇抒情诗中糅合了古典的韵味和现代的感性，而且在长诗之中探讨叙事和戏剧的新疆。杨牧的散文是当代最敏感最迷人的妙笔之一，咏叹的诗情之中别有一种俊逸儒雅之气，笔下的词汇和语法很富弹性。我常戏称诗人的散文为“诗余派”，偏偏这一派的副业，虽为无心插柳，竟比正业更受读者欢迎。这种喧宾夺主的现象，加上杨牧又善饮，使我有一次忍不住调侃他说：诗名已在文名下，更笑文名惭酒名。杨牧的散文集前有《叶珊散文集》，近有《年轮》。他的诗风文体，令人想到另外的一“牧”，唐之杜牧。

杨牧来港的演讲，以现代诗为主题，时间是六月五日下午二时半，地点是湾仔皇后大道东华仁书院礼堂。主办这次诗人节盛会的“诗风社”，是香港一群少壮诗人组成的诗社，出版《诗风》月刊已有四十八期，所以六月五日的演讲会也是该社成立四周年的纪念会。为了纪念四周年并向屈原致敬，该社并举办征诗比赛，奖金港币二百元，即由杨牧评判，在六月一日出版的《诗风》上公布结果。

现代诗在香港，起步比台湾晚，环境也不如台湾顺利，十多年来虽然有《中国学生周报》和《好望角》等刊物的支持，戴天、也斯等作家的鼓吹，似乎迄未成为普遍的文学运动。四年前的“诗风社”便是在这种冷漠的逆境下毅然成立的。四年来的《诗风》月刊，创作与批评并重，不但为香港有志于新诗的青年提供一亩美好的园地，而且对早期的新诗和台湾的现代诗都有深入而敏锐的批评，可以和去年创刊的《大拇指》周刊并称鼓吹现代诗最厉害的两份期刊。“诗风社”的创办人与编辑陆健鸿、黄国彬、郭懿言、谭福基、胡国贤等都是香港大学近年毕业的校友，于中英文学均颇有修养，尤其是陆、黄二位，在创作之余更发表了不少笔锋犀利的评论。焉知十年二十年之后，他们不是更新一代的杨牧？黄国彬现任新亚书院英文系助教，他的诗集《攀月桂的孩子》去年端午在台北出版，题材颇富，语言也在晦涩和浅白之间力求平衡。像下列的句子：

走后，你只留下一扇
默默的门，和一条晾衣绳子。

便是写景有情之境。给他一段时间，黄国彬就会给我们更醇的作品。

经常在《诗风》上发表作品以及最近加入该社的作者，尚有罗青、陈芳明、北岳、何福仁、凌至江、黄泽林、黑教徒、叶新康、周国伟、王伟明等多人。三月号和四月号两期的《诗风》更一连发表了中文大学五位同学评析新诗名作的五篇论文，令人对中大的文风刮目相看。我深信，这些少壮作者正代表香港年轻一代的新感性、新精神，假以时日，他们必能光辉香港的诗坛并进而光大中国的文坛。蓝墨水的上游是汨罗江，希望有一天，“魂乎无南”果真成为“魂其在南”，屈原在波下当可瞑目了。

——一九七六年六月

诗与音乐

1

自从苏轼说王维诗中有画、画中有诗以来，诗画相通相辅之理，已经深入人心。非但如此，东坡先生还强调："诗画本一律，天工与清新。"他自己的诗中更多题画、论画之作，例如诗画一律之句，便出于《书鄢陵王主簿所画折枝》，而"春江水暖鸭先知"之名句也出自题画诗《惠崇春江晚景》。杜甫对绘画也别具只眼，咏画之作，从早年的《画鹰》到晚年的《丹青引》，都有可观。不过题画的诗，要等宋以后才真盛行，有时甚至把空白处都题满了，成了名副其实的"画中有诗"。这现象，在西洋画中简直不可能。

诗可以通画，但在另一方面，也可以通乐。套苏轼的句法，我们也可以说："诗中有乐，乐中有诗。"诗、画、音乐，皆是艺术。但是诗不同于画与音乐，乃是一种综合艺术，因为它兼通于画和音乐。诗之为艺术，是靠文字组成。文字兼有形、声、义，而以义来统摄形、声。形可指字形，更可指通篇文字在读者心中唤起的画面或情境，所以诗通于画，同为空间的艺术。声可指字音，更可指通篇文字所构成的节奏与声调，所以诗也通于音乐，同为时间的艺术。

凡时间艺术，必须遵守顺序，不得逆序，也不得从中间开始。例如听贝多芬的交响曲，必须从第一乐章到末一乐章顺序听下去；同样，要读柳宗元的《江雪》，也必须顺着千山、万径、孤舟、独钓，一路进入那世界，而终于抵达寒江之雪。若是《江雪》这首诗由王维绘成一幅水墨画，则我们观画时，很可能一眼就投向“独钓寒江雪”的焦点，然后目光在千山万径之间徘徊，或者逡巡于寒江之上，总之，没有定向，没有顺序。正如我们观赏米开朗琪罗在西斯廷教堂的宏伟壁画，到上帝创造亚当的一景，惊骇的目光不由会投向神人伸手将触而未触的刹那，因为那是戏剧焦点的所在；但是此情此景若写成诗或谱成曲，大半不会径从这焦点开始，总要酝酿一番才会引到这高潮。

如此看来，经由意象的组合，意境的营造，诗能在我们心目中唤起画面或情景，而收绘画之功。另一方面，把字句安排成节奏，激荡起韵律，诗也能产生音乐的感性，而且像乐曲一样，能够循序把我们带进它的世界。诗既通绘画，更通音乐，乃兼为空间与时间之艺术，故称之为综合艺术。诗中有乐，乐中有诗，其间的亲密关系，实在不下于诗、画之间。

2

中国文学传统常称诗为“诗歌”，足见诗与音乐有多深的渊源。从《诗经》、楚辞到乐府、宋词、元曲，一整部中国的诗史可谓弦歌之声不绝于耳。有时候倒过来，会把诗歌叫作“歌诗”；例如李贺的诗集就叫作《李长吉歌诗》，杜牧为之作序，也称为“歌诗”，《旧唐书》称贺诗为“歌篇”，《新唐书》则称之为“诗歌”。这种诗、歌不分的称谓，在诗题上尤为普遍。

诗作以歌、行、曲、调、操、引、乐、谣等等为题者，不可胜数。李白的诗风颇得汉魏六朝乐府民歌的启迪，二十五卷诗集里乐府占了四卷，乐府诗共有一百四十九首，约为全部产量的六分之一。李贺更是如此，无论新旧唐书，都说他有乐府数十篇，云韶诸工皆合之弦管。

诗歌一体，自古已然。毛诗大序：“情动于中而形于言，言之不足，故嗟叹之；嗟叹之不足，故咏歌之；咏歌之不足，不知手之舞之，足之蹈之也。”这抒情言志的过程，始于诉说而终于唱歌，更继以舞蹈，简直把诗、歌、舞溯于一源、合为一体了。古人如何由诗而歌、由歌而舞，我们无缘目睹，但是当代的摇滚乐，从贝瑞（Chuck Berry）到猫王普瑞斯利到迈克尔·杰克逊，倒真是如此。强烈的情感发为强烈的节奏，而把诗、歌、舞三者贯串起来，原是人类从心理到生理的自然现象，想必古今皆然。

沈德潜编选的《古诗源》，开卷第一首就是《击壤歌》，而《古逸》篇中以歌、谣、讴、操为题名者有四十五首，几近其半。楚汉相争，到了尾声，却扬起两首激昂慷慨的歌：项羽的《垓下歌》是在被围之际，听到四面楚歌，夜饮帐中而唱出来的；刘邦的《大风歌》也是在酒酣之余，击筑而歌。《垓下歌》是因夜闻汉军唱楚歌而起，而《大风歌》更有敲击乐器伴奏。今日仅读其诗，已经令人感动，若是再闻其歌，更不知有多慷慨。这两位作者原来皆非诗人，却都是担当历史的当事人，在历史沉痛的压力下，乃迸发出震撼千古的歌声。若是没有了这些“诗歌”，历史，就不免太寂寞了。

宋词之盛，最能说明诗与音乐如何相得益彰。时人有善歌者，苏轼问他，自己的词比柳永的如何。那人说：“柳中郎词只合十七八女郎，执红牙板，歌‘杨柳岸，晓风残月’。学士词须关西大汉，铜琵琶，铁绰板，唱‘大江东去’。”这虽然是作品风格的比较，却也要用歌唱方式与乐器来对照。至于诗、乐兼精的姜夔，如何将诗艺、声乐、器乐合为一体，但看他的七绝《过垂虹》，就知道了：“自作新词韵最娇，小红低唱我吹箫。曲终过尽松陵路，回首烟波十四桥。”

其实中国的古典诗词，即使没有歌者来唱，乐师来奏，单由读者感发兴起，朗诵长吟，就已有音乐的意味，即使是低回吟叹，也是十分动人的。其实古人读书，连散文也要吟诵，更不论诗了。中国文人吟诵诗文，多出之以乡音，曼声讽咏，反复感叹，抑扬顿挫，随情转腔，其调在“读”与“唱”之间。进入中国古诗意境，这是最自然最深切的感性之途。我以往在美国教中国文学，去年在英国各地诵诗，每每如此吟咏古诗。有时我戏称之为“学者之歌”（scholarly singing），英美人士则称之为 chanting。

其实英美诗人自诵作品，只是读而已，甚至不是朗诵。弗罗斯特、威尔伯（Richard Wilbur）、贝杰曼（John Betjeman）等人读诗，我曾在现场听过。叶芝、艾略特、康明思、奥登、迪伦·托马斯等人读诗，我也在每张五美元的唱片上听过，觉得大半都只是单调平稳，不够动人。艾略特的读腔尤其令我失望；叶芝读《湖心的茵岛》，曼声高咏，有古诗风味，却因录音不佳，颇多杂声，很可惜。唯一的例外是威尔士的迪伦·托马斯：他的慢腔徐诵，高则清越，低则沉洪，音量富厚，音色圆融，兼以变化多端，情韵十足，在英语诗坛可称独步。不过他的方式仍然只是朗读，不似中国的吟咏。中国文人吟诗的腔调，在西方文化里实在罕见其俦，稍可相比的，我只能想到“格瑞哥里式吟唱”（Gregorian chant）。这种唱腔起于中世纪的弥撒仪式，天主教会沿用至今，常为单人独唱，节奏自由，起伏不大，且无器乐伴奏，所以也称“清歌”（素歌，plainsong or plainchant）。不过这种清歌毕竟是宗教的肃穆颂歌，听起来有点单调，不像中国文人吟诗那么抒情忘我。

《晋书》有这么一段：“王敦酒后，辄咏魏武帝乐府歌曰：‘老骥伏枥，志在千里。烈士暮年，壮心不已。’以如意打唾壶为节，壶边尽缺。”后世遂以“击碎唾壶”来喻激赏诗文，可见国人吟诗，节奏感有多强调。杜甫写诗，自谓“新诗改罢自长吟”，正是推敲声律节奏。《晋书》又有一段，说袁宏曾为咏史诗。谢尚镇牛渚，秋夜乘月泛江，会宏在舫中讽咏，遣问焉。答云："是袁临汝儿朗诵诗。尚即迎升舟，谈论申旦，自此名誉日茂。"可见高咏能邀知音，且成佳话，也难怪李白夜泊牛渚，要叹"余亦能高咏，斯人不可闻"。更可体会，为什么朱熹写《醉下祝融峰》，会说自己"浊酒三杯豪气发，朗吟飞下祝融峰"。

英国诗人浩司曼说，他在修脸时不敢想诗，否则心中忽涌诗句，面肌便会紧张，只怕剃刀会失手；又说他生理对诗的敏感，集中在胃。中国人的这种敏感，更形之于成语。龚自珍《己亥杂诗》里便有这么一首："回肠荡气感精灵，座客苍凉酒半醒。自别吴郎高咏减，珊瑚击碎有谁听？"又自注道："曩在虹生座上，酒半，咏宋人词，呜呜然。虹生赏之，以为善于顿挫也。近日中酒，即不能高咏矣。"可见定庵咏起诗来，一唱三叹，不知有多么慷慨激楚，所以始则回肠荡气，终则击碎珊瑚。

3

在西方的传统里，诗与音乐也同样难分难解。首先，日神阿波罗兼为诗与音乐之神。九缪斯之中，情诗女神爱若多（Erato）抱的是竖琴（lyre），而主司抒情诗与音乐的女神尤透琵（Euterpe）则握的是笛。英文 lyric 一字，兼为形容词"抒情的"与名词"抒情诗"，正是源出竖琴，而从希腊文（lurikos）、拉丁文（lyricus）、古法文（lyrique）一路转来，亦可见诗与音乐的传统，千丝万缕，曾经如此绸缪。

古典时代如此，中世纪亦然。例如 minstrel 一字，兼有"诗人"与"歌手"之义，特指中世纪云游江湖的行吟诗人，其尤杰出者更入宫廷献艺。法国的 Jongleur 亦属同行，不过地位较低，近于变戏法的卖艺人了。中世纪后期在法国东南部普罗旺斯一带活跃的行吟诗人，受宫廷眷顾而擅唱英雄美人故事者，称为 troubadour，在法国北部的同行，则称 trouvére；在英国，又称 gleeman。

西洋的格律诗，每一行都有定量的音节，其组合的单位包含两个或较多的音节，称为“步”（foot），依此形成的韵律称为“格”（meter）。例如每行五步，每步两个音节，前轻后重，这种安排，就称为“抑扬五步格”（iambic pentameter）。颇普的名句“浅学诚险事”（A little learning is a dangerous thing），即为此格。可是 meter 更有计量仪器之义，例如温度计（thermometer）、速度计（speedometer）。作曲家在乐谱上要计拍分节、支配时间，同样得控制数量，如此定量的格律，也是 meter。所以英文“数量”一词的多数 numbers，就有双重的引申义，可以指诗，也可以指音乐的节拍。颇普在《论批评》的长诗里，说明“声之于义，当如回音”。并举例说：“当西风轻吹，声调应低柔，平川也应该更平静地流。”原文是：

Soft is the strain when Zephyr gently blows,
And the smooth stream in smother numbers flows.

其中 strain 和 numbers 两字，都可以既指诗的声调，也指乐曲。颇普幼有夙慧，自谓“出口喃喃，自合诗律”（I lisp' d in mumbers for the numbers came）。西方诗、乐之理既如此相通，也就难怪诗人常以乐曲为诗题了。诸如歌（song）、颂（ode）、谣（ballad）、序曲（prelude）、挽歌（dirge）、赋格（fugue）、夜曲（nocturne）、小夜曲（serenade）、结婚曲（epithalamion）、变奏曲（variations）、回旋曲（rondeau）、狂想曲（rhapsody）、安魂曲（requiem）等等，就屡经诗人采用。其实，流行甚广的十四行诗（sonnet），原意也就是小歌。

4

诗与音乐的关系如此密切，真说得上“诗中有乐，乐中有诗”了，但两者间最直接的关系，应该是以诗入乐。诗入了乐，便成歌。有时候是先有诗，后谱曲。例如王维的一首七绝，本来题为《送元二使安西》，后来谱入乐府，用来送别，并将末句“西出阳关无故人”反复吟唱，称为《阳关三叠》，遂成《渭城曲》了。至于李白的《清平调》三首，则是先已有曲，就曲赋诗。据《太真外传》所记，玄宗与贵妃赏牡丹盛开，李龟年手捧檀板，方欲唱曲。玄宗嫌歌词太旧，乃召“翰林学士李白立进清平乐词三章……命梨园子弟略约词调，抚丝竹，遂促龟年以歌之”。

苏格兰诗人彭斯以一首骊歌《惜往日》（Auld Lang Syne）名闻天下，其实此诗并非纯出他一人之手。彭斯当日，这老歌已流传多年，一说是森皮尔（Francis Sempill，1682 年卒）所作，但可能更古。彭斯在致汤姆森（George Thomson）信中说：“这首老歌年代久远，从未刊印……我是听一位老叟唱它而记下来的。”这恐怕是世界上最有名的歌了，离情别绪本已荡人愁肠，再经哀艳的《魂断蓝桥》用烛光一烘托，更是愁杀天下的离人。彭斯在世的最后十二年间，收集、编辑、订正并重写苏格兰民谣，不遗余力，于保存“苏格兰乐府”（The Scots Musical Museum）贡献至巨。

以诗入乐，还有一种间接的方式，那便是作曲家把诗的意境融入音乐，有些标题音乐便是如此。柏辽兹的灵感常来自文学名著，莎士比亚的诗剧《李尔王》《罗密欧与朱丽叶》《无事自扰》，歌德的诗剧《浮士德》，都是他取材的对象。拜伦的长诗《海罗德公子游记》，也激发他谱成交响曲《海罗德游意大利》。肖邦的钢琴曲抒情意味最浓，给人的感觉像是无字之歌，只由黑白键齿唱出，乃赢得“钢琴诗人”之称。另一位音乐大师与诗结缘更深，其诗意也更飘逸婉转，便是象征派宗师德彪西。他的钢琴小品无不微妙入神，令人沦肌浃髓，而且时见东方风味，奇艳有如混血佳人。《宝塔》一曲，风铃疏落，疑为梦中所敲；那种迷离蛊惑之美，虽比之李商隐的“一春梦雨常飘瓦，尽日灵风不满旗”，也不逊色。德彪西的曲名，例如《水中倒影》《雨中花园》往往就像诗题。有一首序曲叫作《声籁和香气在晚风里旋转》，简直是向波特莱尔挑战了。德彪西曾将波特莱尔、魏尔仑、罗赛蒂的名诗谱成歌曲，却把马拉美的《牧神的午后》转化为一首无字而有境的交响诗。

5

诗与音乐还可以结另一种缘，便是描写音乐的演奏。诗艺有赖文字，在音响上的掌握当然难比乐器的独奏或交响，但文字富有意义和联想，还可以经营比喻和意象，却为乐器所不及。例如摹状音乐最有名的《琵琶行》，有这样的一段：“轻拢慢捻抹复挑，初为霓裳后六幺。大弦嘈嘈如急雨，小弦切切如私语；嘈嘈切切错杂弹，大珠小珠落玉盘。”我们一路读下去，前两句会慢些，后四句就快了起来，因为“拢、捻、抹、挑”是许多不同的动作，必须费时体会，但后四句的“嘈、切、大、小、珠”各字重叠，有的还多至四次，当然比较顺口。“嘈嘈切切错杂弹”七字都是摩擦的齿音，纷至沓来，自然有急弦快拨之感。急雨、私语、珠落玉盘等比喻，兼有视觉与听觉之功，乃使感性更为立体。“轻拢慢捻”那一句，四个动作都从手部，也显得弹者手势的生动多姿。由此可见，诗乃综合的艺术，虽然造型不如绘画，而拟声难比音乐，却合意象与声调成为立体的感性，更因文意贯串其间而有了深度，仍有绘画与音乐难竟之功。

中国诗摹状音乐的佳作颇多，从李白的“为我一挥手，如听万壑松。

客心洗流水，余响入霜钟”到韩愈的“跻攀分寸不可上，失势一落千丈强”，从李颀的“长飙风中自来往，枯桑老柏寒飕飕”到李贺的“昆山玉碎凤凰叫，石破天惊逗秋雨”，不一而足。不过分析之余可以发现，这些诗句运用的都是比喻与暗示，绝少正面来写音乐，正由于音乐不落言诠，所以不便诠解。例如李白《听蜀僧濬弹琴》的四句，挥手只见姿势，万壑松风也只是比喻，诗艺真正见功，还在后两句。流水固然仍是比喻，但是能涤客心，就虚实相生，幻而若真，曲折而成趣了。至于余响未随松风散去，竟入了霜钟，究竟是因为琴声升入钟里而微觉共振呢，还是弹罢天晚，余音不绝，竟似与晚钟之声合为一体了呢，则只能猜想。所以描写音乐的诗，往往要表现听者的反应或者现场的效果，而不能从正面着力。朱艾敦为天主教音乐节所写的长颂《亚历山大之宴》，便是将描写的主力用在听者的感应上。

6

诗和音乐结缘，还有一种方式，便是以乐理入诗。艾略特晚年的杰作《四个四重奏》（Four Quarters），摆明了是用四重奏，也就是奏鸣曲的结构，来做诗的布局与发展，因此评论家常用贝多芬后期的四重奏，来分析此诗的五个乐章。除了长的乐章合于典型的快板、慢板之外，第四乐章总是短而轻快，近于贝多芬引入的谐谑调。

我听爵士乐和现代音乐，往往惊喜于飘忽不羁的切分音，艳羡其潇洒不可名状，而有心将它引进诗里。所谓切分法，乃是违反节奏的常态，不顾强拍上安放重音的规律，而让始于弱拍或不在强拍开端之音，因时值延伸而成重音。我写《越洋电话》，就是要试用切分法，赋诗句以尖新倜傥的节奏。开头的四行是这样的：“要考就考托福的考试 / 要迷就迷很迷你的裙子／我说，Susie／要签就签上领事的名字。”这样的句法，本身是否成功，还很难说，恐怕要靠朗诵的技巧来强调，才能突出吧。

早年我曾在《大度山》和《森林之死》一类的诗里，实验用两种声音来交错叙说，以营造节奏的立体感。后来在《公无渡河》里，我把古乐府《箜篌引》变为今调，而今古并列成为双重的变奏曲加二重奏：

公无渡河，一道铁丝网在伸手
公竟渡河，一架望远镜在凝眸
堕河而死，一排子弹啸过去
当奈公何，一丛芦苇在摇头
一道探照灯警告说，公无渡海
一艘巡逻艇咆哮说，公竟渡海
一群鲨鱼扑过去，堕海而死
一片血水涌上来，歌亦无奈

西方音乐技巧有所谓“卡旦萨”（Cadenza）一词，是指安排在协奏曲某一个乐章的尾部，可以自由发挥的过渡乐段，其目的是在乐队合奏的高潮之余，让独奏者有机会展示他入神的技巧，那即兴的风格通常是酣畅而淋漓。我把这观念引进自己早年探险期的散文里，在意气风发的段落，忽然挣脱文法，跳出常识，一任想象在超速的节奏里奋飞而去，其结果，是“秋夜的星座在人家的屋顶上电视的天线上在光年外排列百年前千年前第一个万圣节前就是那样的阵图”。或是“挡风玻璃是一望无餍的窗子，光景不息，视域无限，油门大开时，直线的超级大道变成一条巨长的拉链，拉开前面的远景蜃楼摩天绝壁拔地倏忽都削面而逝成为车尾的背景被拉链又拉拢”。

7

诗中有画，诗中亦有乐，究竟，哪一样的成分比较高呢？诗不能没有意象，也不能没有音调，两者融为诗的感性，主题或内容正赖此以传。缺乏意象则诗盲，不成音调则诗哑；诗盲且哑，就不成其为诗了。不过诗欠音调的问题还不仅在哑，更在呼吸不顺。我们可以闭目不看，但是无法闭气不吸；即使睡眠，也无法闭住呼吸，却可以一夜合眼。诗的节奏正如人的呼吸，不能稍停。反过来说，呼吸正是人体最基本的节奏。一首诗的节奏不妥，读的人立刻会感到呼吸不畅，反感即生。

且以古诗十九首为例："生年不满百，长怀千岁忧。昼短苦夜长，何不秉烛游？为乐当及时，何能待来兹。愚者爱惜费，但为后世嗤。仙人王子乔，难可与等期。"除了三、四两句意象生动之外，其余并无多少可看，所以感性的维持，就要偏劳音调了。

一首诗不能句句有意象，却不可一句无音调。音调之道，在于能整齐而知变化，也就是能够守常求变。再以贺知章的《回乡偶书》为例："少小离家老大回，乡音无改鬓毛衰。儿童相见不相识，笑问客从何处来。"如果每句删去第六个字，文意完全无损，却变得不像诗了。原因正在文意未变，节奏却变了，变单调了，也就是说，太整齐了。"少小离家老回"的节奏，是"少小——离家——老回"，全是偶数组成，有整齐而无变化。"少小——离家——老大回"便有奇数来变化，乃免于单调。

大凡艺术的安排，是先使欣赏者认识一个模式，心中乃有期待，等到模式重现，期待乃得满足，这便是整齐之功。但是如果期待次次得到满足，又会感到单调，于是需要变化来打破单调。变化使期待落空，产生悬宕，然后峰回路转，再予以满足，于是完成。贺知章这首七绝正是如此：第二句应了首句起的韵，是满足；第三句不押韵，使期待落空，到末句才予以延迟的满足，于是完成。其实，每句七字，固然是整齐，但是平仄的模式每句都在变化，也是一种艺术。

音调之道，在整齐与变化。整齐是基本的要求，连整齐都办不到，其他就免谈了。若徒知整齐而不知变化，则单调。若变化太多而欠整齐，也就是说，只放不收，无力恢复秩序，则混乱。说得更单纯些，其中的关系就是常与变。若是常态还未能建立，则一切变化也无由成立，只能算混乱了。所谓变，是在常的背景上发生的。无常，则变也不着边际，毫无意义。

七十年来，新诗一直未能解决音调的困境。开始是闻一多提倡格律诗，每诗分段，每段四行，每行十字，双行押韵，以整齐为务。虽然闻氏也有二字尺、三字尺等的变化设计，但格律诗之功仍在整齐而欠变化，把一切都包扎得停停当当，结果是太紧的地方透不过气来，而太松处又要填词凑字。后来是纪弦鼓吹自由诗，强调用散文做写诗的工具。对于少数杰出诗人，这主张确曾起了解除格律束缚的功效；但对于多数作者，本来就不知诗律之深浅，却要尽抛格律去追求空洞的自由，其效果往往是负面的。对于浅尝躁进的作者，自由诗成了逃避锻炼、免除苦修的遁词。

所谓自由，如果只是消极地逃避形式的要求，秩序的挑战，那只能带来混乱。其实自由的真义，是你有自由不遵守他人建立的秩序，却没有自由不建立并遵守自己的秩序。艺术上的自由，是克服困难而修炼成功的“得心应手”，并非“人人生而自由”。圣人所言“从心所欲，不逾矩”，毕竟还有规矩在握，不仅是从心所欲而已。

至于用散文来写诗，原意只是要避免韵文化，避免韵文的机械化，避免陈腐的句法和油滑的押韵，而不是要以错代错，落入散文化的陷阱。艾略特就曾痛切指陈：“许多坏散文都是假自由诗之名写出来的……只有坏诗人才会欢迎自由诗，把它当成形式的解放。自由诗反叛的是僵化的形式，却为建立新形式或翻新旧形式铺路；它坚求凡诗皆必具的内在统一，而坚拒定型的外在貌合。”

目前许多诗人所写的自由诗，在避过格律诗的韵文化之余，往往堕入了散文化，沦为现代诗的一大病态。就单纯的形式来说，散文化有以下的几个现象。

首先是诗行长短无度，忽短忽长，到了完全不顾上下文呼应的地步，而令读者呼吸的节奏莫知所从，只觉得乱。诗行忽长忽短，不但唐突了读者的听觉，抑且搅扰了读者的视觉，令人不悦。如果每一行都各自为政，就失去常态，变而不化，难称变化，只成杂乱。

其次是回行，回行对于自给自足的煞尾句，也是一个变化。在煞尾句的常态之中，为了悬宕或顿挫，偶插一两个待续句，也就是回行，原可收变化之效，调剂之功。但如不假思索地一路回行下去，就会予人欲说还休，吞吐成习之感。有时我细读报刊上的诗作，发现回行屡屡，大半没有必要，因此也无效果，徒增迟疑、闪烁之态而已。李白的《静夜思》到了回行癖的笔下，说不定会嗫嚅如下：

我床前明月的
光啊，疑惑是地上的
霜呢。我抬头望望
那明月，又低头思思
故乡

再次是分段。一般的现象是任意分段，意尽则段止，兴起就再起一段；每段行数多欠常态，所以随便分下去，都是变化，因此凌乱。若是长诗，每段行多，则虽不规则尚不很显眼。若是诗短而偏偏段乱，则更不堪。若是段多而行少，总是三三两两成段，就显得头绪太多而思考不足。

也许有人要问：这也嫌乱，那也嫌乱，难道要我们回头去写格律诗吗？答曰，那倒不必，自由诗写不好的人，未必就写得好格律诗。只是目前泛滥成灾的散文化，自由诗要负一大责任。

——一九九三年十一月

梵·高的向日葵

梵·高一生油画的产量在八百幅以上，但是其中雷同的画题不少，每令初看的观众感到困惑。例如他的自画像，就多达四十多幅。阿罗（Arles，阿尔勒）时期的《吊桥》，至少画了四幅，不但色调互异，角度不同，甚至有一幅还是水彩。《邮差鲁兰》和《嘉舍大夫》也都各画了两张。至于早期的代表作《食薯者》，从个别人物的头像素描到正式油画的定稿，反反复复，更画了许多张。梵·高是一位求变、求全的画家，面对一个题材，总要再三检讨，务必面面俱到，充分利用为止。他的杰作《向日葵》也不例外。

早在巴黎时期，梵·高就爱上了向日葵，并且画过单枝独朵，鲜黄衬以亮蓝，非常艳丽。一八八八年初，他南下阿罗，定居不久，便邀高更从西北部的布列塔尼去阿罗同住。这正是梵·高的黄色时期，更为了欢迎好用鲜黄的高更去“黄屋”同住，他有意在十二块画板上画下亮黄的向日葵，作为室内的装饰。

梵·高在巴黎的两年，跟法国的少壮画家一样，深受日本版画的影响。从巴黎去阿罗不过七百公里，他竟把风光明媚的普罗旺斯幻想成日本。阿罗是古罗马的属地，古迹很多，居民兼有希腊、罗马、阿拉伯的血统，原是令人悠然怀古的名胜。梵·高却志不在此，一心一意只想追求艺术的新天地。

到阿罗后不久，他就在信上告诉弟弟："此地有一座柱廊，叫作圣多芬门廊，我已经有点欣赏了。可是这地方太无情，太怪异，像一场中国式的噩梦，所以在我看来，就连这么宏伟风格的优美典范，也只属于另一世界：我真庆幸，我跟它毫不相干，正如跟罗马皇帝尼禄的另一世界没有关系一样，不管那世界有多壮丽。"

梵·高在信中不断提起日本，简直把日本当成亮丽色彩的代名词了。他对弟弟说：

"小镇四周的田野盖满了黄花与紫花，就像是——你能够体会吗？——一个日本美梦。"

由于接触有限，梵·高对中国的印象不正确，而对日本却一见倾心，诚然不幸。他对日本画的欣赏，也颇受高更的示范引导；去了阿罗之后，更进一步，用主观而武断的手法来处理色彩。向日葵，正是他对"黄色交响"的发挥，间接上，也是对阳光"黄色高调"的追求。

一八八八年八月底，梵·高去阿罗半年之后，写信给弟弟说："我正在努力作画，起劲得像马赛人吃鱼羹一样；要是你知道我是在画几幅大向日葵，就不会奇怪了。我手头正画着三幅油画……第三幅是画十二朵花与蕾插在一只黄瓶里（三十号大小）。所以这一幅是浅色衬着浅色，希望是最好的一幅。也许我不止画这么一幅。既然我盼望跟高更同住在自己的画室里，我就要把画室装潢起来。除了大向日葵，什么也不要……这计划要是能实现，就会有十二幅木版画。整组画将是蓝色和黄色的交响曲。每天早晨我都乘日出就动笔，因为向日葵谢得很快，所以要做到一气呵成。"

过了两个月，高更就去阿罗和梵·高同住了。不久两位画家因为艺术观点相异，屡起争执。梵·高本就生活失常，情绪紧张，加以一生积压了多少挫折，每天更冒着烈日劲风出门去赶画，甚至晚上还要在户外借着烛光捕捉夜景，疲惫之余，怎么还禁得起额外的刺激？圣诞前两天，他的狂疾初发。圣诞后两天，高更匆匆回去了巴黎。梵·高住院两周，又恢复作画，直到一八八九年二月四日，才再度发作，又卧病两周。一月二十三日，在两次发作之间，他写给弟弟的一封长信，显示他对自己的这些向日葵颇为看重，而对高更的友情和见解仍然珍视。他说：

“如果你高兴，你可以展出这两幅向日葵。高更会乐于要一幅的，我也很愿意让高更大乐一下。所以这两幅里他要哪一幅都行，无论是哪一幅，我都可以再画一张。

“你看得出来，这些画该都抢眼。我倒要劝你自己收藏起来，只跟弟媳妇私下赏玩。这种画的格调会变的，你看得愈久，它就愈显得丰富。何况，你也知道，这些画高更非常喜欢。他对我说来说去，有一句是：‘那……正是……这种花。’

“你知道，芍药属于简宁（Jeannin），蜀葵归于郭司特（Quost），可是向日葵多少该归我。”

足见梵·高对自己的向日葵信心颇坚，简直是当仁不让，非他莫属。这些光华照人的向日葵，后世知音之多，可证梵·高的预言不谬。在同一封信里，他甚至这么说：“如果我们所藏的蒙提切利那丛花值得收藏家出五百法郎，说真的也真值，则我敢对你发誓，我画的向日葵也值得那些苏格兰人或美国人出五百法郎。”

梵·高真是太谦虚了。五百法郎当时只值一百美金，他说这话，是在一八八八年。几乎整整一百年后，在一九八七年的三月，其中的一幅向日葵在伦敦拍卖所得，竟是画家当年自估的三十九万八千五百倍。要是梵·高知道了，会有什么感想呢？要是他知道，那幅《鸢尾花圃》售价竟高过《向日葵》，又会怎么说呢？

一八九〇年二月，布鲁塞尔举办了一个“二十人展”（Les Vingt）。主办人透过西奥（Theo van Gogh），邀请梵·高参展。梵·高寄了六张画去，《向日葵》也在其中，足见他对此画的自信。结果卖掉的一张不是《向日葵》，而是《红葡萄园》。非但如此，《向日葵》在那场画展中还受到屈辱。参展的画家里有一位专画宗教题材的，叫作德格鲁士（Henry de Groux），坚决不肯把自己的画和“那盆不堪的向日葵”一同展出。在庆祝画展开幕的酒会上，德格鲁士又骂不在场的梵·高，把他说成“笨瓜兼骗子”。劳特累克在场，气得要跟德格鲁士决斗。众画家好不容易把他们劝开。第二天，德格鲁士就退出了画展。

梵·高的《向日葵》在一般画册上，只见到四幅：两幅在伦敦，一幅在慕尼黑，一幅在阿姆斯特丹。梵·高最早的构想是“整组画将是蓝色和黄色的交响曲”，但是习见的这四幅里，只有一幅是把亮黄的花簇衬在浅蓝的背景上，其余三幅都是以黄衬黄，烘得人脸颊发燠。

荷兰原是郁金香的故乡，梵·高却不喜欢此花，反而认同法国的向日葵，也许是因为郁金香太秀气、太娇柔了，而粗茎糙叶、花序奔放、可充饲料的向日葵则富于泥土气与草根性，最能代表农民的精神。

梵·高嗜画向日葵，该有多重意义。向日葵昂头扭颈，从早到晚随着太阳转脸，有追光拜日的象征。德文的向日葵叫 sonnenblume，跟英文的 sunflower 一样。西班牙文叫此花为 girasol，是由 girar（旋转）跟 sol（太阳）二字合成，意为“绕太阳”，颇像中文。法文最简单了，把向日葵跟太阳索性都叫作 soleil。梵·高通晓西欧多种语言，更常用法文写信，当然不会错过这些含义。他自己不也追求光和色彩，因而也是一位拜日教徒吗？

其次，梵·高的头发棕里带红，更有“红头疯子”之称。他的自画像里，不但头发，就连络腮的胡髭也全是红焦焦的，跟向日葵的花盘颜色相似。至于一八八九年九月他在圣瑞米疯人院所绘的那张自画像（也就是我中译的《梵·高传》封面所见），胡子还棕里带红，头发简直就是金黄的火焰；若与他画的向日葵对照，岂不像纷披的花序吗？

因此，画向日葵即所以画太阳，亦即所以自画。太阳、向日葵、梵·高，圣三位一体。

另一本梵·高传记《尘世过客》(Stranger on the Earth, by Albert J. Lubin)诠释此图说："向日葵是有名的农民之花；据此而论，此花就等于农民的画像，也是自画像。它爽朗的光彩也是仿自太阳，而文森特之珍视太阳，已奉为上帝和慈母。此外，其状有若乳房，对这个渴望母爱的失意汉也许分外动人，不过此点并无确证。他自己(在给西奥的信中)也说过，向日葵是感恩的象征。"

从认识梵·高起，我就一直喜欢他画的向日葵，觉得那些挤在一只瓶里的花朵，辐射的金发，丰满的橘面，挺拔的绿茎，衬在一片淡柠檬黄的背景下，强烈地象征了天真而充沛的生命，而那深深浅浅交交错错织成的黄色暖调，对疲劳而受伤的视神经，真是无比美妙的按摩。每次面对此画，久久不甘移目，我都要贪馋地饱饮一番。

另一方面，向日葵苦追太阳的壮烈情操，有一种知其不可为而为之的志气，令人联想起中国神话的夸父追日，希腊神话的伊卡瑞斯(Icarus)奔日。所以在我的近作《向日葵》一诗里我说：

你是挣不脱的夸父
飞不起来的伊卡瑞斯
每天一次的轮回
从曙到暮
扭不屈之颈，昂不垂之头
去追一个高悬的号召

——一九九〇年四月

涩尽回甘味谏果

——序何怀硕的《苦涩的美感》

何怀硕在中国当代画坛上的地位，是颇为特殊且值得玩味的。无论在技巧的锻炼或是画史的认识上，他对中国古典绘画的传统显然都很内行。凭他深厚的根基，若向传统的残羹剩肴中去讨生活，做一个翩翩名士，是绰有余裕的。但是他不愿为古人之奴，宁可投身现代，承当二十世纪的风狂雨骤。不过，在另一方面，他也不甘心追随朝朝暮暮的欧风美雨。在年轻一代的少壮画家里，何怀硕多少是一个异数。十多年来，抽象画在台湾的现代画坛上几已定于一尊，只有何怀硕和极少数的几位画家如吴昊与席德进等等，负隅顽抗到如今。何怀硕对于抽象的表现，一向抱持怀疑的态度。站在中国艺术人文主义的立场，他认为抽象画在抽离物象之余，也有抽离人性之虞，结果可能步一切形式主义的后尘，往往布置了一个舞台，却推不出演员。近几年来，抽象画在台湾已经渐渐丧失了早期的活力与壮志，更无论战时代勇往直前的那种气概，除了一部分抽象画家建立了自己的风貌之外，大多数效颦之徒只能算是为《西游记》又徒然添了一回罢了。

在画坛上，何怀硕奉行的是不结盟主义。他和三五知己交游多年，画风上亦各殊面貌。这种独行侠的作风，固然不免于江湖的风波，也难以汇入一时的主流，但是孤立也往往有助于独立。台湾盛行诗社和画会已久，好处在于同人相互勉励，呼声日高，便于形成气候，发为运动，但如果久聚成党，也容易演为互相标榜，彼此羁绊的困局，对于一位艺术家自由的成长和蜕变，反而害多于益。何怀硕既无朋侪的束缚，不但便于创作的发展，更有利于批评的独立，笔锋所向，对于并世的大师与名家，颇多逆耳之谏，其中种种论点，虽然我难尽同意，但对于他敢言的勇气和犀利的评析，却是深表钦佩的。

纵观《苦涩的美感》的目录，可以看得出何怀硕艺术思想的广度，从艺术本质的探讨一直延伸到中国绘画传统的重认。这样开朗的视野，是空言反传统的西化派无能为力的。及至逐一读罢各文，令人对作者丰富的知识和讨论问题时那种高瞻远瞩洞察全局的眼光，益深欣赏。例如《中国人物画之回顾与展望》及《中国花鸟画之困境》等几篇，只有谙于传统且能走出传统的胸怀才能着手。又如《绘画与文学》一文，始于两者在时空运用上异同的比较，终于两者在精神与形式上的短长，而以诗之综合理念与感性为指归；高明之论，深获我心。我特别欣赏作者批评的“双刃锋芒”，因为他的立场一面是外攘西化之狂潮，一面是内警沉酣之迷梦，两面都不妥协，腹背受敌，艰苦异常。

何怀硕的理论虽以绘画为主要对象，但往往也适用于文学，尤其是诗。他强调“文学的表现最具有‘意义’的特性”，又指出所谓“世界性”只是“不思创造的遁词”，更宣称“若沉醉于感性的形式到了低抑或排除理念之蕴含的地步，便是形式主义或唯美主义的作品”。这种种论点，值得画家与诗人郑重考虑。何怀硕的这些言论，发于超现实主义式微于台湾之先，这份远见该获得文艺史的追认。

更以综论张大千的两篇为例，我相信未来的历史也必会证实他的灼见。他认为大千先生技法之纵横恣肆诚然以一人之身集传统之大成，但是承先有余，启后不足，笔墨颜彩之道虽亦有推陈出新之处，但在精神上则出古而未能入今，绝少表现当代的现实，比起毕加索的《格尔尼卡》来，就未免太悠远了一点。观乎大师此次归台，衣古衣，食美食，所观所赏不外乎古画、国剧、横贯公路，予人的印象仍是一位风趣的长者与风雅的名士，与台湾的现实社会则似乎接触很少，即使满怀忧世之思，至少在画里看不出来。他的作品太完整，完整得太绝缘，技可通神，但似乎接不通人间。

一位创作家如果兼事理论，则他的理想与表现之间，往往颇难若合符节。用何怀硕求全大师的理想来回顾他自己的创作，其间当亦难免有若干距离。怀硕的画，在精致干净的笔与苍凉浑茫的墨后，自有一种森森祟人酸心蚀骨之感，亦即他自许的“苦涩的美感”，可是那境界毕竟还是荒寒凄冷，涉世不深，犹未达到“超圣入凡”的地步。这一点，即使从他自己的画题“寒林坠月”“苍白的月光”“残舟”“冻河”等等都可以看得出一点端倪。他的画，令人想起爱伦·坡，而不是惠特曼。怀硕这样自白说：“在我看，甜美的自然世界早已从梦境中破碎，我们无法再进入酣睡去捡拾已破碎的美梦。我企图将那个自然世界塑造成一个象征虚寂而怪诞的天地，在它里面表露了深重的孤寂与苍郁，荒凉与凄楚，表现对如同唤不回童年那样的伤痛。我总是向往苦涩的美感。”我认为这一份孤愤之情，一方面造就了何怀硕苦涩悲辛的画境，令观者低回而不能自胜，另一方面恐怕也无形中拘束了他画境的扩展。我认为喜悦之情，只要不沦为俗滥的甜美如怀硕引以为戒者，正可表现勃然的生机与油然的活力，证之西方现代大师如梵·高、克利、夏加尔、毕加索，莫不皆然。例如毕加索，便是从早年“蓝色时期”的凄冷悲哀进入后期的幽默与富厚的。然则怀硕是否可以让他的月亮落下，而升起煌煌的太阳呢？

——一九七四年二月

图书在版编目（CIP）数据

心有猛虎 细嗅蔷薇 / 余光中著. -- 南京 : 江苏凤凰文艺出版社, 2018.10
ISBN 978-7-5594-2601-7

Ⅰ. ①心… Ⅱ. ①余… Ⅲ. ①散文集 – 中国 – 当代
Ⅳ. ①I267

中国版本图书馆CIP数据核字(2018)第172691号

心有猛虎 细嗅蔷薇

余光中 著

责任编辑 邹晓燕 黄孝阳
出版发行 江苏凤凰文艺出版社
南京市中央路 165 号，邮编：210009
网 址 http://www.jswenyi.com
印 刷 唐山富达印务有限公司
开 本 690 毫米 ×980 毫米 1/16
印 张 16
字 数 200 千字
版 次 2018 年 10 月第 1 版
印 次 2021 年 7 月第 5 次印刷
书 号 ISBN 978-7-5594-2601-7
定 价 49.80 元